귀를
기울이면

제17회 문학동네소설상 수상작

귀를 기울이면

조남주 장편소설

문학동네

차례

1

바보라 불리는 아이가 있었다. 반 친구들, 선생님, 집 앞 슈퍼마켓 아줌마와 동네 꼬맹이들은 물론 아빠까지도 아이를 바보라고 불렀다. 아이를 바보라고 부르지 않는 사람은 엄마 오영미뿐이었다. 분명 '바보'라고는 부르지 않았다.

"이 바보 같은 놈!"

자식에 대한 최소한의 믿음과 기대, 혹은 모성애 때문이 아니었다. 단순한 말버릇이었다. 오영미는 아들에게 남의 인생 갉아먹는 두더지 같은 놈, 구석구석 지지도 않는 물곰팡이 같은 놈, 옆구리 터져 줄줄 새는 쓰레기봉투 같은 놈 등 다양하고 참신한 호칭을 두루 썼다. 하지만 바보 같은 놈이라고 부를 때가 가장 많았다. 처음부터 이름이 '바보 같은 놈'이었던 것처럼 입에 착착 붙었다. 물론 아이에게는 '김일우'라는 흔치 않지만 튀지도 않고 무엇보다 멀쩡한 이름이 따로 있었다.

초등학교 입학 이후 김일우는 학교와 지역사회가 공식 인정하는 바보가 되었다. 학교 친구들에 비해 동네 친구들은 너그러운 편이었다. 김일우가 술래잡기를 하다가 별안간 오줌을 지리거나 굳이 소매가 아닌 어깨에다 콧물을 닦느라 콧구멍을 벌름대도 동네 아이들은 그냥 너 왜 그래, 하고 말았다. 어른스러운 여자아이들이 김일우를 집으로 데려다주거나 제 소맷부리로 콧물을 닦아주기도 했다. 자기들끼리 김일우 좀 이상해, 김일우 또 저런다, 하면서 수군거리기는 했지만 그뿐이었다. 비난도 놀림도 없었다. 김일우와 가족들은 별일 아닌 줄 알고, 믿고 살았다.

김일우가 처음으로 바보라고 불린 것은 일곱 살 때였다. 김일우를 바보라고 부른 사람은 유괴범이었다. 그에게 유괴할 의사가 있었는지는 확실치 않다. 그저 정신 나간 노숙자로 추정되지만 오영미는 굳이 그를 유괴범이라고 불렀다. 상대가 모자란 노숙자인 것보다 유괴범인 게 그나마 자존심이 덜 상했기 때문이다.

늦은 여름, 아이들은 전철역 앞 광장에서 놀고 있었다. 정수리 위에 달라붙어 있던 해가 서서히 멀어지며 볕이 누그러들기 시작하면 동네 아이들은 광장으로 모여들었다. 동네에 딱히 아이들이 놀 만한 공간이 없었다. 광장이라고 해봐야 구석에 덩그러니 서 있는 벚나무 한 그루와 매연 때문에 축 처진 맨드라미 화분 다섯 개, 밤이면 노숙자들의 잠자리가 되는 벤치 두 개가 전부였다. 광장 앞 한산한 사차선 도로에서는 자동차들이 미친 듯이 질주했고,

광장 뒤편의 철로에서는 전철이 느릿느릿 굴러갔다. 광장에는 항상 보이지 않는 먼지바람이 회오리치고 있었다. 십 분만 서 있어도 눈이 따갑고 재채기가 났다. 아이들은 그곳에서 한 시간이고 두 시간이고 놀았다.

여름이라 날이 길었다. 아직 해는 저물지 않았지만 분명 저녁 즈음이었다. 엄마의 화장대에서 훔쳐온 매니큐어를 바르던 여자아이들과 과자봉지 안에 들어 있는 만화캐릭터 카드를 교환하던 남자아이들 대부분은 저녁을 먹으러 집에 갔다. 아직도 광장에 남은 아이들은 광장을 떠난 아이들에 대한 얘기를 하고 있었다. 아이들의 세계에도 루머는 존재했다. 아무개가 친구들의 카드를 뺏고 다닌다는 얘기, 또다른 아무개네 아빠와 엄마가 매일 싸운다는 얘기, 누구랑 누구랑 좋아한다는 얘기. 대체로 좋지 않은 소문이었고, 당사자에게 확인할 수 없는 민감한 문제였다.

친구들이 밑도 끝도 없는 소문을 확대재생산하는 동안 김일우는 바닥에 그림을 그렸다. 무심코 주머니에 손을 찔렀는데 언제 넣어두었는지 기억나지 않는 하얀 크레파스가 만져졌다. 검고 거친 바닥에 꽃과 별과 달과 구름과 물고기와 사과를 그렸다. 열심히 빈 공간을 찾아 그림을 그리는 사이 무리와 멀어졌다. 아이들은 엄마들의 손에 이끌려 하나둘 집으로 돌아가고 있었다. 김일우는 아무것도 모르고 그림 그리는 데에만 열중했다. 금세 크레파스가 반토막이 됐다. 크레파스가 얼마 남지 않았음을 깨닫자 김일우는 오래 생각하고 손가락으로 미리 연습해본 후, 신중하게 그림을 그렸다. 구석에 혼자 떨어져 있는 김일우가 안되어 보였는지 같은 유치원에 다니는 여자아이 하나가 김일우에게 다가왔다. 김일우가 바지에 오줌을 쌌을 때 가방으로 가려주었던 아이다. 아이의 엄마는 친구들과 사이좋게 지내고 어른들에게 예의바르게 인사하고 어려운 사람들을 도우라고 가르쳤고, 아이는 잘 따랐다.

"혼자 여기서 뭐해?"

"그림 그려."

여자아이는 무릎을 굽히고 쭈그려앉더니 고개를 갸우뚱하며 바닥의 그림을 한참 들여다봤다. 사람 비슷한 모양이었다. 코와 눈이 뾰족하고 머리 위로 뿔이 나 있었다. 으스스한 느낌이 드는 그림이었다.

"이게 뭐야? 몬스터니?"

김일우가 누런 이를 위아래 여덟 개씩 열여섯 개 드러내며 활짝 웃었다.

"아니, 너야. 너 나 좋아하잖아."

여자아이의 얼굴에 경련이 일었다. 한 번도 보인 적 없는 표정이었다. 얼굴을 잔뜩 일그러뜨린 아이는 경멸하는 눈으로 김일우를 바라보며 자리에서 일어섰다.

"재수 없어."

여자아이는 뒤도 돌아보지 않고 뛰었다. 타타타타타타. 발소리가 경쾌하게 멀어져갔다. 눈꼬리가 추켜올라가도록 단단히 당겨 하나로 묶은 머리채가 시계추처럼 좌우로 흔들렸다. 김일우는 멍하니 아이의 뒷모습을 보며 혼잣말했다.

"커다란 눈, 오똑한 코, 말꼬랑지 머리. 너랑 똑같은데 왜 그래?

나도, 너 좋아해."

김일우는 다시 혼자가 됐다. 그림을 보면서 친구가 왜 화를 냈을까 생각했다. 운동화를 벗어 뒤축으로 눈을 슥슥 지우고 더 크게 그렸다. 머리에 커다란 리본을 달아주고 입모양을 웃는 모양으로 고쳤다. 그림은 더욱 기괴해졌다. 그때 그림 위로 검은 그림자가 드리워졌다.

"뭐하니?"

이번에는 낯선 목소리였다. 고개를 들어 올려다보니 모르는 남자가 서 있었다. 남자에게서 묘한 냄새가 났다. 기분 나쁘면서도 익숙한 냄새였다. 밖에서 실컷 놀다 집에 들어와 양말을 벗을 때면 엄마는 늘 말했다.

"집에 오면 좀 씻어라, 이 시궁창 같은 놈아."

시궁창이 뭔지는 잘 모르지만 말의 어감만으로도 악취가 풍기는 듯했다. 김일우는 발을 잡아 코에 바짝 갖다대고 냄새를 맡았다. 냄새가 나긴 했지만 자기 발이 시궁창 정도는 아닐 거라고 생각했다. 바로 그 냄새였다. 시궁창까지는 아니겠지만 결코 참기 힘든 냄새. 남자는 위아래 열 개씩 스무 개의 누런 이를 드러내며 환하게 웃었다. 그 냄새와 표정이 외롭던 김일우를 무너뜨렸다. 남자가 김일우에게 손을 내밀었다.

"내가 늬 아빠다."

김일우는 홀린 사람처럼 그의 손을 잡았다. 축축하고 끈적거렸다. 남자는 김일우의 손을 잡고 천천히 광장을 가로질렀다. 두 사람의 모습이 지나치게 자연스러웠다. 눈을 마주치고 걷는 폼이 다

정한 부자 같기도 하고, 남자의 덥수룩한 수염과 여름 볕이 무색한 낡은 점퍼 덕분에 수행자와 어린 제자 같기도 했다. 모르는 사람의 눈에는 전혀 의심할 것 없어 보였다. 물론 아는 사람의 눈에는 수상한 풍경이었기에 김일우를 아는 아이들은 두 사람을 이상하게 쳐다봤다.

최초의 목격자는 커다란 눈과 오뚝한 코, 말꼬랑지 머리를 가진 여자아이였다. 내내 볕에서 노느라 지친 아이들은 좁은 나무그늘 아래에 모여 있었다. 마침 매미 한 마리가 나무에서 떨어졌다. 대단한 횡재였다. 심심하던 차에 말 그대로 매미가 하늘에서 뚝 떨어진 것이다. 악착같이 나무에 붙어 있지 못한 매미는 아이들의 손바닥 위로 이리저리 옮겨지며 쓰르륵쓰르륵 날개를 맞비볐다. 생각보다 소리가 크지 않았다. 운다기보다는 떠는 것 같았다. 아이들이 모두 매미에 정신이 팔려 있을 때, 하필 그 아이가 고개를 들었고 김일우와 남자를 발견했다. 진심으로 김일우가 재수 없어서 모른 척하고 싶었지만 아무래도 불길했다.

"쟤, 김일우 아니야?"

다른 아이들도 고개를 들었다.

"근데 옆에 아저씨는 누구지? 일우 아빠가?"

"아빠 아니야. 저 사람은 거지잖아. 근데 왜 김일우가 거지랑 같이 가지?"

그러는 동안에도 김일우는 점점 멀어지고 있었다. 사리분별 못하는 아이들 생각에도 그대로 두면 안 될 것 같았다. 골목대장 노릇을 하던 남자애가 용감하게 외치며 뛰었다.

"야! 김일우! 너 어디가?"

다른 아이들도 남자애의 뒤를 따랐다. 김일우가 좋아하는 여자아이도 가장 뒤에서 관심 없다는 듯 뒷짐을 지고 걸어왔다. 아이들이 쫓아오자 남자가 걸음을 멈췄다. 남자는 손을 놓으려고 하는데 정작 김일우가 남자의 손을 꼭 잡았다. 아이들이 두 사람을 에워쌌다.

"일우야, 이 아저씨 누구야?"

"우리 아빠."

"무슨 소리야? 너네 아빠 아니잖아. 아저씨! 아저씨가 일우 아빠예요?"

남자는 대답이 없었다. 용기를 얻은 아이들이 남자에게 덤벼들며 소란을 피웠다. 마침 유치원에서 유괴예방교육을 받은 날이었다. 모르는 사람을 따라가지 않아요! 안 돼요, 싫어요, 똑똑히 말해요! 큰 소리로 어른에게 도움을 요청해요! 바로 몇 시간 전에 배웠다.

"아저씨 유괴범이죠?"

"거지 아저씨가 제 친구를 유괴하려고 해요. 도와주세요!"

"이 손 놔요! 아저씨 일우 아빠 아니잖아요! 일우 손 놔주세요!"

남자는 김일우의 손을 뿌리쳤다.

"내가 데리고 가는 거 아니다. 얘가 따라오는 거다."

김일우는 진짜 아빠에게 버림받기라도 한 것처럼 눈물이 그렁그렁해서는 남자를 올려다보았다.

"아저씨가 우리 아빠라고 했잖아요."

남자는 김일우를 물끄러미 보더니 말했다.

"바보."

남자는 돌아서서 광장을 반대로 가로질러 걷다가 곧 역사 안으로 사라졌다. 아이들이 김일우를 나무라기 시작했다.

"너 아무나 따라가고 그러면 어떡해?"

"선생님이 모르는 사람 따라가지 말랬잖아."

"우리 엄마가 그러는데 거지들이 애들을 잡아다가 중국에 팔아먹는대."

"중국에는 왜?"

"중국 사람들은 어린애들 간을 빼먹는대. 그러면 병에도 안 걸리고 오래 산다고."

얘기는 갑자기 최근의 인신매매 경향과 중국인들의 이상한 식성에 대한 말도 안 되는 소문으로 번졌다.

"윗동네에 어떤 애가 없어졌는데 며칠 있다 배에 칼자국이 나서 돌아왔대. 간만 빼고 다시 꼬매서 돌려보낸 거래."

"간을 빼가도 살 수 있어?"

"그럼! 너 토끼 간 얘기 몰라?"

"그건 옛날 얘기잖아. 말도 안 돼. 어떻게 간을 빼고 살 수 있나?"

"우리 엄마 친구가 진짜로 봤대."

진짜로 봤다는데 당할 재간이 없었다. 말문이 막히면 다들 그렇게 둘러댔다. 진짜로 봤다더라. 우리 엄마가 그랬다. 텔레비전에 나왔다. 간담이 서늘해지는 얘기를 아이들이 아무렇지 않게 나누느라 정신없는 동안 여자아이가 김일우를 데려다주겠다고 나섰다. 김일우가 오줌을 쌌을 때 한 번 데려다줘봤기 때문에 집을 잘 알고 있었다. 김일우는 이번에도 순순히 여자아이의 뽀송뽀송하고 하얀 손을 잡고 따라나섰다.

자초지종을 전해들은 오영미는 당황해 말을 잃었다. 오히려 침착한 것은 여자아이 쪽이었다.

"그 아저씨 도망갔어요. 이제 걱정 안 하셔도 돼요."

오영미는 왜 모르는 사람을 따라갔느냐고 김일우를 다그쳤다. 도대체 왜 그랬냐고, 왜 그랬냐고 계속 물었지만 김일우는 아무 말 없었다. 조용히 모자를 지켜보던 여자아이가 대신 대답했다.

"아빠라고…… 자기 아빠라면서 따라갔어요."

"아빠? 그 남자더러 아빠라고 그랬어?"

"예."

"그 남자가 일우가 자기 아들이라든?"

"아뇨, 바보라고……"

"뭐?"

"아들이라고 안 하고 바보라고 했어요."

아이는 두 눈을 반짝이며 또박또박 대답했다. 오영미는 똑똑한 아이와 비교되어 더욱 모자라 보이는 자신의 아들이 부끄러웠다. 아이에게 고마움도 표현하지 못하고 내쫓듯 돌려보냈다. 아이가 엉거주춤 뒷걸음을 치면서 무겁게 스르륵 닫히는 철제 현관문을 향해 안녕히 계세요, 했다. 문이 쾅 소리를 내면서 닫히고 나서야 오영미는 자신이 얼마나 한심한 짓을 했는지 알았다. 시원한 물이 라도 한잔 건네거나 가다가 과자 사먹으라고 동전이라도 쥐어줬 어야 했다.

방정맞은 심보와 급한 성격이 항상 문제였다. 오영미는 자주 지 난 일들을 후회하고, 억울해했다. 길을 아무리 알려줘도 못 알아 듣는 할머니가 답답해 목적지의 절반까지 직접 데려다주다 돌아 온 적이 있었다. 이십 분 넘게 가다가 자기 약속시간에 늦은 것을 깨닫고 되돌아왔다. 그렇게 하고도 노인네를 길에 버리고 내빼는 년이라고 욕을 먹었다. 한 번은 길에서 애들이 쏜 장난감총에 맞 아 이마가 시퍼렇게 멍든 적이 있었다. 순간 욱하는 마음에 주먹 을 휘두르려는데 같이 있던 옆집 아줌마가 팔을 결박하며 말렸다. 못된 아이는 아줌마가 뭔데 욕을 하냐며 옴짝달싹 못하는 오영미 의 종아리께를 걷어차고 도망갔다. 이번에도 기를 쓰고 아이를 쫓 아가다가 옆집 아줌마에게 또 한번 붙잡혔다.

"애들처럼 왜 그래? 일우 엄마가 그렇게 발끈하니까 쟤가 더 재밌어서 그러잖아."

그때도 많이 부끄러웠다. 오영미는 어린애 같은 자신도 부끄럽 고 바보 같은 아들도 부끄러웠다. 오영미는 김일우의 머리통을 쥐 어박으며 말했다. 바보! 그렇게 자신의 수치심을 추스르느라 꼭 짚고 넘어가야 할 사실을 확인하지 못했다. 김일우가 무슨 생각으 로 엉뚱한 남자에게 아빠라고 했는지 말이다. 오영미의 관심사는 아들의 마음이 아니라 머리였다. 내 아들이, 귀한 삼대독자 내 아들이, 바보 같은 게 아니라 진짜 바보구나. 조금 늦기는 했지만 남들 하는 대로 기고 걷고 말하고 똥오줌도 가렸다. 심부름도 곧 잘 했다. 노래를 들으면 비슷하게 따라 부르고 개다리춤도 잘 췄다. 한글은 못 읽었지만 숫자는 잘 알아봤고 집 주소와 전화번호도 똑똑히 외웠다. 이 정도면 문제가 없는 줄 알았다.

학교에 다니기 시작하면서 문제가 드러났다. 김일우는 공부를 못했다. 정말 심각하게 못했다. 삼학년이 되도록 한글을 못 읽었고 당연히 받아쓰기는 항상 빵점이었다. 기본적인 연산도 못 했다. 곱셈 나눗셈은 물론 덧셈 뺄셈도 못 했다. 구구단도 못 외웠다. 시계도 못 봤다. 공부를 못하기로 전교에 소문이 자자했다. 학부모모임에서 처음 만난 같은 반 엄마들이 대뜸 초등학생이 공부를 잘하면 어쩔 거고, 못하면 또 얼마나 못하겠느냐며 오영미를 위로했다. 정작 자기 아이들은 영어, 수학, 태권도에 피아노, 논술 학원까지 보내는 엄마들이었다.

일단 한글을 떼는 게 급했다. 부랴부랴 집 안 물건마다 '시계' '냉장고' '의자' '텔레비전'이라고 써붙였다. 아이를 끼고 앉아 글자를 가르치고 열심히 책을 읽어주었다. 하지만 엄마의 수업은 늘 김일우가 혼나고 우는 것으로 끝났다. 오영미도 마음이 좋지는 않았다. 김일우를 쥐어박다 쥐어박다 자기 머리를 쥐어박을 상황에 이르렀다. 직접 가르치는 것을 포기하고 한글을 깨치게 해준다는 학습지 선생님을 불렀다. 전후 사정을 얘기하고 테스트를 받았다. 다음주, 선생이 가져온 건 만 이 세에서 삼 세용 교재였다. 절망했다. 십 년을 뼛골 빠지게 키워놓은 자식새끼가 알고 보니 두 살 수준이란다. 아이는 영혼의 팔십 퍼센트를 길바닥에 흘려버리고 있었다. 못 자고 못 먹고 못 입고 아이의 요구를 들어주는 일 이외에는 어떤 것도 하지 못했던 오영미의 시간도 팔 년이나 증발해버렸다. 도저히 받아들일 수가 없었다. 학습지를 취소하고 다시 아이를 끼고 앉았다. 매일매일 아이를 때리고 매일매일 자신을 학대하는 지옥 같은 삶에 종지부를 찍어준 사람은 아이의 담임선생이었다.

담임선생은 병원에 가서 정밀진단을 받아볼 것을 권유했다. 그 결과 김일우의 지능은 정상보다 아주 조금 낮았다. 아깝게도 정말 한 끗 차이였다. 도대체 누가 몇 점부터 몇 점까지가 정상이라고 정했을까. 그 범위를 조금만 더 너그럽게 잡아줬더라면…… 오영미는 아쉬웠다. 한편으로 이상한 안도감도 들었다. 내가 잘못한 게 아니야. 내 노력이 부족했던 게 아니야. 구멍이 크든 작든 밑 빠진 독에는 결국 물을 채울 수 없는 법이니까.

며칠 후 김일우가 바보라는 소문이 학교에 퍼졌다. 공식적으로 바보라 통용된 것이다. 사전상으로 '바보'라는 단어는 지능이 부족한 사람을 이르는 말이니 틀린 말은 아니다. 틀린 말이 아닌 정도가 아니라 반론의 여지없이 적확한 표현이다. 반 친구들은 순진한 아이들답게 김일우를 바보라고 놀렸다. 김일우는 자신을 놀리는 아이들을 있는 대로 때려눕혔고 오영미는 하루가 멀다 하고 학교에 불려갔다. 그때마다 오영미는 바보 같은 놈이 바보 같은 짓만 한다고 김일우의 머리를 쥐어박았다. 곧 김일우는 말이 없어졌다. 아무리 아이들이 바보라고 놀려도 대꾸하지 않았다. 때려도 맞았다. 수업시간에 선생님을 쳐다보지도 않았고 반 아이들과 눈을 마주치지도 않았다. 김일우는 정말 바보가 되어갔다. 학년이 올라갈 때마다 성적이 계속 떨어졌고, 검사를 할 때마다 지능은 더 낮아져 있었다.

2

"기섭 오빠?"

여자가 시장으로 들어가는 정기섭을 불러세웠다. 정기섭은 손을 내밀어 덥석 악수를 하며 반갑게 인사했다.

"어어어, 그래! 이야, 오랜만이다. 잘 지내지?"

사실 말은 그렇게 하면서도 정기섭은 여자가 누군지 몰랐다. 분명 어디선가 본 것 같은 얼굴인데 잘 생각이 안 나 열심히 머리를 굴렸다. 반갑게 인사를 한 것은 반사적인 행동이었다. '오빠'라는 단어에 몸이 먼저 움직였다. 그의 나이 벌써 마흔둘. 세오건어물 사장이자 세오시장 상인회 총무, 열 살과 여덟 살 난 두 딸의 아빠이자 외동아들인 정기섭에게 '오빠'라고 불러주는 이는 최근 십 년간 단 한 사람도 없었다. 십 년 전, 마지막으로 그를 '오빠'라고 부른 여자도 처음 보는 여자였다. 술이 떡이 되어 아스팔트를 무릎으로 기다시피 가고 있는 정기섭을 일으켜세우며 여자가 말했다. 오빠, 놀다 가요. 여자의 머리 위로 성인나이트 간판이 후광처럼 번쩍거렸다. 정기섭은 팔에 매달려 있는 여자를 떼어내며 물었다.

"아줌마는 내가 지금 놀 기력이 있어 보여요?"

여자가 발끈했다.

"나 아줌마 아니거든? 재수 없어, 진짜."

정기섭은 한 시간 삼십 분을 더 기다 자다 기다 자다 해서 집에 도착했다. 다음날 보니 바지 왼쪽 무릎에 새끼손톱만한 구멍이 두 개 나 있었다. 물론 그 이후에도 '오빠 잘 지내지?' '오빠 연락해' '오빠 사진 보냈어' 같은 문자메시지는 꾸준히 받았다. 시도 때도 없이 삑삑거리는 것도 거슬리고, 스팸문자라는 것을 뻔히 알면서도 혹시나 하는 스스로가 한심하기도 해서 '오빠'를 스팸문구로 등록했다. 어차피 자신을 '오빠'라고 부를 사람도 없었으니까.

"오빠 진짜 오랜만이에요. 어떻게 이런 데서 다 만나냐. 진짜 신기하다, 그치? 근데 오빠 하나도 안 변했네요? 오빠는 나이도 안 먹나봐."

"안 변하긴. 엄청 늙었지 뭐. 너야말로 그대로다. 근데 여긴 무슨 일이야? 근처에 살아?"

"옆집 살던 애기엄마가 저기 길 건너 아파트로 이사를 왔거든. 놀러 오라고 해서 가는 길에 과일이나 사갈까 하고 들렀어요."

평범한 얼굴이었다. 예쁘지 않았지만 그래도 말하는 게 참 예쁘다는 생각이 들었다. 반말과 존댓말이 적당히 섞인 말투, 하나도 안 변했다는 빈말, 오빠라는 호칭까지도.

"참, 오빠랑 붙어다니던 그 오빠 누구지? 맞아, 찬홍 오빠. 찬홍 오빠도 잘 지내죠?"

찬홍이? 정기섭은 그제야 생각났다. 같은 과 세 학번 아래 후배. 진숙이였나 영숙이였나. 근데 얘는 아무한테나 오빠네. 정기섭은 찬홍 오빠가 다니던 회사가 (내가 다니던 회사처럼) 망한 후, 어찌어찌 논술학원 강사로 나서서 (배 아프게도) 대박 강사로 이름을 날리며 승승장구 몸값을 올리다가 탄력받은 김에 대치동에 논술학원을 차렸는데 (어째 무리한다 싶더니) 대입정책이 바뀌면서 요즘 논술 인기가 예전 같지 않아 밥 안 굶는 정도로 겨우 살고 있다고 (그럴 줄 알았지) 소식을 전했다. 진숙인지 영숙인지가 고개를 끄덕였다. 정기섭이 남의 인생사를 구구절절 설명하는 사이 몇 사람이 정기섭에게 가벼운 눈인사를 건네며 스쳐갔다. 상인회 정육점 박씨는 이따가 사무실에서 보는 거 맞지? 라고 묻기도 했다.

"그렇구나. 근데 오빠 여기서 일해요?"

"응?"

정기섭은 얼른 대답이 나오지 않았다. 시장 사람들에게 왜 멀쩡한 대학을 나와서 장사를 하느냐는 얘기를 많이 들었다. 노는 것보다야 낫지. 결코 장사하는 게 부끄러운 일이라고 생각하지 않았다. 그런데 대학 후배, 그것도 자신을 오빠라고 부르는 여자 후배에게 여기서 건어물을 팔고 있다고는 말하고 싶지 않았다. 정기섭이 눈동자를 굴리며 망설이고 있자 진숙인지 영숙인지가 오히려 눈치를 봤다.

"아니, 나는…… 사람들이 오빠한테 알은척을 해서."

정기섭은 더듬더듬 대답했다.

"그러니까, 이 시장을 컨설팅하고, 마케팅이나 사업계획도 짜고, 관리도 하고. 뭐 그런 일 해."

"와, 멋있다. 컨설팅회사에 다니는 거예요? 아님 오빠가 사장님?"

"나 혼자 하는 건 아니고 동업. 백화점이나 의류쇼핑몰, 전자상가 같은 데도 관리하고 그러지."

"아까 그분이 오빠랑 같이 사업하시는 사장님이구나?"

"응? 으응."

정기섭은 어차피 또 만날 것도 아닌데 될 대로 되라는 심정으로 과감하게 뻥을 날렸다. 얼결에 정육점 박씨가 컨설팅회사 사장님이 됐다. 뭐 지금도 사장은 사장이니까. 진숙인지 영숙인지가 휴대전화를 잠깐 달라고 하더니 자기 번호로 전화를 걸었다.

"오빠, 이거 내 번호. 우리 연락이나 하고 지내요. 그럼 나 먼저 갈게."

진숙 혹은 영숙이는 뒷모습을 보이며 걸어갔다. 머리카락은 파마가 다 풀려 끝이 부스스했고 옆구리부터 허리까지 살집이 뭉실뭉실 접혀 있었다. 무릎 밑으로 한참 내려오는 치마는 보기 흉할 정도로 구겨져 있었다. 정기섭은 허탈했다. 마누라랑 다를 것도 없는 평범한 아줌마한테 오빠 소리 들었다고 이렇게 좋아하다니. 그때 치마 밑으로 드러난 진숙 혹은 영숙의 가느다란 발목이 눈에 들어왔다. 다시 맥락 없이 설렜다. 정기섭은 휴대전화를 보면서 잠시 고민하다가 '숙'이라고 번호를 저장했다. 아차 싶어 다시 '석'이라고 고쳤다. 등록된 스팸문구 중에 '오빠'를 찾아 지웠다. 설마 했는데 며칠 후 '석'에게서 전화가 왔다.

정기섭은 아버지에 이어 이 대째 세오시장에서 건어물을 팔고 있었다. 서울에 있는 이름 있는 대학에서 경영학을 전공한 그는 이름 있는 대학 졸업생답게 제법 규모가 있는 자동차부품회사에 입사했는데 바로 그해 IMF가 터지며 회사는 문을 닫았다. 이후 변변찮은 회사들을 전전했지만 어디 한곳에서도 자리를 잡지 못했다. 노느니 아버지의 건어물가게를 도왔는데 갑자기 아버지가 심장마비로 돌아가시는 바람에 어영부영 건어물가게를 물려받았다. 장사에도 건어물에도, 더욱이 건어물장사에는 말린 멸치만큼도 관심 없었지만 그래도 직장이 없는 것보다는 있는 것이 낫겠다는 생각에 세오건어물에 적을 두고 있다.

몇 년 전까지만 해도 세오시장은 간판도 없는 동네 골목시장이었다. 말이 시장이지 노점상이나 다를 바 없었다. 전통시장으로 인정받자는 말은 수없이 나왔는데 누구 하나 발 벗고 나서는 사람이 없었다. 점포 수, 토지 면적 등의 요건에는 부족함이 없었다. 하지만 이것저것 받아야 할 동의서도 많았고 챙겨야 할 서류도 많았다. 무엇보다 소방도로 확보가 문제였다. 가게 앞 통행로까지 넓게 물건을 내놓고 장사하는 재래시장의 특성상 소방도로는커녕 사람 지나갈 길도 없었다.

"이러니 소방차가 어떻게 들어와? 전통시장 등록하기는 다 틀렸어. 진열대를 싹 없애든지 해야지 원."

다들 말은 그렇게 하면서도 행여 손님을 뺏길까 경쟁적으로 진열대를 앞으로 앞으로 내놓았다. 당시 상인회 회장의 과일가게 진열대가 제일 크고 어수선했다.

결국 이 진열대 때문에 싸움이 났다. 마주 보고 있는 반찬가게와 떡집 사장의 싸움이었다. 지난 추석에 반찬가게에서 송편을 판 것을 계기로 두 사람은 원수가 됐다. 사사건건 시비가 붙었고 서로 진열대를 키우더니 통행로까지 좌판을 펼쳤다. 두 가게 앞길이 유난히 좁아 사람 많은 주말이면 병목현상이 나타나기도 했다. 그러다 유모차를 끌고 온 아기엄마가 길이 비좁아 지나갈 수 없다며 떡집에 좌판을 좀 치워줄 것을 부탁했다. 떡집 주인은 들으라는 듯 큰 소리로 거절했다. 길을 막은 것은 반찬가게이니 반찬가게에 얘기하라는 것이었다. 아기엄마가 이번에는 반찬가게에 부탁을 했다. 반찬가게 주인도 거절했다. 반찬들이 쏟아질까봐 좌판을 움직일 수 없다고 했다. 듣고 있던 떡집 주인이 가게 밖으로 나와 따졌다.

"그 집 반찬만 쏟아지고 우리 떡은 안 쏟아져? 우리 떡은 뭐 뽄드로 만들어놨나?"

"찐득찐득하니 잘 씹히지도 않는 게 뽄드로 만든 것 같더구만, 뭐."

떡집 주인은 떡을 하나 입에 물고 아예 반찬가게로 들이닥쳤다.

"이렇게 몰캉몰캉한데 뭐가 잘 안 씹혀? 살살 녹아서 없어지는구만. 이 오래된 반찬이나 갖다버려. 넌 이런 거 팔면서 양심에

찔리지도 않냐? 아우, 쉰내."

떡집 주인이 흥분해서 크게 손짓을 하며 빈정대다가 진열대 위의 고추장아찌 통을 툭 건드렸다. 안 그래도 물기가 흥건한 바닥에 간장과 고추들이 주르륵 쏟아졌다. 쏟아진 고추장아찌를 본 반찬가게 주인은 눈이 뒤집혀 떡집 주인에게 달려들었다. 떡집 주인은 간장 웅덩이 위로 나자빠졌고 반찬가게 주인은 그 위에 올라타 떡집 주인의 얼굴에 고추를 집어던지기 시작했다. 떡집 주인이 눈가를 감싸쥐고 나 죽는다고 고함을 질렀다. 주변에 있던 상인들이 달려와 두 사람을 떼어놓긴 했는데 그 와중에 떡이 목에 걸렸는지 떡집 주인이 캑캑거리고 가슴을 치며 다시 바닥에 나뒹굴었다. 누군가는 등을 두드리고, 누군가는 물을 찾고, 누군가는 119에 전화를 했다. 사람들이 갑자기 몰리는 바람에 미처 빠져나가지 못한 유모차 안에서 아기가 으앙으앙 울기 시작했다. 순식간에 시장이 말 그대로 '시장바닥'이 됐다.

다행히 아기엄마가 아기를 안아올려 울음을 잠재웠고, 떡집 주인은 무사히 떡을 뱉어냈다. 소란이 잠잠해지자 반찬가게 사장이 이번에는 아기엄마에게 화살을 돌렸다.

"그러게 왜 이 좁은 시장에 유모차를 끌고 나와?"

아기를 달래던 엄마가 울컥했다.

"애엄마는 장도 못 봐요? 애엄마는 밥도 굶어요? 아줌마는 자식 안 키워봤어요?"

상인들이 달려들어 이번에는 아기엄마와 반찬가게 사장을 말렸다. 오뎅집 할머니가 아기엄마를 달래 돌려보내는 동안 정기섭이 가게에 있던 스프레이 페인트를 들고 나왔다.

"떡집이랑 반찬집 맨날 왜 이러세요. 두 집이 제일 심합니다. 제가 금 딱 그어드릴 테니까 앞으로 이 금 넘어오지 마세요."

정기섭은 옆 가게들의 진열대에 맞추어 두 집의 진열대와 좌판을 밀어넣고 바닥에 스프레이를 쫙 뿌려 선을 그었다.

"이 금 넘어오면 다 제 겁니다, 아셨죠?"

보고 있던 상인들이 껄껄 웃었다. 잘했다! 속이 시원하다! 하여간 정기섭이가 똑똑한 놈이야! 정기섭도 같이 웃어넘기다가 문득 모든 진열대를 이렇게 정리하면 되겠다는 생각이 들었다.

정기섭은 상인회에 진열대 제한선을 만들자고 제안했다. 통로도 넓어지고 소방도로도 확보할 수 있는 좋은 방법이었다. 상인들은 흔쾌히 동의했고 상인회는 귀찮은 마음에 정기섭에게 일을 맡겼다. 정기섭은 차선 도색하는 업체를 불러 시장이 쉬는 날 가게 앞에 노란 제한선을 그었다. 대로에서나 볼 법한 노란 선이 통행로를 따라 양쪽으로 반듯하게 그어져 있으니 시장이 더 깔끔하고 넓어 보였다.

이 일이 계기가 되어 정기섭은 전통시장 인정사업을 맡았다. 상인들과 건물주를 찾아다니며 동의서를 받고, 밤을 새워 세오시장 기능수행보고서를 만들었다. 정작 자기 장사는 내팽개치고 육 개월을 매달렸다. 시장이 생겨난 지 사십여 년, 세오시장은 드디어 전통시장으로 인정받았다.

공사비를 받아 당장 아케이드를 설치했다. 조명도 더 밝고 눈이 피곤하지 않은 것으로 교체했다. 시장 입구에 '세오시장' 간판도

달았다. 상인들은 더이상 무허가 노점상이 아니었다. 은행 대출도 쉬워졌고 언제 포클레인에 밀려버릴지 모른다는 불안감도 사라졌다. 상인들은 이참에 정기섭이 상인회 회장을 맡아주길 바랐다. 하지만 정기섭은 자신은 너무 어리다며 극구 사양했다. 대신 세오시장에서 오래 일했고 시장 일에 관심도 많은 만물상 윤사장을 회장으로 추대하고 총무를 자처했다. 여기에 전통시장 인정 등록 과정에서 많은 도움을 준 세 명의 상인들까지 더해 이른바 2기 상인회가 출범했다. 상인들은 2기 상인회를 '독수리오형제'라고 불렀다.

전통시장으로 인정받은 후에도 세오시장은 매일매일 위기와 맞닥뜨렸다. 명절이면 제수용품 원산지 단속, 여름철이면 보양식 원산지 단속, 시시때때로 위생단속반도 여봐란 듯 방송사 카메라까지 대동하고 들이닥쳤다. 모든 가게가 그런 것도 아닌데 뉴스에는 재래시장에서 죄다 더러운 중국산 가짜 물건들만 파는 것처럼 나왔다. 한동안 눈에 띄게 손님이 줄었다. 상인들은 묵묵히 물건을 팔고 음식을 만들고 목청이 터져라 손님들을 불러모았다. 상인회는 바닥 포장공사를 하고 비가 새는 지붕을 천막으로 때웠다. 걸핏하면 막히고 악취를 풍기는 재래식 하수구도 수리했다. 주차장을 만들고 별로 사용되지도 않는 쿠폰과 쇼핑카트를 만들고 미술학원생들을 불러 싼값에 벽화를 그렸다. 세오시장의 환골탈태는 모든 지상파 방송의 메인뉴스로 나왔다. 주부들을 대상으로 하는 아침 정보프로그램에도 심심치 않게 등장했다. 다시 손님이 늘었다.

그러다 세오시장 최대의 위기가 찾아왔다. 근방에 대형마트가 들어선다는 소문이 돈 것이다. 정기섭은 버스를 두 번이나 갈아타고 마트의 본사 사무실을 찾아갔다. 소문이 사실이냐고 따져 물었다. 마트 측에서는 아직 확정된 것이 없으니 돌아가라고 했다. 세오시장 앞에 마트를 내기로 한 것은 아닌데, 지점을 확장하고 있는 상황이니 어디든 상권이 좋다면 후보지로 검토할 것이고, 세오시장 앞이라고 후보지가 되지 말라는 법은 없지만, 아직 결정된 것은 아무것도 없다고 말을 빙빙 돌렸다. 정기섭이 다시 물었다.

"세오시장 앞에 절대, 절대 대형마트가 들어서지 않는다고 약속할 수 있습니까?"

홍보실장은 난감한 표정으로 잠시 생각하다가 답했다.

"그건 아닙니다."

정기섭은 마음을 굳혔다.

"알겠습니다."

정기섭은 하루가 멀다 하고 관할부서에 진정서를 넣고, 시장 면담을 요청하고, 서명운동을 하고, 지역 신문사에 인터뷰를 자청했다. 시장 입구에 커다랗게 '마음의 고향, 세오시장을 살립시다!' 라는 플래카드를 내걸었다. 세오시장 살리기운동은 중앙일간지에 기사화되기도 했다. 정기섭은 시청 앞에서 삭발식을 갖고 일인시위도 했다. 시위를 한다고 밥 굶고 잠 못 자는 것은 아니었다. 하지만 바람이 제법 차가워지기 시작하는 즈음이어서 코가 시리고 엉덩이가 얼얼했다. 종일 찬 바닥에 앉아 있으니 치질도 도졌다. 그렇다고 시위하는 사람이 폭신한 방석을 깔고 앉을 수도 없는 노릇이었다. 종일 방귀 참는 사람처럼 엉덩이를 좌우로 들썩거렸다.

시위가 일주일을 가뿐히 넘기고 정확히 열흘째 되는 날이었다. 직원들이 몰려나오는 점심시간에는 자리를 지키고 앉아 있어야 하기 때문에 정기섭은 열한시가 조금 넘어 이른 점심을 먹으러 갔다. 근처에 맛있는 김치찌갯집이 있다기에 찾다가 길을 헤맸다. 아직 열두시도 안 됐는데 가게에는 이미 손님이 꽉 들어차 있었다. 어쩔 수 없이 모르는 사람과 마주한 채 밥을 먹었다. 메뉴는 김치찌개 하나였다. 주문할 필요도 없이 자리에 앉자마자 뚝배기와 공깃밥이 나왔다. 낯선 사람과 눈을 마주치지 않기 위해 고개를 푹 숙이고 펄펄 끓는 찌개를 허겁지겁 들이부었다. 자리에서 일어서며 마지막 숟갈을 뜨고 물을 마시면서 계산을 하고 정신없이 시청으로 뛰었다. 뱃속에서 찌개와 찬물이 섞여 출렁출렁했다. 위가 뜨겁고 시렸다.

시청 앞 횡단보도에 서서 보니 피켓으로 꾹 눌러놓은 은박돗자리의 모서리가 바람에 펄럭이고 있었다. 정기섭은 신호가 바뀌자마자 횡단보도를 전력질주해 아무 일 없었다는 듯 은박돗자리에 앉아 피켓을 들고 눈을 감았다. 급히 먹은 탓인지 자꾸만 트림이 올라왔다. 주위의 눈치를 살피며 헛기침을 하는 척 몇 번 트림을 했지만 속이 편해지지 않았다. 깊게 심호흡을 하고 가슴을 두드렸다. 사이다 한 모금이 간절했지만 자리를 비울 수가 없었다. 기어이 아랫배까지 찌르르 아파왔다. 아무래도 배탈이 난 것 같았다. 화장실에 가고 싶었지만 일단 아무렇지 않게 시청 직원들 사이에 끼어 화장실에 들어갈 자신이 없었다. 점심시간이 다 끝나고 사람들이 줄어들면 화장실에 가야겠다고 참는 사이 아랫배의 통증은 점점 심해졌다. 식은땀이 흐르고 시야가 좁아졌다 넓어졌다 좁아지기를 반복했다. 순간 정신을 잃었다. 쿵 하는 소리와 함께 광대뼈가 찌릿했다.

"여기 사람이 쓰러졌어요!"

"이것 보세요! 괜찮으세요?"

"119 불러, 119!"

정기섭의 시야는 여전히 암흑이었고 낯선 목소리들만 들렸다. 대형마트가 뭔지 사람 잡게 생겼다고도 했고, 일단 업고 뛰겠다고도 했다. 누군가 정기섭의 옆구리에 손을 끼우고 일으키기 위해 애쓰는 듯했다. 보기에는 비쩍 말랐지만 생각보다 뼈대가 튼튼한 정기섭은 쉽게 일으켜지지 않았다. 여러 사람에게 팔다리를 붙들린 채 이리저리 뒤집히고 있을 때, 젊은 여자가 119에 전화하는 소리가 들렸다. 정기섭은 정신이 번쩍 들었다. 구급차에서 큰 실수를 할 판이었다. 그에게 필요한 건 119가 아니라 마음 편하게 볼일을 볼 수 있는 화장실 한 칸이었다. 죽을힘을 다해 눈을 뜨고 손을 뻗어 여자의 손목을 잡으며 말렸다.

"괜찮아요. 괜찮습니다. 119 부르실 것 없어요. 그냥 화장실을 좀 다녀오면 될 것 같습니다."

사람들은 당황한 듯했지만 일단 정기섭을 부축했다. 참다 참다 똥독 올라 기절까지 했다는 걸 알면 이 사람들이 얼마나 비웃을까. 정기섭은 구역질이 나는 듯 손으로 입을 막고 웩, 웩 소리를 냈다. 부축하던 사람들이 걱정했다.

"속이 안 좋으세요? 날도 추운데 맨바닥에서 이러고 계시니 병 나죠. 식사도 제대로 못 하실 텐데."

"구역질하는 거 뇌진탕 증상인데. 바닥에 머리 부딪친 거 아니 에요? 어지럽진 않으세요?"

정기섭은 괜찮다고 말하면서 몇 번 더 구역질하는 시늉을 했다. 가장 구석에 있는 칸에 들어가 문을 걸어잠갔다. 급히 바지를 내 리고 시원하게 큰일을 보며 입으로는 계속 구역질하는 소리를 내 고 손으로는 계속 물을 내렸다. 젠장, 똥 한 번 싸기 힘드네.

손을 씻으며 거울을 보니 얼굴이 하얗게 질려 있었다. 바닥에 부 딪친 광대뼈에 그새 보랏빛 멍이 올라왔다. 손을 탈탈 털며 화장실 을 나서는데 입구에 지역경제과 과장이 기다리고 있었다. 과장은 정기섭의 손을 꼭 잡으며 자신이 책임지고 문제를 해결하겠으니 제발 시위를 그만두라고 당부했다. 토하고 나왔는지 똥 싸고 나왔 는지 모르는 사람의 젖은 손을 덥석 잡는 것을 보면 일말의 진심은 담겨 있는 듯했다. 정기섭은 어쩔 수 없이 시청 직원들의 부축을 받으며 시장으로 돌아왔다. 광대의 시퍼런 멍이 훈장 같았다.

대형마트는 들어서지 않았다. 정기섭은 이유야 어찌됐든 자신 이 기절까지 하며 시위한 덕분이라고 생각했다. 마침 대통령이 경 제인모임에서 상생을 강조하는 연설을 했다. 대기업과 중소기업 이 동반성장하고, 노사가 화합하고, 대형마트와 지역상권이 함께 살아가는 방법을 고민해달라며 직접 '대형마트와 지역상권'을 거 론했다. 이 때문인지 대형마트의 몸집 불리기는 주춤했다. 마트 측에서는 세오시장 앞에 새 점포를 낼 계획이 없다고 공문을 보내왔다. 처음부터 세오시장 인근은 후보지도 아니었다고 했지만 상인회 다섯 사람은 믿지 않았다. 이제 와 뒷걸음질친 것에 대한 변명이라고 비웃으며 밤새 축배를 들었다.

정기섭 최초의 기억은 세오시장이다. 한여름이었다. 할머니가 잠든 정기섭을 품에 안고 가게 입구에 놓인 의자에 비스듬히 앉아 있다. 할머니는 정기섭에게 계속 손부채질을 하면서 노래를 불러주었다. 친할머니는 아니었다. 사람들이 지나가면서 시끄러울 텐데 아기가 잘 자네, 참 순하네, 했다. 두세 살 때쯤으로 생각되는데 이상할 정도로 선명했다. 잠결에 얼핏 본 붉은 천막, 눅눅했던 할머니의 품과 슬픈 노랫소리. 그때의 오감을 생생히 기억했다. 정기섭은 누군가에게 들은 얘기일지 모른다고 생각했다. 거기에 정기섭의 상상이 덧대지고 덧대진 것 같다. 확실한 것은 정기섭이 시장 사람들의 손을 옮겨다니며 자랐다는 것이다.

부모님은 장사로 바빴고 어린 정기섭은 온종일 시장에서 혼자 놀았다. 시장 사람들은 정기섭을 제 조카나 손자처럼 잘 거둬주었다. 이 집 저 집 다니면서 과자와 떡을 얻어먹고, 양말과 내복을 얻어 입었다. 어른들이 손에 쥐여주는 사과와 감자, 두부, 쥐포 같은 것들을 가지고 놀았다. 명실공히 세오시장의 아들인 정기섭이 자라 세오시장을 되살렸다는 것은 어느 건국신화보다도 감동적이고 드라마틱한 이야기였다.

3

박상운은 배달 온 김밥이 몇 줄인지 세고 있었다. 피디와 작가
들이 대본과 자료, 소품을 챙기는 동안 박상운이 김밥을 챙겼다.
조연출 하나가 다가오더니 김밥 봉지를 가져갔다.

"왜 이런 걸 사장님이 들고 그러세요. 제가 들고 갈게요."

시청률이 안 나와 잘리고, 쥐꼬리만한 제작비에 계속 적자가 나
서 그만두고, 개편을 맞이해 프로그램이 폐지되고, '네오프로덕
션'의 프로그램은 이제 하나밖에 없었다. 남아 있는 프로그램이라
도 지켜야 했기에 박상운이 팔을 걷어붙였다. 직접 나서서 녹화장
도 가고 회의도 참석하겠다고 하자 담당피디 최경모가 내친김에
김밥 얘기를 꺼냈다.

"우리도 김밥 준비하는 거 어때요? 사실 대본 리딩 때 되게 썰
렁하거든요."

녹화가 이른 시간이라 다들 아침을 굶고 온다는 것이다. 첫 녹화를 마치고 온 최경모가 다른 외주제작사들은 다 그렇게 한다며 김밥과 커피를 준비하자고 했다. 박상운은 화를 냈다.

"방송 잘 만들 생각을 해야지 왜 그런 쓸데없는 일에 정력을 낭비하고 그래? 니가 피디야, 주방장이야?"

"먹을 게 있으면 아무래도 분위기도 화기애애하고요. 그리고 속이 든든하면 진행도 더 잘 해줄 거 아니에요."

"그 사람들 다 프로야. 밥 굶는다고 멘트 못 하는 거 아니야. 왜 시키지도 않은 잡일을 나서서 하려고 해? 자기 일 잘하는 것도 중요하지만 자기 일 아닌 건 안 할 줄 아는 것도 중요해. 그게 같은 포지션에 있는 동료에 대한 예의야. 그거 우리 일 아니니까 신경 쓰지 마."

그랬던 박상운이 결국 김밥 봉지를 들고 회의에 들어가게 됐다.

방송국에 도착한 조연출들은 기계처럼 척척 움직였다. 회의 참석 인원수만큼 의자를 남기고 나머지는 복도에 내놓았다. 자리마다 대본과 구성안, 자료를 한 부씩 올려놓고 김밥 한 줄과 커피를 놓았다. 진행자와 패널 들의 얼굴에 화색이 돌았다. 김밥이 반가웠던 것이다.

곧 본사 소속 관리피디인 김상호가 회의실에 들어왔다. 김상호는 박상운을 보더니 깜짝 놀라며 꾸벅 인사를 했다.

"선배님, 안녕하십니까. 여긴 웬일이세요?"

"응, 앞으로는 나도 회의 참석하려고. 같이 제작할 거야."

김상호와 박상운의 심상치 않은 분위기에 패널들이 어리둥절했다. 네오프로덕션 조연출과 작가 들은 우리 사장님이 진짜 김상호 선배가 맞구나 하며 으스대는 표정이었다. 김상호는 진행자와 패널 들에게 박상운을 소개했다.

"제 첫번째 사수였어요. 오 년 전에 퇴사하셔서 지금은 네오프로덕션 사장님이시구요."

진행자와 패널 들은 김밥을 우물거리며 인사를 건넸다.

"너무 젊으셔서 사장님이신 줄 몰랐네요."

"그럼 저희 선배시구나. 제가 입사하기 전에 퇴사하셔서 못 알아봤어요."

화기애애한 분위기 속에서 회의가 시작됐다. 그런데 김상호는 담당작가가 취재 내용을 열심히 설명하고 있는데도 들은 척 만 척하며 젓가락으로 김밥을 들어 이리저리 살폈다. 이번에는 김밥을 다시 내려놓고 젓가락을 한 짝씩 양손에 들더니 김을 풀고 밥을 풀고 속재료들을 풀어헤쳤다. 단무지와 햄, 계란을 집어먹고 밥을 집어먹었다. 그리고 다른 김밥 한 알을 눕히더니 또 집중해 김을 풀고 밥을 풀고 속재료들을 풀었다. 이번에도 속재료 몇 가지를 입에 넣고 밥을 집어먹었다. 박상운은 저 새끼가 뭐하나 싶어 멍하니 김상호를 쳐다보고 있었다. 진행자와 패널 들도 회의에 집중하지 못했다. 김상호는 세번째 김밥을 풀기 시작했다. 손가락이 미끄러지면서 김밥이 붕 날아와 박상운 앞에 착지했다. 김상호는 짜증난다는 듯 젓가락을 탁 내려놓았다. 김상호는 내내 인상을 찌푸리며 방송 내용에 대해서 한마디도 하지 않았다. 회의를 마치고 여자 진행자가 나직하게 물었다.

"김피디님 당근 안 드시는데, 모르셨어요?"

몰랐다. 당연히 몰랐지. 당근을 안 먹는지 단무지를 안 먹는지 알 게 뭐야. 그리고 당근 안 먹어도 그래. 이게 당근주스도 아니고 당근샐러드도 아니고. 여기 당근이 들어 있으면 얼마나 들어 있다고. 그렇게 싫으면 아예 먹지 말든지. 굳이 회의하는데 김밥을 다 풀어서 당근을 파내고 있어야겠어? 박상운은 어이없어서 웃음이 피식 나왔다. 이번에는 김상호가 직접 물었다.

"다른 팀들은 제 꺼 당근 빼고 싸와요. 모르셨어요?"

당연히 몰랐지! 알아도 몰랐다, 이 새끼야! 이 콧구멍에 당근 꽂고 뒈질 새끼야! 박상운은 욕이 나오려는 걸 참느라고 어금니를 꽉 깨물고 인자하게 말했다.

"그랬구나. 그래도 골고루 먹어야 하는데."

그리고 정말 자존심 상했지만 꾹 참고 한마디 더 덧붙였다.

"앞으로는 당근 빼고 싸달라고 할게."

박상운은 빈 회의실에서 담배를 피우고 마지막으로 나왔다. 스튜디오로 가기 위해 엘리베이터를 기다리는데 김상호가 다가왔다. 김상호는 오늘 처음 만난 것처럼 다시 깍듯하게 인사했다. 이 예의바른 후배가 아까 당근 갖고 트집을 잡던 그 개자식과 정말 동일인물이란 말인가. 박상운은 김상호가 분명 다중인격장애를 가지고 있을 거라고 생각했다. 그때 김상호가 주변을 한 번 빙 둘러보고는 낮은 목소리로 말했다.

"참, 선배. 다음 개편 때 외주제작사 한 곳 교체할 예정이에요.

근데 네오가 성적이 좀 안 좋아요. 남은 기간 동안이라도 분발하셔야 될 거예요."

"우리 시청률도 나쁘지 않다던데 왜?"

"시청률이야 다 고만고만하고요. 본사 평가점수가 낮아요. 아직 아무도 몰라요. 선배한테만 살짝 말씀드리는 거예요."

본사 평가점수가 낮다는 것은 김상호가 점수를 낮게 주고 있다는 뜻이다. 그 말을 선심 쓰듯 자기 입으로 하다니. 김상호 정말 많이 컸구나. 박상운은 처음으로 회사를 그만둔 것을 후회했다.

김상호는 박상운이 퇴사 직전 시사고발프로그램을 할 때 조연출이었다. 보충촬영을 시켜도, 자료화면을 찾아오라고 해도, 가편집을 맡겨도 어느 것 하나 똑똑하게 해내지 못했다. 카메라를 어떻게 들고 있었는지 인터뷰어의 이마가 뚝 잘리게 찍어오고 국회의장 화면을 찾아오라고 했더니 전 의장 자료화면을 찾아왔다. 싫은 소리도 하고 욕도 하고 편집실에서 테이프도 집어던져봤지만 나아지지 않았다. 갓 입사했고 첫 프로그램이라는 점을 감안하더라도 용납이 안 됐다. 일하는 감각도 없고 사회생활 하는 눈치도 없었다. 박상운은 김상호와 마주칠 때마다 이마 정중앙을 검지로 콕콕 찍으면서 꼴통 고문관이라고 불렀다.

박상운이 광주항쟁 관련 프로그램을 제작할 때도 김상호가 조연출이었다. 광주항쟁과 관련된 사람들을 다시 만나보는 기획이었다. 오래 취재하고 섭외했다. 생존자와 희생자 유가족, 외신기자들, 광주항쟁 기념재단 관계자, 관련 작품을 남긴 시인, 소설가,

화가, 영화감독과 배우 들을 만났다. 당시 계엄군에게 양심고백도 들을 수 있었다. 하지만 가장 중요한 한 사람을 섭외하지 못했다. 박상운은 미친 척하고 연희동 집 앞에서 며칠씩 잠복했다. 자녀들이 운영하는 회사와 교수로 있는 대학에도 찾아가고 손주들의 학교도 수소문했지만 단 한 명도 만나주지 않았다. 처음부터 가능성 없는 일이라고 생각했지만 포기하고 싶지 않았다. 방송 날짜는 다가오고 할 일은 많은데 박상운은 끝까지 미련을 버리지 못했다.

"야, 꼴통. 네가 한 번 섭외해봐."

"예?"

"이 섭외 성사시키면 너 인정할게. 꼴통이라고 안 부를게. 아니, 못 만나도 좋아. 전화녹취라도 따봐."

"전화번호가 몇번인데요?"

"그걸 나한테 물어보면 어쩌자는 거냐? 114에 물어보든지."

김상호는 주춤했다. 그러더니 책상 위에 놓인 전화기를 집어들었다. 진짜 114를 눌렀다.

"사랑합니다, 고객님."

"저기…… 전, 두, 환이요."

"주소가 어떻게 되나요?"

"서대문구 연희동이요."

"서대문구 연희동에 전, 두, 환님 말씀이십니까?"

"예에."

전화기 너머에서 자판 두드리는 소리가 들렸다.

"죄송합니다, 고객님. 등록된 번호가 없습니다."

김상호는 보일 듯 말 듯 손을 떨면서 수화기를 내려놓았다.

"등록된 번호가 없다는데요?"

설마설마하며 지켜보고 있던 박상운은 할 말을 잃었다. 그 이후로 박상운은 밥을 시키거나 커피를 뽑아오는 잔심부름 이외에 일과 관련된 어떤 것도 김상호에게 시키지 않았다. 못 미더워서가 아니라 괴롭히기 위해서였다. 실제로 김상호는 많이 괴로워했다.

교양국 전체 송년회가 있던 날이었다. 근처에서 가장 큰 고깃집을 통째로 빌렸지만 생각보다 사람들이 많이 오지 않았다. 다들 코앞에 닥친 방송 일정으로 바빴고, 젊은 사람들 입장에서는 차장, 부장, 국장까지 모두 오는 자리가 편치 않았다. 다행히 눈치 빠른 어르신들이 오붓하게 한 테이블에 둘러앉았고 바로 옆에는 신입사원과 어린 조연출, 막내작가 들이 떠밀려 앉았다. 촬영 마치고 편집 마치고 대본 쓰다 일부러 느긋하게 온 중견급 피디와 작가 들은 멀찌감치 자리를 잡았다.

박상운도 일찍 가면 국장 옆에, 제시간에 가면 팀장 옆에 앉게 된다는 불문율을 잘 아는지라 일부러 한 시간 늦게 갔다. 가장 구석에 올망졸망 모여 앉은 어르신들은 벌써 얼굴이 벌겋게 달아올라 있었다. 얼핏 들으니 젊었을 때의 무용담을 늘어놓고 있었다. 폭설에 촬영 갔다가 눈사태에 깔려 죽을 뻔한 얘기, 몰카 들고 인신매매범 봉고차 탔다가 진짜 새우잡이배에 팔려갈 뻔한 얘기, 조연출도 작가도 없이 혼자 찍고 편집하고 대본까지 썼다는 얘기. 박상운도 그동안 많이 들었다. 나약하고 의식 없는 후배들을 각성

시키기 위한 레퍼토리인 줄 알았더니 자기들끼리도 이런 얘기를 하고 있었다. 그들을 지탱해주는 힘은 돈도 지위도 나이도 아닌 젊고 치열했던 시절의 기억이다.

바로 옆에 앉은 조연출과 막내작가 들은 전투적으로 고기만 먹고 있었다. 바쁜데 재미도 없는 자리 끌려왔으니 고기나 실컷 먹자는 식이었다. 언젠가 그들도 옆자리의 어르신들처럼 이 시절을 얘기할 것이다. 막내가 바쁘다고 회식을 빠져? 회식도 일이야. 먹고 들어가서 밤새우는 거지. 우리 때는 기본 일주일씩은 집에 못 들어갔잖아.

김상호도 동기들과 함께 팀장 옆 테이블에 앉아 고기를 먹고 있었다. 술이 들어가서 그런지 한껏 들떠 보였다. 그가 얘기를 던지면 주위 사람들이 모두 웃었다. 의외로 김상호는 술잔을 돌리고 농담을 건네며 분위기를 이끌고 있었다. 박상운은 김상호가 이렇게 큰 목소리로 말하는 것을 처음 들었다.

박상운이 일이 남았다며 사무실에서 뭉그적거리고 있자 김상호도 눈치를 보며 자리를 지키고 있었다. 얼른 가라고, 가라고 해도 말을 듣지 않았다. 결국 박상운이 속마음을 털어놓았다.

"얼렁 가, 새꺄. 나 회식 가기 싫어서 그러는 거야."

"저도 가기 싫어서 그래요, 선배."

"우리 둘 다 이러고 있으면 눈에 띄잖아. 너라도 가. 아, 저 꼴통."

박상운이 욕을 해도 김상호는 묵묵히 그 욕을 한 귀로 흘리고 있었다. 그동안 욕을 너무 많이 했다. 어떤 욕도 김상호를 각성시키지 못했다. 박상운은 김상호를 살살 구슬렸다. 끼니 챙겨먹기 힘든데 가서 고기 실컷 먹으라고, 오랜만에 동기들과 회포 풀라고, 잘 노는 사람이 일도 잘하는 거라고, 자신도 곧 갈 거라고 떠밀듯 보냈다. 그랬더니 정말 고기 실컷 먹으며, 동기들과 회포 풀고, 잘 놀고 있었다. 박상운은 괜히 그 꼴이 보기 싫었다.

술자리가 길어지며 이가 빠진 것처럼 숭숭 자리가 비었다. 회식이 끝날 무렵이면 사람들은 이상하게도 밖에 나가 통화를 하고 담배를 피우고 화장실에 들락거렸다. 얼큰하게 취한 몇 명이 술병과 잔을 들고 돌아다니며 주변에 술을 권했다. 또 몇 명은 빈자리를 찾아다니며 뒤늦게 인사를 하고 말을 걸었다. 그렇게 자리가 섞이고 섞였다. 숯을 빼자마자 불판은 차갑게 식었다. 살코기에서 떼어낸 비곗덩어리와 지글지글 끓던 기름이 허옇게 굳어갔다. 윙윙 시끄럽게 돌아가던 환풍기도 멈추었다. 누군가는 벽에 기대어 졸았고 누군가는 혼자 술잔을 기울였다. 나른한 일요일 오후처럼 시간도 천천히 흐르는 듯했다.

박상운이 일어서려는데 김상호가 잔을 들고 와 옆자리에 앉았다. 김상호는 멀쩡히 잘 걸어오다가 자리에 앉으며 휘청했다. 술잔을 테이블에 쾅 내려놓고 박상운을 보며 배시시 웃었다.

"선배, 죄송해요. 제가 너무 일을 못해서. 근데요, 선배. 원래도 못했는데 선배가 못한다 못한다 하니까 더 못해지는 것 같아요. 아, 그렇다고 선배 원망하는 건 아니고요. 그러니까 제가 잘해야죠. 그런 의미에서 제가 선배 술 한잔 따라드릴게요. 그동안 정말 죄송했슴미다아아."

박상운은 엉겁결에 잔을 받았다. 김상호가 가져온 술잔에는 기름이 잔뜩 묻어 있었다. 적어도 세 가지 색깔의 립스틱이 예쁘게 둘러 찍혀 있었고 군데군데 고춧가루가 붙어 있었다. 김상호가 그 잔에 맑은 소주를 들이부었다. 순식간에 술이 잔 밖으로 넘쳐 박상운의 손등으로 콸콸 쏟아졌다.

"아, 죄송해요. 제가 취했나봐요."

김상호는 급히 테이블에 있는 물수건을 집어들어 박상운의 손을 닦았다. 박상운이 입을 닦고 손을 닦고 테이블에 튄 기름과 쌈장을 닦은 물수건이었다. 박상운은 물수건을 뺏어 집어던지고 손을 탈탈 털었다. 소주가 증발하며 손등이 시원했다. 박상운은 김상호의 이마를 검지로 콕콕 찍으며 말했다.

"꼴통, 꼴통. 주사도 꼴통같이 한다."

박상운이 밀치는 대로 앞뒤로 흔들흔들하던 김상호가 갑자기 박상운의 검지를 붙잡았다.

"근데요, 선배. 젊은 사람한테는 막 하시는 거 아니에요. 아직 어리고, 어리니까 경험도 없고, 돈도 없고, 지위도 낮은 거예요. 지금은 그렇지만요, 시간은 가만히 있지 않잖아요. 시간이 가면 그 한심한 어린놈들도 나이 먹고, 경험도 생기고, 돈도 생기고, 지위도 높아져요. 그럼 예전에 잘나가던 사람들은 어떻게 되느냐? 늙고 힘이 없어지는 거죠. 그때는 상황 역전이라고요. 그러니까 젊은 사람들한테 막 하시는 거 아니에요. 젊다는 게 그래서 무서운 거예요. 지금 잘나가서가 아니라 잘나갈 가능성이 있어서."

박상운은 새겨듣지 않았다.

"너랑 나랑 몇살이나 차이난다고 그러냐? 시간 지나서 네가 잘 나가게 되면 그때 나는 완전 잘나가고 있을 테니까 걱정 마."

김상호의 말대로 시간은 무서웠다. 오 년 만에 상황은 역전됐고 박상운은 아직 늦지 않았지만 힘은 확실히 없어졌다.

4

사는 게 조금만 여유 있었다면 어떻게든 아이를 고쳐보려고 했을 것이다. 하필 그때 일이 터졌다. 오영미의 남편이자 김일우의 아버지인 김민구가 해고를 당한 것이다. 단순히 가장이 직장을 잃고 가계의 수입원이 사라지는 생활의 문제가 아니었다. 알고 보니 김민구가 정식직원이 아니었던 것이다. 십 년 넘도록 남편에게 속았다는 생각에 오영미는 망연자실했고, 십 년 넘도록 자신이 계약서 한 장 안 쓰고 일해왔다는 사실을 깨달은 김민구는 아연실색했다. 바보 같은 말이지만 김민구도 자신이 정직원이 아닌 줄은 진짜 몰랐다. 그렇다고 정규직인 줄 알았던 것은 아니고, 정규직인지 계약직인지 기간제인지 하는 생각을 아예 해보지 않았다. 부자가 사이좋게 바보짓 하고 사는 동안 오영미는 그 바보 같은 아들을 키우고 바보 같은 남편을 뒷바라지했던 것이다. 오영미야말로 진짜 바보 됐다.

연애 시절 오영미는 고등학교 직원인 김민구가 공무원인 줄 알았다. 결혼 후, 김민구가 다니는 학교가 사립학교라는 것을 알았을 때는 아차 싶었다. 하지만 매일 출근했고 꼬박꼬박 월급이 나왔고 직장의료보험에도 가입되어 있었다. 회사가 망하는 일은 있어도 학교가 망하는 일이 있겠느냐는 김민구의 말을 믿었다. 사실이었다. 학교는 망하지 않았고 김민구는 해고됐다.

기말고사를 앞둔 6월 말이었다. 뒷동산에는 패랭이꽃과 피튜니아, 장미가 속을 다 드러내며 활짝 피었다. 여학생들은 꿀풀을 뽑아 가느다랗고 하얀 꽃대에 입술을 대고 달콤한 꿀을 맛보곤 했다. 마침 전날 비가 내려 잔디가 촉촉이 젖어 있었다. 청명했다. 김민구는 학교에서 일한다는 것이 얼마나 행복한 일인지 생각했다. 그렇게 좋은 날, 학교에서 가장 전망이 좋은 교장실에서 커다란 창 밖으로 학교 전경을 내려다보며 해고통지서를 받았다.

"이제 계약직을 이렇게 오래 둘 수가 없게 됐다고 하네. 일 잘 아는 사람이 오래 일해주면 학교 입장에서도 좋지만 법이 이러니 어쩔 수 있나. 다른 일 찾아보게."

일 잘 아는 계약직을 오래 둘 수 있는 방법이 없는 것은 아니었다. 정직원으로 채용하면 되는 것이었다. 이 년 이상 일한 비정규직을 정규직으로 전환해야 하는 법안이 다음달이면 시행된다고 했다. 법안이 시행되기 전에 학교는 부랴부랴 김민구와 또다른 행정실 직원 한 명을 해고했다. 다른 직원은 출산예정일을 한 달 앞둔 만삭의 임신부였다. 그녀는 행정실에서 오 년 동안 일했다. 나란히 종이 한 장씩을 받아들고 교장실을 나섰다. 텅 빈 복도에 두 사람이 슬리퍼 끄는 소리가 찍찍찍 울렸다.

"애 낳고 출산휴가 가 있는 동안 누가 내 일을 하나 걱정했어요. 왜 그런 걱정을 했나 모르겠어요."

김민구는 그녀를 위로하려다 자신이 남 걱정할 처지가 아니라는 사실을 깨달았다.

"……순산하세요."

보름 후 김민구는 순산했다는 문자메시지를 받았다. 퇴직 이후로 아이가 잘 크지 않더니 보름이나 일찍 나왔단다. 덕분에 아이가 작아서 수월하게 낳았다고 했다. 다행이네요, 라고 적었다 지우고 축하합니다, 라고 적었다 지우고 몸조리 잘하세요, 라고 답장을 보냈다. 나른했다. 이러면 안 된다고 생각하면서도 도대체 의욕이라는 것이 생기지 않았다. 김민구는 신생아처럼 누워만 있었다. 마음 급한 오영미가 나섰다. 몇 날 며칠을 인터넷을 뒤지고 동네도서관을 헤집고 다니더니 부당해고 구제신청서를 만들어 김민구에게 건넸다.

"읽어봐, 맞는지."

"이게 뭐야?"

"노동위원회에 낼 거야. 잘하면 일우 아빠 복직할 수도 있어."

신청서는 한 편의 대하드라마였다. 면접을 보던 날, 학교에 뼈를 묻겠다고 말하는 김민구에게 재단 이사장이 뼈를 묻어줄 사람을 찾고 있다고 대답했던 일. 복사실에 불이 났을 때 가장 먼저 검은 연기를 헤치고 들어가 불을 껐던 일. 두 번이나 우수직원으로 선정됐던 일. 감동적인 사연은 재단이 예산 부족을 핑계로 십년 넘게 성실하게 일해온 직원을 부당해고하려 한다는 이야기로 슬프게 끝났다. 재단이 얼마나 안정적인 재정상태인지 관련자료도 첨부했다.

"와, 진짜 내가 쓴 거 같다."

"내 눈에는 일우 아빠 속이 다 보이거든."

"재단 재정현황 자료는 어디서 났어?"

"이 정도는 인터넷에 다 나와. 요즘이 어떤 세상인데. 아무튼 잘못된 거 없다 이거지? 그럼 가서 제출하고 와. 당신 일인데 그거라도 해라."

구제신청은 받아들여졌다. 몇 달 후 김민구는 복직했지만 곧바로 학교로부터 고소당했다. 공금을 횡령했다는 것이다. 벌써 몇 년이 지난 일이었다. 수납업무를 하던 여직원이 양치질을 하러 간 사이 김민구가 한 학생의 등록금을 대신 받은 적이 있었다. 생각 없이 책상 위에 올려두었는데 감쪽같이 돈이 사라졌다. 어쩔 수 없이 사십만원 가까이 되는 돈을 채워넣었다. 이 일로 오영미에게 일 년을 들들 볶였고 오영미 외에는 누구도 문제삼지 않았다. 그런데 이제 와서 공금횡령이라는 것이었다. 실수였다고, 그래서 변제했고 아무 문제가 없다는 것을 모두 알고 있다고 항변했지만 소용없었다. 모두 입을 다물었다.

이기지 못하리라는 것을 알면서도 포기하지 못했다. 희망도 정의도 아니었다. 그저 타이밍을 놓쳤을 뿐이다. 전의도 없고 물러서지도 못한 외로운 시간을 보냈다. 혼자 먹는 밥도, 인사를 받아주지 않는 상사와 눈을 마주치지 않는 동료도, 대놓고 수군대는 목소리도 괴로웠다. 아무리 나이를 먹고 세상 험한 꼴 많이 봤다 해도 힘든 건 힘든 거다. 결국 채워넣은 돈보다 더 많은 돈을 벌 금으로 냈고, 벌금형을 근거로 징계해고당했다. 김민구는 오히려 속이 시원했다. 짐을 싸서 나오던 날도 여름이었다. 비가 망나니 처럼 왔다. 우산을 썼는데도 어깨와 종아리가 다 젖었다. 김민구 는 때아닌 감기에 걸려 한참을 앓았고, 오영미는 화병이 났다.

"무슨 남자가 그렇게 약해빠졌어? 적극적으로 살 방법을 찾으 란 말이야. 학교로 다시 돌아갈 거면 끝까지 싸우고, 아니면 다른 일자리를 구하라고!"

"좀 쉬자."

"지금까지 일우 아빠 많이 쉬었어. 발 동동 구르면서 사방팔방 미친년처럼 뛰어다닌 사람은 나라고. 아무것도 안 하고 뇌고 내장 이고 쓸개고 다 빠져나간 빈껍데기인 양 멍하니 자리만 지키고 앉았던 사람이 뭐가 힘들다고 또 쉰대?"

"나도 뭐라도 하고 싶었어. 아무것도 못 하면서 자리만 지키고 있는 것도 힘들어. 그게 더 힘들어!"

해고와 복직과 공금횡령 법정공방과 벌금형, 또다시 해고. 일 년 동안 너무 많은 일이 일어났다. 실제로 힘이 들긴 했는지 안 그래도 마른 김민구는 살이 십이 킬로그램이나 빠지고 눈에 띄게 늙었다. 아프기도 많이 아팠다. 편두통과 속 쓰림, 변비와 설사의 반복, 손발 저림과 무릎 통증으로 대학병원을 순회하며 머리끝부 터 발끝까지 검사란 검사는 모조리 했다. 아무 이상 없었다. 하지만 김민구는 진짜 아팠다. 마지막으로 찾아간 정신과에서 아픈 곳이 없어도 아플 수 있다는 사실을 알았다.

사람들과 눈도 못 마주치고 누가 인사라도 건네면 손을 덜덜 떨면서 말을 더듬는 김민구를 받아주는 회사는 없었다. 어쩌다 어렵게 일을 구해도 일주일을 못 버티고 뛰쳐나왔다. 전세보증금 까먹는 것은 갑 속의 담배가 줄어드는 것만큼이나 금방이었다. 한꺼번에 두세 대 물고 빡빡 피우는 것도 아닌데 한 개비 한 개비 꺼내다 보면 금세 마지막 한 개비가 외롭게 담뱃갑 속을 굴러다니는 법이다. 드디어 쌀이 떨어져 밥을 굶는 일이 벌어졌다. 더 좁고 어두운 집으로 이사를 했다. 오영미는 직원을 구하는 모든 회사에 김민구의 이력서를 보냈다. 택배회사 배달사원에도 지원하고, 웹디자이너에도 지원하고, 자동차 판매사원에도 지원하고, 학원강사에도 지원했다. 김민구는 오영미가 하는 짓을 보며 걱정만 했다.

"나 그런 일 못 해. 웹디자이너가 뭔지도 모르는데 어떻게 일을 하냐?"

"시끄러! 할 수 있는지 없는지는 일우 아빠가 판단하는 게 아니라 회사에서 판단하는 거야. 회사에서 부르면 그 일은 할 수 있는 일이야. 잔말 말고 뭐든 해! 일우 아빠 가장이야."

김민구 사람 만드느라 김일우는 내팽개쳐두었다. 무관심한 시간은 청춘을 늙게 하고, 병을 키우고, 아이를 메마르게 했다. 그렇게 김일우는 조금 덜 바보 같아질 수 있는 기회를 놓쳤다. 오영미와 김민구가 힘든 시간을 죽지 못해 견뎌내고 가까스로 정신을 차렸을 때는 아무것도 되돌릴 수 없었다.

5

늦잠을 자고 일어났는데 집이 공포영화의 첫 장면처럼 어둡고 고요했다. 싱크대 수도레버가 꽉 잠기지 않았는지 물방울 떨어지는 소리만 똑, 똑, 똑, 들려왔다. 정기섭은 아이들의 이름을 한 번씩 불렀다. 대답이 없었다. 이번에는 아내의 이름을 불렀다. 역시 대답이 없었다. 언제부턴가 아내는 정기섭을 깨우지도 않고 혼자 가게에 나갔다. 화장대에 올려놓은 탁상시계가 넘어져 있어 시간을 확인할 수 없었다. 정기섭은 누운 채로 팔을 뻗어 커튼을 살짝 들었다. 창밖이 환했다. 비스듬히 올려다보니 유리창에 아이들의 작은 손바닥 자국이 어지럽게 찍혀 있었다. 꽤 높은 곳까지 얼룩이 보였다. 아이들이 언제 저렇게 많이 컸나 싶었다. 정기섭이 집에 들어오면 아이들은 자고 있었고 아침에 일어나면 이미 학교에 간 후였다. 그렇게 애들 얼굴도 제대로 못 보는 생활을 몇 년째

하고 있지만 돈벌이는 시원찮았다. 장사가 아니라 상인회 일로 바빴기 때문이다. 사실 상인회 사람들과 어울려 술을 마시느라 바빴다.

어느 날 아내는 돈 관리를 따로 하자고 했다.

"같은 가게에서 같이 장사하면서 돈 관리를 어떻게 따로 하냐?"

"유나 아빠가 팔아 손님한테 받은 돈은 유나 아빠 수입이고, 내가 팔아 받은 돈은 내 수입이지. 물건 값이랑 가게 유지비 같은 건 반반씩 부담하고."

"마음대로 해라."

정기섭은 대수롭게 여기지 않았다. 장사는 뒷전이고 상인회 일에만 열심인 것에 대한 항의 정도로 생각했다. 그게 제대로 되겠냐. 소꿉장난 하는 것도 아니고. 하지만 제대로 됐다. 아내의 수입은 고스란히 아내의 통장으로 들어갔다. 가게에 잘 있지도 않고, 손님이 와도 멀뚱멀뚱 딴짓만 하는 정기섭은 수입이 거의 없었다. 아내가 물건 값과 공과금 명목으로 돈을 빼가고 나면 정기섭의 통장은 늘 마이너스였다. 아내는 혼자 열심히 일하고 그렇게 번 돈으로 아이들을 키우고 살림도 꾸렸다. 상인회 일을 그만두라거나 정신차리고 장사 잘하라는 잔소리 같은 것은 하지 않았다. 대신 돈이 떨어진 정기섭이 용돈을 좀 달라거나 카드를 살려달라고 하면 못 들은 척했다.

정기섭은 다시 이불을 머리끝까지 뒤집어쓰고 누웠다. 장사는 마누라가 잘하고 있을 텐데, 뭐. 마누라 돈이든 내 돈이든 어쨌든

이 집구석으로 들어오는 돈이니까. 정기섭은 딱 십 분만 더 자고 상인회 사무실에 나가서 짜장면이나 시켜 먹어야겠다고 생각하면서 이불에 얼굴을 파묻었다. 섬유유연제 냄새가 향긋했다. 몸이 노곤해지면서 설핏 잠이 들려는데 이불 속 어딘가에서 삑삑 소리가 났다. 문자다! 정기섭은 벌떡 일어나 이불을 탈탈 털었다. 휴대전화가 퉁 소리를 내며 바닥에 떨어졌다. 예상대로 석의 메시지였다. 오빠, 오늘 그 근처 가는데 같이 커피 마실래? 정기섭은 알겠다고 답장을 보내놓고 부랴부랴 샤워를 했다.

시장에서 우연히 만난 이후로 석과 자주 문자메시지를 주고받았다. 그리고 세 번 더 만났다. 한 번은 만나서 칼국수를 먹었고, 한 번은 커피를 마셨고, 한 번은 석의 남편 차를 타고 드라이브를 했다. 석이 아파트단지 입구로 정기섭을 데리러 왔다. 주정차단속 CCTV가 칠 분마다 꼬박꼬박 사진을 찍는 곳이었다. 괜히 사진이라도 찍혀 과태료고지서가 날아가면 큰일이다 싶어 정기섭은 이십 분이나 일찍 나가 기다렸다. 멀리 흰 아반테가 보이기에 차도로 다가가며 오른손을 흔들었다. 아반테는 속도를 줄이는 듯하더니 다시 속도를 올려서 쌩 지나갔다. 잠시 후, SUV 한 대가 정기섭 앞에 멈추더니 창을 내렸다. 석이었다.

"오빠, 타요."

처음 보는 차였다. 크고 비싸 보였다. 없어 보이는 질문인 줄 알면서도 너무 궁금해 물었다.

"이거 우리나라 차 아니지?"

"응. 일본 건가. 나도 잘 몰라요. 남편 거라."

석은 말하고 싶지 않은 듯했다. 그동안 석을 그냥저냥 밥은 안 굶고 사는 월급쟁이 마누라 정도로 생각했다. 순진한 얼굴로 와, 오빠 멋있어요, 멋있어요, 하기에 세상물정 모르는 아줌마구나 했다. 차에 타는 순간 생각이 확 바뀌었다. 석은 신호도 무시하고 제한속도도 무시하고 액셀러레이터를 꽉꽉 밟아가며 거칠게 차를 몰았다. 외제차의 횡포일 뿐이었지만 석의 의외의 모습이 매력적이기도 했다. 말없이 음악만 들으며 국도를 따라 한 시간 정도 달렸다.

석의 차도 아닌 석의 남편 차를 타고 있으려니 왠지 불륜을 저지르고 있는 듯한 기분이 들었다. 하지만 두 사람 사이에 별다른 일은 없었다. 석은 그렇게 달리다 유턴을 해서 다시 아파트단지 입구로 돌아와 정기섭을 내려주고 갔다. 차에서 한 발짝도 내리지 않았다. 이럴 거면 혼자 다닐 것이지 왜 나를 태우고 다녔을까. 내가 무슨 대시보드에 앉아 있는 태양열 새싹인형인 줄 아나. 정기섭은 괜히 고개를 끄덕끄덕하며 집에 들어갔다. 하지만 이날 이후로 정기섭은 석을 생각하는 시간이 많아졌다.

정기섭이 장사에 마음을 못 붙이고 자꾸 상인회로만 관심을 쏠는 데는 석도 한몫했다. 석을 만나기만 하면 거짓말이 술술 나왔다. 2004년 재래시장 활성화를 위한 특별법이 시행된 이후로 재래시장 컨설팅사업이 미래산업으로 각광받고 있다는 둥, 자기는 재래시장을 블루칩으로 본다는 둥, 세오시장은 자신의 가장 대표적인 작품이 될 거라는 둥 되도 않는 허풍을 떨고 있는 자신의 모

습을 보며 깨달았다. 내가 사실은 장사하기가 싫구나. 석이 좋은
게 아니었다. 호기심 가득한 눈으로 고개를 끄덕이고 있는 석에게
잘난 척하는 게 좋았고, 진짜 컨설팅회사 사장님이 된 것 같아서
좋았다.

　이번에도 겁 없이 세오시장 근처 커피전문점에서 석을 만났다.
석은 이사한 이웃 아줌마의 집에 또 놀러 왔다고 했다.

　"오빠도 보고 싶고 해서 겸사겸사 왔어요."

　일요일 오후 대문을 두드리며 오빠, 우리 엄마가 떡 갖다주고
오래요, 하는 옆집 유치원생 같은 표정. 이런 해맑은 표정으로 보
고 싶다는 말을 하다니. 그것도 사십대 유부남에게. 애엄마가. 이
여자의 의도는 대체 뭔가. 정기섭은 석의 낡은 청바지와 보풀이
일어난 카디건, 실밥이 풀려나온 가방을 찬찬히 봤다. 저렇게 보
여서 그렇지 알고 보면 수백만원짜리 명품 아닐까. 이 여자의 정
체는 대체 뭔가.

　"난 이제 가야겠다. 점심 약속 있거든요."

　석은 자리에서 일어났다. 정기섭은 천천히 점심도 먹고 영화나
한 편 보려고 생각하고 있었다. 역시 헛다리 짚었구나. 마음을 비
우고 유리문을 밀고 나오는데 석이 다가와 팔짱을 끼었다. 정기섭
은 흠칫 놀랐다. 이, 이, 이 여자, 대체 무슨 생각을 하고 있는 건
가. 얼떨떨한 채로 횡단보도까지 팔짱을 끼고 걸어왔다. 신호등이
바뀌자 석은 전화할게, 하더니 뒤도 돌아보지 않고 횡단보도를 건
너갔다.

시장 사람에게 저녁을 얻어먹고 느지막이 집에 돌아왔다. 아이들은 이미 잠들었고, 웬일로 아내는 벌써 집에 들어와 식탁에 앉아 있었다.

"일찍 왔네? 애들은 자?"

아내는 대답 대신 되물었다.

"오늘 종일 뭐했어?"

"늦잠 자고 상인회 사무실에 있다가 박씨한테 밥 얻어먹었다."

"또 뭐했어?"

정기섭은 순간 석을 생각하고 뜨끔했으면서도 아무렇지 않은 듯 텔레비전 리모컨을 찾으며 말했다.

"내가 할 일이 뭐가 있냐. 맨날 상인회 사무실에서 빈둥거리는 게 일이지."

"이리 와 앉아."

정기섭은 냉큼 가서 아내 앞에 앉았다.

"내가 돈 벌어오라고 닦달한 적 있어?"

"아니."

"쓸데없는 상인회 일 때려치우라고 한 적 있어?"

"아니."

"이 정도 해줬으면 헛짓거리는 하고 다니지 말아야지."

"내가, 뭘……"

"하다 하다 이제 바람까지 피워?"

정기섭은 펄쩍펄쩍 뛰었다.

"바람이라니? 내가 무슨 바람을 피워? 누가 그런 말도 안 되는 소리를 해?"

아내는 다 알고 있었다. 시장에서 여자와 만나 한참 반갑게 얘기를 한 것도, 여자가 비싼 외제차를 몰고 아파트까지 찾아온 것도, 그 여자와 팔짱을 끼고 시장을 돌아다닌 것도. 정기섭은 아니라고 잡아뗐다. 누가 그랬느냐, 잘못 본 거다, 비싼 외제차 몰고 다니는 여자가 왜 나를 만나겠느냐, 내가 겁도 없이 외간여자랑 시장에 가겠느냐. 그러고 보니 자신과 꼭 닮은 사람을 본 적이 있다며 그 사람인 것 같다고 우기기까지 했다. 아내는 콧방귀도 뀌지 않았다.

"자꾸 문자 보내는 석이라는 후배, 남자 아니지? 여자지?"

정기섭은 애써 태연한 듯 웃으며 남자라고, 궁금하면 직접 통화해보라고 입술이 새하얗게 질려서 휴대전화를 건넸다. 아내는 이번에도 비웃었다.

"아니긴 뭐가 아니야? 진짜 이름은 석 아니지? 숙 정도 되겠지, 뭐."

정기섭은 여자의 직감이 얼마나 무서운 것인지 진저리치게 깨달았다. 당황해 딸꾹질까지 나왔지만 오히려 큰소리를 쳤다.

"너는 남편을 그렇게 못 믿어? 너 그거밖에 안 되는 여자야? 의처증도 이혼사유야. 나는 결백해! 다른 여자랑 팔짱을 끼기는커녕 눈도 마주친 적 없어. 하늘에 대고 맹세해! 그래도 못 믿으면 나도 너 같은 여자랑 못 살아. 도장 찍어!"

아내는 눈을 내리깔고 말이 없었다. 정기섭은 네번째 손가락에서 결혼반지를 뺐다. 탁 소리가 나도록 식탁에 내려놓으며 해서는 안 될 유치한 도발을 했다.

"너 나 돈 못 번다고 이러는 모양인데. 그래, 내가 나간다. 내가 나가면 되지. 네가 사준 거 도로 다 가져가."

아내는 피식 웃었다. 주머니에서 휴대전화를 꺼내 버튼을 몇 개 누르더니 정기섭에게 건넸다. 화면에 정기섭과 석이 팔짱을 끼고 있는 사진이 보였다. 좀 멀리서 찍히긴 했지만 누군지 분명하게 알아볼 수 있었다. 당황해 얼어붙은 정기섭에게 아내는 웃음을 거두고 말했다.

"나가."

"유나 엄마."

"나가."

말은 이렇게 해도 진짜 나가면 붙잡아주겠지. 정기섭은 슬금슬금 자리에서 일어섰다. 한 발짝 걸음을 옮기는데 예상대로 아내가 정기섭을 불렀다.

"내가 사준 거 다시 다 가져가라며. 내놓고 나가."

무슨 소린가 하고 멈춰 서 있는 정기섭에게 아내가 반지를 보여주며 말했다.

"내가 사준 게 이 반지밖에 없다고 생각해? 벗어!"

"응?"

"그 카디건, 내가 작년 생일에 사준 거지? 벗어."

정말 밑바닥까지 보여주는구나. 정기섭도 화가 났다. 카디건을 거칠게 벗어서 바닥에 내팽개쳤다.

"됐지?"

"티셔츠도 벗어. 그것도 내가 번 돈으로 샀잖아."

아차차. 정기섭은 순간 자신이 몸에 걸치고 있는 모든 옷가지들의 출처를 바삐 떠올렸다. 바지도 아내가 사줬다. 팬티도 홈쇼핑에서 파는 10종 세트를 아내가 주문해준 것이다. 물론 결제도 아내의 카드로 했다. 설마 팬티까지 벗기랴. 정기섭은 애써 덤덤한 표정으로 티셔츠도 벗었다. 이번에는 아내가 바지를 가리키며 손가락을 까딱까딱했다. 정기섭은 고개를 푹 숙이고 바지를 벗으며 속으로 뇌까렸다. 제발 그다음 얘기는 하지 말아줘. 제발. 제발.

"뭐해? 하나 더 남았을 텐데?"

"너 정말……"

"당신 입으로 그랬잖아. 내가 사준 거 가져가라며. 당장 벗어. 석인지 돌인지 하는 여자 집구석 쑥대밭 만들어버리기 전에!"

정기섭은 결국 팬티까지 벗었다. 아내가 식탁의자에서 일어나 천천히 정기섭에게 걸어왔다. 바닥에 떨어져 있는 바지를 집어들더니 바지에서 벨트를 풀어냈다.

"이건 내가 사준 거 아니니까 가져가."

그리고 비쩍 마른 정기섭의 맨 허리에 소가죽벨트를 채워주었다. 정기섭은 벨트에 양말만 신고 초라하게 서 있었다. 세상 어떤 거지도 이처럼 몰골이 추하지는 않을 것이다. 정기섭은 그제야 무릎을 꿇고 빌었다.

"내가, 잘못했다. 잘못했어. 다시는 안 그럴게. 네가 생각하는 그런 일 없었어. 진짜 커피만 마시고 드라이브만 했어. 진짜야. 진짜 믿어줘."

정기섭은 각서를 썼다. 두 번 다시 여자와 관련된 문제를 일으키지 않는다. 설거지, 청소, 빨래를 전담한다. 아침에 먼저 나가서 가게 문을 연다. 상인회 업무 등 특별한 일이 아니면 마감을 같이 한다. 이 년 안에 가게 매출을 두 배로 올린다. 이를 어길 경우 양말과 벨트만 하고 집을 나간다. 정기섭은 아내가 시키는 대로 큰 소리로 각서를 읽고 사인했다. 아내와 굴욕적인 합의를 마친 정기섭은 숨듯이 화장실로 들어갔다. 석의 번호를 수신거부 설정하고 스팸문자 문구에 '오빠'를 다시 입력했다. 정기섭은 낮게 '오빠'라고 불러봤다. 화장실이라 그런지 진짜 석의 목소리처럼 낯설고 가냘프게 울리다가 잦아들었다. 석은 그렇게 정기섭의 진심을 후벼 꺼내놓고 신기루처럼 사라졌다.

며칠 직접 장사를 해보고 나서야 정기섭은 사태의 심각성을 깨달았다. 매출이 처음 가게를 받았을 때의 절반 수준이었다. 아내가 어떻게 이 돈으로 가게를 유지하고, 집안 살림을 유지하고, 아이들 학교에 영어학원까지 보내는지 믿어지지 않았다. 상인회 정기모임에 나가서 얘기했더니 다들 비슷한 반응이었다. 인정시장 등록 후에 반짝 매출이 오르는 듯하더니 다시 슬금슬금 떨어지고 있다는 것이다.

정기섭은 세오시장의 전체 매출추이와 상인들의 업무만족도, 위기의식 조사를 위해 설문지를 만들었다. 장사할 생각은 안 하고 또 설문지만 돌리고 돌아다니는 정기섭을 보며 아내는 벨트만 매고 쫓겨나고 싶지 않으면 정신차리라고 경고했다. 정기섭은 매출

감소는 비단 세오건어물만의 일이 아니며 우리가 멸치 사라고 여기서 소리지른다고 해결될 문제가 아니다. 지금 세오시장은 총체적 위기국면에 접어들었으며 세오시장의 위기를 해결해야 세오건어물도 회생의 실마리를 찾을 수 있다고 아내를 설득했다. 내심 장사를 팽개쳐둘 핑곗거리가 생겨서 다행이기도 했다. 아내는 포기했다.

"유나 아빠는 이렇게 나대고 다녀야 살 수 있는 사람인가보다. 그래, 그냥 해라. 바람피우는 것보다야 이게 낫지. 시장 살리는 게 나쁜 일도 아니고."

조사 결과는 예상보다 심각했다. 매출은 오히려 인정시장 등록 이전보다 못했고, 감소추이로 보면 일 년 이내에 수익이 마이너스를 기록할 참이었다. 모두들 세오시장의 미래를 비관적으로 내다보고 있었다. 상인회는 결과를 놓고 혼란에 빠졌다. 사실 한동안 어울려 다니며 술을 마신 것 이외에는 한 일이 없었다. 대형마트 사태 해결 이후로 친목모임으로 전락했음을 스스로 인정하고 반성했다. 매일 밤 비상대책회의가 열렸다.

이러다 망한다! 문제의식에는 모두 동의했지만 갈피를 잡을 수 없었다. 구체적인 과제가 없기 때문이었다. 인정시장 등록, 낙후시설 현대화, 대형마트 입점 저지. 할 일이 있을 때는 그 일을 하면 됐었다. 이번에는 조금 다른 문제였다.

소득 없는 회의를 마친 상인회 다섯 사람은 시장 족발집에서 족발과 막걸리를 두고 둘러앉았다. 말없이 가게 선반에 놓인 텔레비전에서 나오는 드라마를 봤다. 첫사랑이던 남녀가 어릴 적 여자의 교통사고로 인해 헤어지게 됐는데, 여자는 사고 후 기억을 잃고 지나가던 부잣집 노부부에 의해 키워졌고, 남자는 여자가 죽은 줄로만 알고 있다가, 성인이 되어서 우연히 만나 다시 사랑에 빠진다는 내용이었다. 두 사람이 서로를 알아볼 수 있었던 것은 어릴 적 나눠 가졌던 반지 덕분이었다. 여자는 기억은 나지 않지만 운명처럼 반지를 소중히 간직하고 있었고, 여자를 잊지 못하는 남자도 반지를 버리지 않았다. 여자는 남자의 반지를 발견하는 순간 현대의학을 비웃으며 기적처럼 지난 십여 년의 기억을 단박에 되찾았다.

정육점 박사장이 가장 싫어하는 드라마였다. 초등학생들이 그렇게 성숙한 사랑을 했다는 것도, 다친 아이를 신고도 안 하고 데려다 키운 노부부도, 십 년 넘게 손가락만 안 자랐는지 똑같은 반지를 계속 끼고 있는 것도 이해할 수 없지만, 예쁘지도 않고 비싸기만 한 반지를 사달라고 조르는 중학생 딸을 가장 이해할 수 없다고 했다.

"반 애들이 다 저 반지를 끼고 있다는 거야. 하여간 요즘 애들 홀랑 까져가지고 말이야."

"애들이 문젠가? 저런 거 만들어서 팔아먹는 어른들이 나쁜 거지."

"애가 그러는 건 애니까 그런다 치지. 우리 마누라는 텔레비전에 나오는 건 뭐든 따라 해. 유명한 의사가 그랬다고 매일 생마늘을 먹이질 않나, 눈물 펑펑 흘리면서 양파를 까서 방에 놔두질 않나, 저번에는 집에 갔는데 얼굴에 시커먼 걸 뒤집어쓰고 있어서 얼마나 놀랐는지. 무슨 껍데기팩이라고 하던데 생각이 안 나네. 하여간 텔레비전에 나오면 똥이라도 퍼먹을 여자야."

듣지도 않고 드라마만 보는 것 같던 정기섭이 갑자기 탁자를 타타타 두드리며 말했다.

"드라마에 장소협찬을 하는 겁니다! 드라마만 뜨면 대박이죠. 또 압니까? 한류네 어쩌네 하면서 외국인 관광객이 찾는 명소가 될지."

세오시장도 텔레비전에서 봤다며 사람들이 찾아오던 때가 있었다. 뉴스와 아침 정보프로그램에 잠깐 나왔을 뿐인데 시커멓고 커다란 카메라를 든 젊은이들이 단체로 와 벽화 앞에서 사진을 찍어가곤 했다. 방송 삼 분의 영향력이 그 정도니 인기드라마에 내내 나온다면 세오시장은 분명 유명해질 것이다.

그때는 카메라만 들이대면 도망 다니는 상인들 때문에 정기섭이 애깨나 먹었다. 나이도 어린 피디들이 정기섭에게 시장 사람들과 손님들 인터뷰하게 섭외도 해놓고 장사 잘되는 집으로 촬영 대기도 해놓고 이미 다 끝난 벽화작업이며 주차장과 바닥공사도 다시 하라고 했다. 어쩔 수 없이 상인회 사람들이 페인트 들고 그림 그리는 시늉도 하고 괜히 멀쩡한 바닥에 시멘트도 들이부었다. 인터뷰는 정기섭이 도맡아 했다. 어쨌든 방송 타는 것이 좋기도 했지만 딱 그만큼 귀찮기도 했다. 나중에는 섭외 요청이 오면 이런저런 핑계를 대면서 거절했다. 곧 섭외 전화도 오지 않고 방송에도 나오지 않고 방송을 보고 왔다는 구경꾼들의 발길도 끊겼다. 이제 좀 편하다고 생각했다. 그때는 편했다. 그때 기반을 잘 닦아

놓았더라면. 방송국 사람들을 더 알아두었더라면. 이제와 정기섭
은 아쉬운 마음이 들었다.

　방송국 대표번호로 전화를 해 용건을 말하고 촬영팀과 통화하
기까지 여섯 번쯤 대기와 연결이 필요했다. 어렵게 한 미니시리즈
제작진과 통화는 됐지만 섭외 담당자는 자리에 없다고 했다. 휴대
폰 번호도 알려주지 않았다. 피곤한 목소리로 전화를 받은 남자는
담당자에게 전하겠다며 전화번호와 이름을 물었지만 받아적는 것
같지도 않았다.
　"혹시 재래시장에서 촬영하실 계획은 없으세요?"
　"저희 드라마는 없어요."
　"그럼 다른 드라마는요? 주말드라마도 있고, 아침드라마도 있
던데. 아니면 방송 예정인 드라마 중에는요?"
　"다른 팀 어떻게 돌아가는지 잘 모릅니다."
　"같은 회사인데 모르세요?"
　"바빠요. 요즘은 외주가 더 많고 섭외 담당자도 다 다릅니다.
그러지 말고 대행사에 한 번 알아보세요."
　당장 알아봤다. 정기섭은 드라마나 쇼프로그램에 나오는 장소,
소품, 옷 등을 방송국과 연결해주는 회사도 있다는 사실을 처음
알았다.
　대행사 사무실에서 만난 과장은 친절했다. 방송시스템이나 협
찬에 대해서 잘 모르는 정기섭을 위해 포트폴리오를 펼쳐들고 실
제 방송의 예를 들어 쉽게 설명했다. 드라마에 따라 다르지만 대체

로 상품 로고가 십여 초 노출되는 경우는 천만원에서 이천만원, 드라마의 주요 소재로 사용되며 방송 내내 노출되는 경우는 최소 억 단위라고 생각하면 된단다. 지난해에 대박을 쳤던 한 드라마에서 주요 무대로 사용된 제과회사의 경우는 십억 가까이 됐다고 귀띔했다.

"사무실, 공장, 연구실에다가 그 회사에서 파는 과자들도 거의 다 나왔으니까요."

정기섭은 인자하게 웃으며 사양했다.

"저희는 돈 받을 생각은 없고요. 그냥 무료로 장소제공을 한다는 뜻입니다. 시장 물건 좀 쓰시는 것도 괜찮아요, 장사에 큰 방해만 안 된다면. 하하하."

"돈 드리는 게 아니고, 돈을 내셔야 한다구요."

"예? 저희가 장소를 제공하는데 저희가 왜 돈을 냅니까?"

"광고하시겠다는 거잖아요. 그럼 광고비를 내셔야죠. 노출되면 효과가 어느 정돈지는 아시잖아요. 아시니까 찾아오신 거고."

친절했던 과장의 표정이 놀라울 정도로 싹 바뀌었다. 더이상 설명도 하려 들지 않았다. 두툼한 파일을 또하나 들고 있었지만 열지 않았다. 생각해보고 연락달라며 망연히 앉아 있는 정기섭을 두고 자리를 떠났다.

한 번 기울어진 생각의 축은 쉽사리 제자리로 돌아오지 않았다. 정기섭은 세오시장이 방송을 타는 것밖에 방법이 없다고 생각했다. 정기섭도 친절한 과장이 예로 들었던 드라마를 봤다. 드라마에 나왔던 과자를 사먹기도 했다. 불우한 어린 시절을 보낸 주인 공이 제과회사에 입사해 라이벌의 모략과 음모를 이겨내고 개발 한 달과자 별과자 콤비 중의 달과자였다. 어릴 적 엄마가 박박 긁 어주던 누룽지를 모티프로 해 발효와 휴지와 숙성이 어쩌고 해서 만들어낸 과자였는데, 드라마에 나온 것과 똑같은 이름과 모양과 포장으로 실제 판매되었다. 제법 맛있었지만 양에 비해 엄청 비쌌 는데 그럼에도 불티나게 팔렸다고 들었다. 십억을 쏟아부을 가치 가 있다는 뜻이다. 하지만 세오시장에는 그럴 만한 돈이 없었다. 딸이 부르던 노래가 정기섭의 머릿속에 맴돌았다. 텔레비전에 내 가 나왔으면 정말 좋겠네, 정말 좋겠네.

다시 아침방송이나 뉴스를 공략하자는 의견이 나왔다.

"그렇게 큰돈이 든다면 드라마에 나오는 건 어렵겠고. 전에 나 왔던 아침방송이나 뉴스부터 차근차근 시작하는 건 어때?"

"우리가 귀찮다고 마다해서 그렇지 방송국에서 한동안 연락왔 었잖아."

"맞아, 그렇게 작은 것부터 시작하다보면 나중에 드라마로도 연줄이 닿고 그러겠지."

가만 듣고 있던 정육점 박사장이 비아냥거렸다.

"방송 출연하는 게 차근차근 할 수 있는 일이야? 처음에 삼 분 나왔다가 그다음에 십 분, 이십 분, 그러다 16부작 미니시리즈, 50부작 대하드라마? 세오시장이 무슨 신인 탤런트야? 어느 세월 에 연기력 키우고 얼굴 고쳐서 주연 해? 당장 밥벌이도 해야 하는 데. 그래 안 그래, 정기섭이?"

답답하기는 정기섭도 마찬가지였다. 상인회 사람들, 특히 정육점 박사장은 뭔가 잘 안 되면 꼭 정기섭에게 따졌다. 정기섭은 언제나 가장 열심히 한다는 이유로 책임까지 몽땅 뒤집어썼다. 잘 알면서도 무슨 일만 생기면 또 앞장서고 마는 오지랖이 스스로도 지긋지긋했다. 그나마 별일 없는 세상에 사는 것이 다행이라고 생각했다. 일제 때 태어났으면 일본 앞잡이가 됐을지 모른다. 그랬으면 돈 걱정은 안 하고 살았겠지.

6

김민구는 중국집에 배달부로 취직했다. 전봇대에 붙은 광고지를 본 오영미가 등 떠밀어 시작한 일이었다. 김민구는 의외로 잘했다. 사람이 무섭다며 아무 일도 못 하더니 짜장면 배달 다니는 일은 멀쩡히 해냈다. 김민구는 모터가 있다는 사실 외에는 세발자전거보다 나은 점을 찾기 힘든 팔 년 된 스쿠터를 몰고 당당하게 앵앵 도로를 달렸다. 짜장면을 시킨 사람들도 시답잖은 인사치레 없이 얼른 그릇을 건네고 돈만 받아 돌아서는 김민구를 좋아했다.

김일우는 육학년 때부터 아버지 일을 도왔다. 엄밀히 말하면 따라다녔다. 공부도 안 하고 학원도 안 다니니 수업이 끝나면 할 일이 없었다. 친구도 없어서 일없이 아버지 스쿠터에 끼어 앉아 배달을 다닌 것이다. 노느니 전단지도 붙였다. 그게 안쓰러워 보였던지 중국집 사장이 용돈이라며 김일우에게도 약간의 돈을 주었고 그 돈은 고스란히 오영미의 주머니로 들어갔다.

중학교에 입학하고 첫 중간고사를 치르던 날, 김일우는 시험기간이라 일찍 끝났다며 열한시도 안 돼서 중국집에 왔다. 김민구는 아들의 머리를 쥐어박으려다 보는 눈이 많아 참았다. 점심시간이라 사무실로 나가는 배달이 이어졌다. 사무실 배달은 단체로 시키는 경우가 많아서 철가방을 여러 개 들고 가야 하는 경우가 빈번했다. 김민구는 무거운데 잘됐다며 김일우에게도 철가방을 쥐여주었다. 덕분에 수월하게 바쁜 점심배달을 마치고 그릇도 싹 찾아온 후, 부자는 마주 보고 짜장면으로 늦은 점심을 해결했다. 반도 먹지 않았는데 짜장면 한 그릇 배달 주문이 들어왔다. 김민구는 급히 면을 한 젓가락 가득 집어 입에 우겨넣고 자리에서 일어서며 소매 끝으로 입술을 쓱쓱 문질렀다. 눈치를 보던 김일우도 따라나섰다.

"더 먹지 뭣하러 따라와?"

결코 혼내려는 의도가 아니었다. 김민구가 최대한 부드럽게 말한다고 했는데도 김일우는 눈을 아래로 깔고 그 자리에 얼어붙었다. 학교를 그만두고 집에서 병을 키우는 사이 김민구에게는 나쁜 버릇이 생겼다. 걸핏하면 고래고래 소리를 지르며 김일우를 쥐 잡듯 잡았다. 심심찮게 손도 댔다. 김민구가 그렇게 할 수 있는 대상이 김일우밖에 없었다. 잘못하고 있다고 생각하면서도 멈출 수 없었다. 엄연한 범죄였으나 버릇일 뿐이라고 스스로를 합리화했다.

"다 먹었으면 타라."

김일우는 스쿠터에 올라타 김민구의 허리를 감싸안았다. 어린

애처럼 김민구의 등에 얼굴을 파묻으며 훌쩍거렸다.

"사내놈이 뭘 그깟 일로 우냐?"

"우는 거 아닌데. 콧물이 나와서요."

김민구는 당장 스쿠터에서 내려 태연히 자신의 티셔츠에 콧물을 닦고 있는 김일우의 머리를 쥐어박고 싶은 것을 꾹 참았다. 대신 급히 시동을 걸고 거칠게 출발했다. 김일우가 휘청했다.

두 집이 마주 보게 되어 있는 계단식 아파트였다. 일층 현관 입구에서 김민구가 인터폰을 누르려는데 김일우가 비밀번호를 눌러 유리 출입문을 열었다.

"비밀번호 어떻게 아냐?"

"여기 전에도 배달 왔었잖아요. 그때 들었어요."

김민구는 누가 얘기하는 걸 들었나보다 싶어 무심히 복도로 들어섰다. 김민구와 김일우는 나란히 서서 엘리베이터를 기다렸다. 엘리베이터는 이십칠층에서 천천히 내려오고 있었다. 짜장면 한 그릇을 시킨 집은 401호였다. 김민구는 계단으로 걸어올라갈까 하다가 불어터진 짜장면 한 번 먹어봐라 싶어서 차분히 엘리베이터를 기다렸다. 그때 출입문에서 비밀번호 삑삑거리는 소리가 나더니 교복을 입은 남학생 하나가 들어왔다. 김일우와 같은 교복이었다.

"어? 너 김일우 아니야?"

"누구세요?"

"병신 새끼! 같은 반인데 모르냐?"

"……"

"병신 새끼! 너 시험기간인데 공부 안 하고 여기서 뭐하냐? 너도 여기 살아?"

"아니, 짜장면 배달 왔어."

"너 짜장면 배달해?"

"아버지가 하는 일 도와드려."

"아버지?"

"여기……"

김일우는 왼손으로 김민구를 가리켰다. 남학생은 당황해서 살짝 뒷걸음치며 고개를 숙이는 둥 마는 둥 인사했다. 마침 엘리베이터가 도착했고 셋이 엘리베이터에 함께 탔다. 남학생이 사층을 눌렀다. 김민구는 짜장면 시킨 사람이 이 녀석 엄마구나 싶었다.

"엄마가 짜장면을 시키신 모양이구나."

"아닌데. 울 엄마 맨날 회사에서 늦게 와요. 401호 아줌마일 거예요. 그 아줌마 낮에 혼자 치킨도 시켜 먹고, 피자도 시켜 먹어요."

"혼자 집 보려면 심심하겠구나."

"원래 바로 학원 가는데 집에 책을 두고 와서 잠깐 가지러 왔어요."

엘리베이터 문이 열리고 남학생은 기다렸다는 듯 고개 숙여 인사하면서 동시에 엘리베이터에서 뛰어나갔다. 남학생이 402호로 들어가자마자 김민구는 김일우의 머리를 쥐어박았다.

"이 자식아! 시험기간인데 공부는 안 하고."

김일우는 맞은 곳이 아픈지 머리를 쓱쓱 문질렀다. 짜장면 한 그릇을 시킨 사람은 401호에 사는 중년 아줌마였다. 커다란 귀고리를 한 아줌마는 오백원짜리 동전들로 짜장면 값을 치렀다. 문이 닫히고 김민구가 나지막하게 욕을 했다.

"이렇게 좋은 집 살면서 짜장면 한 그릇이 뭐야? 하다못해 간 짜장도 있고 쟁반짜장도 있구만."

김민구와 김일우가 다시 엘리베이터를 기다리고 있는데 남학생이 나왔다. 남학생은 고개를 꾸벅 숙이고는 계단으로 뛰어내려갔다. 그러자 김일우가 402호 앞으로 다가가 현관에 달린 디지털 도어록을 만지작거렸다. 몇 번 삑삑거리는 소리가 나더니 디리링 경쾌한 신호음과 함께 철컥 문 열리는 소리가 들렸다. 마침 엘리베이터 문이 열렸고 김민구는 김일우의 손을 잡아끌어 엘리베이터에 태웠다. 다행히 엘리베이터에는 아무도 없었다. 김민구는 김일우의 머리를 깨지도록 쥐어박았다.

"이 새끼 너 무슨 짓 한 거야?"

"칠삼일이육팔."

"뭐?"

"칠삼일이육팔이요."

김민구는 순간 이놈이 진짜 모자라긴 하구나, 실감했다.

"그게 무슨 헛소리야, 이놈아."

"띠 띠 띠이 디 띠 띠. 그게 칠삼일이육팔이라고요."

"현관문 말이야? 402호 비밀번호?"

"네."

"그걸 네가 어떻게 알아?"

"방금 들었으니까."

몇 시간 뒤 김민구는 혼자 빈 그릇을 찾으러 왔다. 올려다보니 401호는 거실등이 켜져 있는데 402호는 어두웠다. 엘리베이터를 타고 사층으로 올라가 401호 앞에 놓인 짜장면 그릇과 그 안에 담긴 덧니 자국 선명한 단무지 조각, 반으로 뚝 분질러놓은 나무젓가락, 아무렇게나 구겨진 화장지들을 투덜대며 들고 나오다 402호 앞에 섰다. 김민구는 설마 하는 마음으로 천천히 번호를 눌러봤다. 7, 3, 1, 2, 6, 8. 디리링 철컥. 설마 하는 마음으로 현관 손잡이를 돌렸다. 묵직하게 현관문이 열렸다. 김민구는 뒤도 돌아보지 않고 잽싸게 계단으로 내뺐다. 현관문이 다시 디리링 철컥 소리를 내며 잠겼다.

그날 밤, 오영미는 누워서 끙끙 앓고 있었다. 오랜만에 대청소를 했더니 어깨가 아파서 파스를 겹겹이 네 장이나 붙였다. 오영미는 거절당하리라고 생각하면서도 괜히 김민구에게 어깨를 주물러달라고 했다. 김민구는 낮에 있었던 일을 생각하느라 무심코 오영미의 어깨를 주물렀다. 정작 김민구가 다정하게 어깨를 주물러주자 오영미는 어깨부터 목을 타고 정수리까지 소름이 오소소 돋았다. 오영미가 놀라 돌아보는데도 김민구는 생각에 빠져 있었다.

"아까 말이야. 일우랑 배달을 갔었거든."

거짓말처럼 오영미의 소름이 쏙 들어갔다.

"뭐? 이 망할 놈의 자식, 시험인데 공부는 안 하고 거길 갔었단

말이야? 그걸 또 달고 다니면서 배달을 했냐? 으이그, 인간아!"

"얘기 좀 끝까지 들어봐. 근데 일우가 이상한 짓을 하는 거야."

"걔가 이상한 짓 하는 거 한두 번이야? 갑자기 왜 그래?"

"이 망할 여편네가 진짜! 끝까지 좀 들으라니까! 저 밑에 사거리 아파트 있지? 거길 갔었거든. 마침 맞은편 집에 애 하나가 들어가더라고. 근데 일우랑 같은 반이라는데 그 새끼가 말끝마다 우리 일우한테 병신 새끼, 병신 새끼, 하는 거야. 일우 이놈은 학교에서 어떻게 하고 다니는지. 하여간, 이게 중요한 게 아니고. 그놈이 나가고 나니까 일우가 그 집 번호 키를 만지작만지작하더니 문을 따는 거야."

"그게 무슨 소리야?"

"그애가 번호를 누르고 집에 들어갔을 거 아니야. 그 버튼 누르는 소리를 듣더니 일우가 칠, 삼, 일, 이, 육, 팔 그러더라고."

"그냥 한 소리겠지."

"나도 그런 줄 알았거든. 혹시나 싶어서 그릇 찾으러 가서 다시 한번 눌러봤지. 그랬더니 진짜 문이 열리더라니까."

"뭐? 그래서 들어갔어?"

"미쳤어? 남의 집에 왜 들어가? 열리는 것만 확인하고 냅다 튀어왔지."

"……"

"……"

"별일이네."

나란히 누운 김민구와 오영미는 늦도록 잠을 이루지 못했다. 김

74

민구는 열린 문 사이로 얼핏 보였던 도자기가 진짜일까 생각했고, 오영미는 김민구가 만약 그 집에 들어갔으면 어떻게 됐을까 생각했다. 오영미가 뒤척거렸다.

"일우 아빠, 자?"

"아니."

"갑자기 생각났는데 말이야. 일우 초등학교 삼학년 때 담임선생님 있잖아. 일우 데리고 병원 가보라고 했던. 그 선생님이 이상한 얘기를 했었어."

"무슨 얘기?"

"일우한테 피아노를 가르쳐보라는 거야. 일우가 피아노를 그렇게 잘 친다면서."

"피아노? 일우 피아노 가르친 적 있었어?"

"없지. 근데 악보도 못 보는 애가 한 번 들으면 그대로 친다는 거야. 그리고 전화벨 소리, 쉬는 시간 종소리, 스피커 기계음, 강아지나 고양이 울음소리 같은 걸 기가 막히게 피아노로 친대. 일우가 듣고 음을 맞히는 데 비상한 재주가 있다고 하더라고."

"그래? 근데 왜 피아노 안 가르쳤어?"

"그때 우리가 피아노 가르칠 정신이 있었어? 당신은 정신 내놓고 널브러져 있었지, 나는 살아보겠다고 정신 쏙 빠지게 날뛰고 있었지."

"그래서?"

"그냥 그랬다고. 그게 끝이야. 나도 까맣게 잊고 있었는데 아까당신 얘기 들으니까 생각나서."

"이제 와서 피아노 가르친다고 뭐가 달라지겠어? 그리고 우린 피아노 가르칠 능력도 없잖아."

"아니, 피아노를 가르치겠다는 게 아니라……"

어두운 천장만 보고 있던 김민구가 오영미 쪽으로 돌아누웠다.

"아까 그 집 말이야. 일우 친구네 집. 좋더라. 문틈으로 얼핏 봤는데 백자 같은 게 있더라고. 진짤까?"

"사거리에 있는 골든빌인지 골든힐인지 거기? 거기 알부자 사는 데라고 소문났잖아. 집값이 장난 아니야. 몰라도 가짜는 아닐 거야."

"그런 집이면 돈도 많고 귀금속도 많겠지? 비밀번호도 아는데 몰래 들고 나올까?"

"미쳤어?"

"농담이야, 농담."

잠이 오지 않는 밤이었다. 불면의 밤은 이후로도 꽤 오래 이어졌다. 며칠 동안 같은 고민을 하다가 마음을 굳게 먹고 먼저 얘기를 꺼낸 것은 오영미였다. 김민구도 동의했다. 순식간에 인생이 곤두박질친 마당에 못 할 짓이 없었다. 김민구는 여전히 사람이 두려웠고, 세상에는 사람을 상대하지 않는 일이 없어 변변한 직장도 못 잡았다. 아무도 없는 빈집이라는데 겁낼 이유가 없었다.

김일우는 아예 가방에 중국집 광고지를 가지고 다녔다. 수업이 끝나면 화장실에서 옷을 갈아입고 주변 아파트를 돌았다. 엘리베이터를 타고 꼭대기 층에 올라가서 한 층씩 걸어내려오며 현관마다 광고지를 붙였다. 일층 출입구에서 누군가와 마주치면 따라 올라갔다. 초등학생들이 귀가하는 시간에는 집중적으로 아이들의 뒤를 따라붙었다. 광고지를 붙이는 척 비밀번호를 주워들어 김민구에게 알려주기로 했다.

하지만 소득이 없었다. 김일우는 분명 친구 집 비밀번호를 맞혔다. 그런데 왜 다른 집 비밀번호는 못 알아내는 걸까? 친구놈 집 자물통이 이상했나? 김민구는 아들을 아파트로 외근 돌려놓고 틈나는 대로 열쇳집을 돌았다. 그러다 네번째로 들른 열쇳집에서 요즘 도어록들은 대부분 버튼음이 일정하다는 사실을 알았다. 숫자마다 버튼음이 다른 도어록은 열림도어에서 이 년 전 출시한 YL10D 시리즈뿐이라고 했다. 테두리가 초록색이고 버튼이 은색으로 된, 버튼을 누를 때마다 윗부분에 달린 붉은 전구가 깜빡이는 디지털 도어록을 찾는다는 김민구의 말에 열쇳집 주인은 갸우뚱했다.

"혹시 열림도어 제품 찾으세요? 뻑뻑 소리 되게 큰 거? 지금은 그거 안 나오는데. 왜 그 좋지도 않은 걸 찾으실까?"

"전에 살던 집에 그게 달려 있었거든요. 겨우 사용법 익혔는데 또 다른 걸 어떻게 공부합니까."

"골든빌 사셨구나? 아저씨네 집은 고장 안 났었나보네? 그거 걸핏하면 고장나서 버튼 안 눌러지고 밤새 뻑뻑거리고 잠기고 그랬는데. 전에 아줌마 한 명이 갇혀서 119 부르고 그랬잖아요. 열림도어인데도 열리지도 않아. 아무튼 지금은 10D 시리즈 안 나와요. 열림 제품 보여드릴 수는 있는데 저희가 추천은 안 해요."

이 년 전 입주를 시작한 사거리 골든빌 아파트는 열림도어에서 도어록을 협찬해 반값에 YL10D-31F 모델을 달 수 있었다. 잘사는 사람들이라 그런지 싼 도어록 두고 비싼 돈 들여 좋은 잠금장치를 마련한 집도 많고 고장으로 교체한 집도 많아 지금 YL10D-31F가 남아 있는 집은 채 절반이 안 됐다. 열림도어의 제품은 저렴하지만 성능이 좋지 않기로 정평이 나 있었다. 요즘 디지털 도어록 없는 집이 없건만 골든빌이 아니면 열림도어 도어록은 찾기가 힘들었다. 그중에서도 YL10D 시리즈는 이 년 전에 팔 개월가량 생산하다 단종됐기 때문에 더욱 드물었다. 김일우와 김민구는 열리지도 닫히지도 않는 열림도어의 불량 자물통을 찾아 헤맸지만 번번이 허탕이었다.

남은 방법은 하나. 김일우는 줄기차게 골든빌에 광고지를 붙여댔다. 그러자 골든빌 사람들이 짜장면을 시키는 일이 많아졌고 김민구는 자주 골든빌로 배달을 나갔다. 김민구와 오영미는 아무에게도 말하면 안 된다면서 김일우를 윽박질렀다가, 고생한다고 위로했다가, 기특하다고 칭찬하기를 반복했다. 김일우는 무섭다가 기뻤다가 무섭다가 기뻤다가 덤덤해졌다.

김일우는 광고지를 붙이는 일이 아니면 아파트 주변을 어슬렁거리지 않았고, 김민구는 CCTV를 피하기 위해 이십칠층을 걸어서 오르내렸다. 많아야 한 달에 한두 번. 그나마 얼마 남지 않은 YL10D들이 고장나 뜯겨지고 성능 좋은 새 모델로 갈아치워져 사라지면 끝날 일이었다. 시한부라는 사실이 아쉬우면서도 한편으로는 다행이었다. 일탈에는 가속도가 붙게 마련이고 제어가 불가능해지는 순간 추락하기 때문이다. 김민구와 오영미는 그동안 고생 많이 한 대가로 잠시 주어진 보너스 정도로 생각하자고 했다.

"우리가 사람을 다치게 하거나 생계에 타격을 입히지는 않잖아?"

김민구는 점점 대범해졌다. 현금 몇만원과 돼지저금통 따위에서 시작했지만 곧 금붙이들에 손을 대기 시작했고 나중에는 명품가방과 옷, 노트북이나 게임기 같은 전자제품까지 들고 나왔다. 오영미도 마찬가지였다. 처음에는 덜덜 떨면서 종로의 귀금속상가까지 가서 남편 사업이 망해 결혼 패물을 판다느니, 아이 돌반지를 판다느니, 시어머님이 물려주신 목걸이를 판다느니 묻지도 않은 말을 구구절절 늘어놓더니 나중에는 집 근처 금은방에 가서 아무렇지 않게 금두꺼비와 황금열쇠를 팔았다. 김민구가 들고 온 명품가방을 메고 나가기도 했고, 전자제품은 인터넷 중고카페를 통해 팔아치웠다. 생활이 확 달라지지는 않았지만 적잖이 도움이 됐다. 무엇보다 김민구가 많이 변했다. 오랜 상담과 약물치료에도 좀처럼 나아지지 않던 김민구가 세상 밖으로 나오기 시작한 것이다. 표정이 밝아졌고 말수가 늘었고 자신감이 생겼다. 오영미는 지혜로운 아내답게 김민구를 격려했다.

"난 일우 아빠 믿어. 당신 잘할 수 있어. 잘하고 있어."

김민구는 뭘? 이라고 되묻고 싶었지만 참았다.

7

공중파 방송국에 다닐 때만 해도 박상운은 제법 잘나가는 피디
였다. 박상운의 넓은 등 한가운데에는 잘나가던 시절을 인증하는
길고 깊은 상처가 두 줄 있다. 모든 것은 후배와의 술자리에서 시
작됐다. 친한 대학후배가 결혼 날짜까지 받아놓고 파혼을 했다.
박상운이 위로의 말을 건넸지만 후배는 술만 들이켰다. 이유를 물
어도 대답하지 않았다. 박상운은 분명 여자가 바람이 났을 거라고
생각했다. 그런데 취한 후배의 입에서 뜻밖의 말이 나왔다.

"차라리 다른 남자가 생겼다면 이렇게 답답하진 않았을 거예요.
저희 부모님한테도 말 못 했어요. 걔, 이상한 종교에 빠졌어요."

후배는 아무리 노력해도 여자를 설득할 수 없었다고 했다. 종교
활동을 본격적으로 하고 싶다면서 결혼을 먼저 깨자고 한 것도
여자 쪽이었다.

"그게 다 제 잘못이에요. 걔가 교사 하기 싫다고, 임용고시 공부도 힘들다고 그랬는데 제가 하라고 끝까지 몰아붙여서. 그냥 다니던 회사 다니라고 뒀어야 했는데. 되게 외롭고 힘들었대요. 그래서 말도 안 되는 데에 그렇게 홀랑 빠졌나봐요."

종교가 없는 박상운의 눈에는 사실 모든 종교가 조금은 이상하게 보였다. 사이비니 이단이니 미신이니 서로 헐뜯는 것도 잘 이해되지 않았다. 결혼을 엎을 정도로 이상한 종교라는 게 대체 어떤 걸까. 박상운은 궁금했다. 그때까지는 피디로서의 직업의식이 아니라 개인적인 호기심이었다. 후배에게 물어서 제 발로 찾아갔다. 다시 결혼하라고 설득할 수 있을지 모르겠지만 여자친구는 꼭 구해오겠다고 약속했다.

교단이 있다는 상가건물 근처를 어슬렁거리고 있는데 마침 젊은 여자 하나가 다가와 팸플릿을 건넸다. 수련원 광고지였다. 한 장짜리 팸플릿에는 한복도 아니고 기모노도 아닌 통 넓은 바지를 입은 젊은 여자가 두 손을 모으고 기도하는 사진이 큼지막하게 박혀 있었다. 여자가 무척 예뻤다. 팸플릿에는 현대인들의 병은 몸과 마음의 방향성이 일치하지 않아 생기는 것이므로 수련을 통해 몸과 마음의 균형을 바로잡아야 한다고 적혀 있었다. 후배의 여자친구가 빠져 있다는 문제의 종교였다. 수련원은 건물 사층에 있었다. 박상운은 팸플릿을 전해준 여자에게 물었다.

"여기 가면 이 여자 있어요?"

"네?"

"사진 속의 여자분한테 제가 한눈에 반했거든요. 여기 가면 있냐구요."

기분이 나쁠 법한데 여자는 차분하게 웃었다.

"수련원에 계신 여성들은 모두 이분처럼 몸과 마음이 아름답죠. 제가 안내해드릴까요?"

일단 너는 아니거든. 박상운은 마음은 어떨지 모르지만 몸은 확실히 아름답지 않은 여성을 따라 엘리베이터를 탔다.

수련원은 꽤 넓은 상가건물 한 층을 다 쓰고 있었다. 족히 백 평은 넘어 보였다. 여자는 수련원 원장님께 인사하라고 했지만 박상운은 먼저 좀 둘러보겠다고 거절했다. 가운데 큰 강당 같은 공간이 있고 주변으로 작은 방들이 둘러 있는 모습이 노래방을 연상시켰다. 방은 생활공간인 것 같은데 어쩌자고 문이 없었다. 옷은 어디서 갈아입나? 왠지 음란해 보였다.

흰 대리석 바닥에 흰 벽. 특별한 인테리어도 없고 사진이나 그림, 상징물 같은 것도 없었다. 남자고 여자고 사진에 나온 흰 고무줄바지를 입고 있다는 것 정도가 눈에 띄었다. 어딘가에서 종소리가 났다. 방에 있던 사람들이 꾸물꾸물 나오더니 강당에 줄을 맞춰 앉았다. 맨 뒤에서 보니 거대한 누에고치 농장 같았다. 그때 박상운을 안내했던 여자가 다가오더니 전체 수련은 기초적인 이론 공부와 개인 수련이 끝난 후 참여할 수 있다며 박상운을 내보냈다. 도대체 이후에 무슨 일이 벌어지는 걸까. 박상운은 궁금해 견딜 수가 없었다. 후배에게 전화를 걸었다. 후배는 박상운이 진짜 찾아갔다는 사실에 놀라는 듯했다.

"형, 진짜 가셨어요?"

"응, 근데 전체 수련할 때 뭐해?"

"원장이 설교부터 하고요. 그리고 심호흡 하고, 체조 비슷한 것도 하고, 노래도 부르고, 그다음에……"

"그다음에?"

후배는 한참을 망설였다.

"옷을 벗어요."

"뭐? 옷을 벗어?"

"네."

"너도 벗었어?"

"……네. 그게 그 분위기에 있으면 벗게 돼요. 옷 벗은 다음에 더 무서운 일도 많이 있는데 그건 차마 말 못 하겠네요. 아무튼 이제 거기 가지 마세요. 이상하게 홀리는 게 있다니까요. 거기서 피우는 향 같은 거에 환각성분이 있는 것 같아요. 그러니까 선배, 진짜 거기 가지 마세요, 네? 저 걔랑 결혼 안 해도 돼요."

옷 벗기 편하려고 넓은 고무줄바지를 입는구나. 박상운은 다음 날부터 짬이 날 때마다 수련원을 찾아갔다. 다 같이 체조하고 노래부르고 옷을 벗고 뭔가를 하는 장면이 궁금했다. 뭔가가 뭘까? 박상운은 이상한 기대감에 휩싸였다. 그래서 이론 공부도 하고 개인 수련도 했다. 개인 수련은 젊은 여자가 전담해서 해주었기 때문에 마사지받는 기분도 들고 괜찮았다. 아무래도 남자들에게 젊은 여자를 붙여주는 것은 작전인 듯했다. 박상운은 자세를 교정해준다며 자신의 두 손을 맞잡고 서 있는 여자에게 물었다.

"애인 있으세요?"

여자는 빙긋 웃으며 받아쳤다.

"몸이 너무 앞서 있으세요. 마음을 더 키우셔야 합니다. 숨 깊이 들이쉬세요."

맞는 말이니 영 사이비는 아니네, 생각하면서 고분고분 여자를 따랐다. 수련비를 내라고 해서 돈도 좀 꼴아박았다. 그렇게 두 달 정도 개인 수련을 마친 후 드디어 궁금했던 장면을 목격하게 됐다.

옷을 벗은 후에는, 서로를 때렸다. 속옷까지 모두 벗은 채 춤을 추고 노래를 부르다가 마지막에는 나쁜 기운을 쫓아낸다는 나뭇가지로 몸에 벌건 줄이 좍좍 그어지도록 서로를 때렸다. 그 모습이 기괴하다 못해 공포스러웠다. 분위기가 고조되면서 이상하게 구타의 대상이 한 사람으로 좁혀지곤 했는데 어쩌다 어리바리 구석에 서 있는 박상운이 그 대상이 됐다. 원장인지 교주인지는 나뭇가지도 제일 컸다. 크고 탄력이 좋은 나뭇가지는 몸에 착 감겨 붙었다. 욕이 절로 나왔다.

"아, 씨발, 졸라 아퍼!"

원장은 두 눈을 동그랗게 뜨더니 더욱 힘껏 나뭇가지를 휘둘렀다. 박상운의 등에서 피가 흘러내려 바닥에 뚝뚝 떨어졌다. 모든 것은 이 두 대에서 시작됐다. 영을 맑게 한다는 원장의 의식은 잠들어 있던 박상운의 피디 저널리즘에 불을 질렀다. 박상운은 모든 것을 폭로하겠다고 결심했다. 일 년 넘게 교단에 출퇴근하다시피 하며 간부의 자리까지 올랐다. 수련원이나 기도원, 명상센터 정도로 위장한 이 이상한 종교집단이 전국 도처에 숨어 있다는 사실도 알아냈다. 기밀자료들을 손에 넣을 수 있을 만큼 신임이 쌓였을 때, 박상운은 종교의식으로 포장된 원장 교주의 성폭력과 집단 구타 현장을 몰래 촬영했다. 생생한 영상은 온 국민을 경악케 했다. 박상운은 후배의 여자친구를 구해내지는 못했지만 이달의 피디상과 특종상, 좋은 프로그램상을 받아 상금으로 후배에게 한우를 샀다.

박상운은 교단의 복수를 피해 휴직을 하고 산골 마을 깊숙이 위치한 한 장애인 시설에 들어갔다. 시청자 제보게시판에 원생들을 학대한다는 글이 올라온 곳이었다. 사회복지를 전공한 그는 전공을 살려 복지사로 취업해 시설 기숙사에서 숙식하며 육 개월 동안 일했다. 수련원 취재를 통해 몰카 촬영에 자신감이 붙은 박상운은 과감하게 카메라를 돌렸다. 원생 구타와 학대 장면, 원생들의 강제노역 장면, 원장의 원생 성추행 장면이 담긴 백여 개의 테이프와 지원금 유용자료를 들고 한밤중에 도망쳐나왔다. 숟가락도 없이 맨손으로 밥을 먹고, 일하다 다친 발가락을 치료받지 못해 발목까지 잘라내고, 원장이 인사처럼 바지 속에 손을 집어넣어도 원생들은 무덤덤한 얼굴이었다.
적나라한 방송을 본 사람들은 대부분 울었다. 그냥 흐느끼는 정도가 아니라 가슴을 치며 오열했다. 내레이션을 하던 여자 성우가 하도 울어서 녹음을 이틀에 나눠서 했다. 단순히 슬프거나 화가 나거나 원생들이 불쌍해서가 아니었다. 충격을 받아서였다. 너무 충격적인 사건을 목격하면 눈물이 난다는 사실을 박상운도 처음 알았다.

두 편의 시사다큐로 박상운은 제법 유명인사가 됐다. 상도 많이 받았고, 여기저기 강연도 하러 다니고, 잡지에 고정 칼럼도 쓰고, 시사프로그램 진행도 맡았다. 하지만 얼굴이 알려지면서 전처럼 몰래 숨어들어가 촬영하는 것이 불가능해졌다. 그러자 이번에는 내셔널지오그래픽에 나온 사진 한 장만 보고 사전 섭외도 없이, 통역도 없이, 카메라맨도 없이, 6mm 카메라 한 대 메고 훌쩍 떠나곤 했다. 어떻게 말도 안 통하는 여자들을 구워삶았는지 수백 년 동안 여자들만 살아온 중국의 여인족 마을을 촬영해오기도 했고, 우연히 낙뢰사고를 당한 뒤 그 느낌을 잊지 못해 번개 치는 곳만 찾아다니는 일명 번개맨이 뉴욕 한복판에서 빠지직 하고 번개를 맞는 장면을 운 좋게 찍어오기도 했다. 그렇게 몇 번 히트를 치고 나니 아무리 형편없는 프로그램을 만들어도 다들 너그러웠다.

하지만 박상운은 답답했다. 박상운은 과대평가되고 있었다. 자신이 대단히 정의로운 사람도 아니고 자유로운 영혼도 아니라는 사실을 잘 알고 있었다. 그저 운이 좋았을 뿐이다. 그동안 벌여온 일들을 돌아보니 등골이 오싹해졌다. 뒤늦게 철이 들고 세상물정에 눈뜬 것이다.

서른다섯의 박상운이 방송국을 그만두겠다고 했을 때, 의외로 아무도 놀라지 않았다. 방송제작도 엄연히 대중예술이기 때문에 대부분의 예술가들이 그렇듯 자기 좋아서 하는 사람들이 많았고, 그중에서도 시사교양프로그램을 제작하는 사람들은 정의감, 사명

감, 책임감 같은 것이 강한 편이었으며, 나름대로 근무 여건도 자유로웠기 때문에 박상운처럼 젊은 직원이 퇴사하는 경우는 거의 없었다. 무엇보다 바늘구멍이라는 방송사 공채를 어렵게 통과해 제법 연봉도 많고 안정적인 회사를 다닐 수 있게 됐는데 그만둘 이유가 없었다. 하지만 박상운은 그 좋은 직장을 제 발로 나왔다.

해외의 다큐전문채널로 옮긴다느니 국내 유명 케이블채널의 팀장으로 스카우트됐다느니 하는 소문만 무성했다. 모두 사실이 아니었다. 아무도 박상운을 부르지 않았다. 박상운은 퇴사 녁 달 만에 네오프로덕션을 개업했다. 박상운의 아내는 남편을 적극 지지했다. 자신도 더 늦기 전에 공부를 하겠다고 다니던 잡지사를 그만두고 유학을 떠났다. 아내는 공항 게이트로 들어가며 박상운의 손을 꼭 잡고 사업 잘해서 학비와 생활비 꼬박꼬박 통장에 넣어놓으라고 당부했다.

시작은 괜찮았다. 시작과 동시에 여섯 개의 정규프로그램을 제작했다. 사원수 다섯으로 시작해 한 달이 지날 때마다 스물네 명, 서른다섯 명, 마흔일곱 명으로 죽죽 늘어났다. 거기에 프리랜서 작가와 조명, 촬영 등의 외부인력까지 합하면 웬만한 방송사 교양국보다 규모가 더 컸다. 공중파 방송사의 창사특집다큐멘터리를 만들 정도였으니, 물론 대외적으로는 공동제작이라 발표했지만, 그 위상을 짐작할 만했다. 그러나 열악한 장비와 부족한 제작비와 빠듯한 제작기간으로는 한계가 있었다. 나쁘지는 않았지만 특별히 좋은 프로그램이 나오지도 않았다. 어차피 비슷비슷한 결과물을 만들어낸다면 방송사 입장에서는 빳빳한 박상운에게 제작을 맡길 이유가 없었다.

개편을 한 번 할 때마다 프로그램이 반으로 줄었다. 그렇게 계속 줄어들더니 정확히 개업 오 년 만에 정규프로그램은 달랑 한 개가 남았다. 직원들은 눈치가 보여서, 월급이 밀리고 깎여서, 비전이 없어서 스스로 회사를 그만두었다. 어린 조연출과 작가 들이 김밥과 떡볶이로 점심을 때우는 모습을 지켜보던 박상운은 사장실로 들어가 문을 잠그고 조용히 울었다. 남자는 평생 세 번 운다는데 박상운은 이미 그 세 번을 다 울어버렸다. 어릴 적 키우던 개를 아버지가 잡아먹었을 때, 몇 년 후 아버지가 그 개의 새끼에게 물려 다리를 잘라내야 했을 때, 훈련소에서 화생방훈련할 때. 젠장, 아무도 못 봤는데 뭐. 박상운은 혼자 네번째 눈물을 흘렸다.

하나 남은 프로그램은 월요일, 화요일 오전 열시에 하는 〈아이맘〉이라는 육아정보프로그램이었다. 참 애매한 시간대였다. 직장인들은 이미 출근하고, 주부들은 아이 유치원이며 학교에 보내놓고 집안일에 몰두할 즈음이다. 당연히 시청률이 안 나왔다. 그래도 한물간 연예인들이 나와 여행사 협찬받아 여행다니고, 인테리어회사 협찬받아 고친 집 자랑하고, 세상에 자기만큼 고생 안 하고 사는 사람이 어디 있다고 별일도 아닌 것 가지고 울고 짜고 하는 프로그램들보다는 볼 만한지 동시간대 최고 시청률이었다. 그래봐야 오 퍼센트를 넘기지 못했다. 방송 시작 육 개월 만에 프로그램 폐지 논의가 나왔지만 골골백년이라고 오 년 넘게 장수하고 있었다.

〈아이맘〉은 백 퍼센트 외주제작프로그램이었다. 본사 피디인 김상호는 기획안 검토하고, 아이템 심사하고, 외주제작사와 관계된 일들을 조율하는 역할만 했다. 〈아이맘〉은 일주일에 두 번 방송하지만 외주프로덕션 세 곳에서 제작을 했다. 세 팀이 번갈아 제작하는 형식이 아니라 시청률 경쟁시스템이었다. 월, 화 방송 중 시청률이 더 낮은 팀은 다음주 방송을 못 만드는 것이다.

방송을 못 하게 되면 당연히 본사로부터 제작비를 못 받았다. 제작비는 프로그램 제작하고, 직원들 월급 주고, 작가들 원고료 주고, 회사까지 굴리기에는 매우 빠듯한 금액이었다. 그런 빠듯한 돈마저 정기적으로 받지 못하니 프로덕션 입장에서는 회사를 유지하기도 힘들었다. 편당 원고료나 촬영료, 출연료를 받는 프리랜서와 외주인력들도 먹고살기 빠듯했다. 방송사에서 그렇게 운영을 하겠다는데 어쩔 수 없었다. 절이 싫으면 중이 떠나는 법이다. 세상에는 프로덕션도 넘쳐났고 피디와 작가, 촬영기사, 조명기사, 리포터와 그 지망생 들은 더욱 많았다. 방송사는 그럼에도 일하겠다는 사람들 중에 구미에 맞게 골라 쓰면 되는 것이다. 자본주의의 원칙이고 시장경제의 원칙이었다. 절은 몰랐다, 그래서 중들이 점점 저질이 되어간다는 것을. 중들은 절에 대한 애정이 없어졌고, 책임감도 없어졌다. 먹여주고 사람대접해준다면 교회든 성당이든 갈 판이었다.

하지만 지금 박상운은 〈아이맘〉이라도 붙잡고 있어야 했다. 그래서 더 더럽고 치사했지만 더럽고 치사한 것도 살아남은 후의 일이었다. 박상운은 아이템 선정과 취재, 촬영, 편집 진행상황을 하나하나 점검했다. 방송 전 후배들의 편집본을 보고 직접 수정했으며 대본도 미리 확인했다. 자신의 모든 인맥을 동원해 유명인사와 연예인, 아나운서 섭외에도 나섰다. 김상호와 마주치는 것이 죽도록 싫었지만 당근 뺀 김밥 사들고 열심히 회의에도 참석했다. 네오프로덕션 피디와 작가 들은 사장이 이렇게 시시콜콜 참견하는 것이 부담스럽기도 했지만 다행스럽기도 했다. 박상운이 적극적으로 나서는 것을 본사에서 높이 평가했기 때문이다. 거기에 운도 따랐다. 네오프로덕션 제작분이 방영되는 날 다른 채널에서는 국회본회의나 인사청문회가 편성되기도 했고 전국체전이 중계되기도 했다. 역대 최고의 시청률을 기록했다.

한시름 돌린다 싶던 그때 사고가 터졌다. 사례자를 조작해 거짓방송을 만들었다는 의혹이 불거진 것이었다. 육아에 어려움을 겪는 엄마들의 고민을 해결해주는 코너였다. 첫 촬영을 다녀온 담당 피디 최경모는 기가 질려 혀를 길게 빼물었다. 다섯 살짜리 아이가 어디서 배웠는지 육두문자가 들어간 욕을 하고 엄마를 때리는 것은 물론 엄마 얼굴에 침까지 뱉는다는 것이다. 최경모는 무서워서 아이 못 낳겠다고 고개를 절레절레 저었다.

"참, 사장님. 근데 이 엄마가 전에 쇼핑중독으로 방송에 나온 적이 있다더라고요."

"그래? 언제?"

"한 일 년쯤 됐나봐요. 보니까 애도 이렇고, 남편하고도 사이가 안 좋은 것 같아요. 자기가 우울증이 있어가지고 인터넷쇼핑으로 스트레스를 풀었대요. 근데 그게 좀 심각해서 방송에 나와서 상담을 받았다고 하더라구요. 아이템이 인터넷중독이었는데, 자기는 일 분인가, 잠깐 나왔대요. 그리고 그때도 모자이크 했구요."

"이번에도 모자이크 해달래?"

"예, 애 얼굴은 내보내도 되는데 자기는 모자이크 해달래요."

"웃기는 엄마네. 자기가 쪽팔리면 애도 쪽팔린 거지. 애는 나와도 된대?"

"애는 아직 어리니까 얼굴 변하지 않겠느냐면서 괜찮대요. 제가 엄마랑 애랑 다 모자이크 하면 방송 못 낸다고 그랬거든요. 애 때문에 고민인 것도 있는데 출연료 받으려는 것도 있는 것 같아요. 먼저 출연료 얼마냐고 물어보던데요?"

"그래. 출연료 적당히 주고, 모자이크 잘해줘. 이렇게 말 많은 사람들이 나중에 누가 알아봤네 어쩌네 하면서 골치 아프게 군단 말이야."

박상운의 말대로 출연료 먼저 쥐여주고 모자이크 잘 하기로 약속하고 촬영을 진행했다. 엄마는 매우 협조적이었다. 소아정신과 전문의와 아동심리상담사가 투입되어 엄마를 상담하고 아이를 훈육했다. 촬영기간이 워낙 짧아서 사실 큰 변화는 없었다. 여차여차 좋은 해결방안을 찾은 것으로 두루뭉수리 방송은 마무리됐다. 엄마는 자신의 강압적인 육아방법이 잘못되었다는 것을 깨달았고 아이는 나쁜 버릇을 고치겠다고 약속했다. 엄마와 아이가 다정하게 집 앞 공원에서 뛰어놀다가 뽀뽀를 하는 장면으로 훈훈하게 끝났다. 방송 이후 평가회의 반응도 좋았다.

그날 저녁, 네오프로덕션은 오랜만에 회식을 했다. 무사히 한

주 한 주 살아남았고, 오늘 방송도 잘 마쳤고, 개편 때 잘릴 것 같
지도 않았다. 박상운은 안정적인 〈아이맘〉을 발판으로 다른 프로
그램도 욕심낼 때가 왔다고 생각했다. 박상운은 회사에 기획팀을
만들겠다고 공표했다. 기획안 공모에 내기도 하고 박상운이 직접
방송사를 다니며 영업도 뛰겠다고 했다. 공중파, 케이블을 가리지
않을 것이고 교양프로그램을 고집하지도 않겠다고 했다. 이제 잘
해보자고, 네오프로덕션도 살리고 우리도 살아보자고 큰 소리로
외치며 다 같이 건배했다. 바로 그때 김상호로부터 전화가 걸려왔
다. 기분좋게 취한 박상운은 현재 그와 자신의 위치를 망각하고
막말을 했다.

"어이, 꼴통!"

"선배 지금 제정신이에요? 미친 거예요?"

"많이 컸다, 새끼. 왜? 이제 꼴통 소리 듣기 싫으냐? 네, 김피디
님, 무슨 일이세요?"

"아까 그 엄마 뭐예요? 선배가 조작한 거예요? 돈 줬어요? 아
님 먹었어요? 걔 아역 탤런트 지망생이에요?"

"엉? 무슨 소리 하는 거야?"

"그 엄마가 지금 홈베이킹 달인으로 방송에 나오고 있다구요.
아들이랑 사이좋게 과자 나눠 먹으면서. 지금 게시판 난리났어요.
어떻게 된 거예요? 선배 알았어요, 몰랐어요?"

박상운의 이마 중앙이 띵 하고 울렸다. 맹랑한 다섯 살짜리 아
이가 정확하게 조준해 퉤악 내뱉은 침 한 덩어리를 정통으로 맞
은 기분이었다. 그곳은 박상운이 오른손 검지로 콕콕 찍어대던 꼴

통의 이마, 바로 그 자리였다.

회식은 그 자리에서 끝났다. 회식에 참여했던 모든 스태프들은 같은 엘리베이터를 타고 사무실로 올라가 컴퓨터 앞에 동그랗게 둘러섰다. 오백원을 결제하고 김상호가 말한 프로그램을 다시보기로 봤다.

집과 옷과 아들이 같았다. 누가 봐도 그 엄마였다. 그러나 이번에는 집에서 빵 굽고, 쿠키 굽고, 케이크까지 만드는 다정한 엄마였다. 방부제와 첨가물이 없는 엄마표 과자를 먹은 아이는 아토피도 없고 감기 한 번 앓지 않았다고 한다. 아이는 욕도 하지 않고 침도 뱉지 않고 맛있게 과자를 먹었다. 엄마와 아이는 두 팔로 하트를 그리며 "여러분도 홈베이킹에 도전해보세요!"라고 외쳤다. 방송대로라면 아침에는 욕하고 때리고 침 뱉는 아이 때문에 울고불고하다가 저녁이 되면 정신 바짝 차리고 쿠키와 빵을 구워댄다는 것이다.

〈아이맘〉시청자게시판이 난리가 났다. 저녁방송 시청자게시판도 마찬가지였다. 네티즌들은 어떻게 알았는지 아줌마가 쇼핑중독으로 나왔던 예전 방송까지 찾아냈다. 박상운이 최경모에게 소리를 질렀다.

"도대체 이런 아줌마를 어디서 섭외한 거야?"

"카페에서요."

"카페?"

"네, 인터넷 육아카펜데 그동안도 여기서 섭외 많이 했어요. 이상하게 그 카페에 방송 나오고 싶어하는 엄마들이 많아서 섭외가 잘돼요."

"좋은 내용도 아닌데, 섭외가 잘되고 방송에 나오고 싶어하면 의심을 했어야지. 다른 촬영 있냐고 안 물어봤어?"

"연예인도 아니고 일반인이 다른 촬영이 있을 거라고는 생각도 못 했죠."

"일단 그 아줌마랑 통화하면서 녹취해. 이러다 우리가 다 뒤집 어쓰겠어."

최경모는 전화기를 녹취기와 연결하고 버튼을 눌렀다.

"어머니, 이게 어떻게 된 겁니까?"

"뭐가요?"

"아까 저녁때 방송 나온 건 뭐냐구요?"

"뭐긴 뭐예요. 제가 오븐으로 빵이랑 과자 만드는 거 좋아해서 그걸로 출연한 거예요. 피디님도 제가 만든 빵 드셨잖아요. 맛있 다고 팔아도 되겠다고 그러셨잖아요."

"아침에는 애랑 싸우고 울고 하시던 분이 저녁에는 애랑 사이 좋게 과자 구워서 먹고. 직접 과자 구워줬더니 애가 감기도 안 걸 리고 건강하다고. 그게 말이 돼요? 저희한테 거짓말하신 거예요? 동규가 연기한 겁니까?"

"연기라뇨? 동규 원래 그래요. 욕하고 때리고. 의사선생님도 다 보셨잖아요. 그리고 저 원래 요리 좋아하고요. 욕하는 애한테는 과자 구워 먹이면 안 되는 거예요? 욕하는 애는 건강하면 안 되는 거예요? 저 거짓말한 거 없어요."

"그래도 이렇게 같은 날 출연하신다는 얘기는 하셨어야죠."

"출연한 적 있느냐고만 물어보셨지 촬영 스케줄 뭐 있느냐고는 안 물어보셨잖아요. 작년에 출연한 거는 솔직히 말씀드렸고요."

최경모는 기가 막혀 물었다.

"또 촬영 스케줄 뭐 있는데요?"

"다음주 화요일에 용산에 있는 식당에 손님으로 촬영 있구요, 그다음주 목요일에 동규랑 어린이 뮤지컬 관객으로 촬영 있어요."

박상운과 최경모, 담당작가는 머리를 맞대고 사유서를 썼다. 아이템 선정방법과 이유, 섭외과정, 사전취재 내용, 촬영 일정과 촬영 내용, 출연료 액수와 지급방법에 대해 구체적으로 써내려갔다. 카페 메인화면과 소개글, 카페에 제작진이 올린 출연자 모집글을 캡처하고, 촬영 원본 녹취록과 통화 녹취록까지 꼼꼼하게 준비했다. 어린 작가는 내내 울었다. 해가 떠오르기 시작하자 최경모도 울었다. 박상운은 어른스럽게 이들을 달랬다.

"어쨌든 우리가 정상적인 경로로 섭외했고, 조작하거나 속인 것도 없다는 건 확실해. 그 부분에 대해서는 본사에서도 문제제기 하지 않을 거야. 하지만 전에도 방송에 나온 적 있는 출연자라는 걸 알고 있었고, 사실 확인과 출연자 관리에 소홀했던 건 분명하지. 아마 우린 잘릴 거야. 네오프로덕션은 영구퇴출이지. 뭐 방송국이 여기만 있는 건 아니니까. 인맥도 없고 쉽진 않겠지만 나는 다른 데 뚫으면 돼. 너희는 다른 회사 들어가서 가명 쓰고 필명 쓰고 다른 프로그램 해."

아침 일찍 본사에서 비상회의가 열렸다. 박상운과 최경모, 작가들과 조연출들이 먼저 도착해 고개를 푹 숙이고 조르륵 앉아 있었다. 곧 김상호가 회의실에 들어왔고, 팀장과 국장까지 왔다. 박상운은 자료를 보여주며 차근차근 설명했다. 사례자를 조작하거나 시청자를 속이지 않았으며 자신들도 어느 정도 피해자이다. 물론 더 꼼꼼하게 확인하고 관리하지 못했던 점은 충분히 과실로 인정하고 어떠한 처분을 내려도 달게 받겠다. 하지만 어디까지나 실수였을 뿐, 비양심적인 행동은 하지 않았다는 것을 믿어달라고 호소했다. 국장이 혀를 끌끌 찼다.

"어쩌다 이렇게 됐니? 천하의 박상운이 어떻게 이런 실수를 해? 이건 실수가 아니라 무성의고 무책임이야. 왜 이런 무리한 아이템에 매달려? 왜 신원 확인도 안 되는 인터넷 카페에서 섭외를 해? 왜 사전에 충분히 검토를 안 해?"

씨발, 어지간한 건 약하다고 컨펌을 안 해줬잖아. 정신과 통해서, 상담실 통해서 정식으로 섭외하려면 돈이랑 시간이 얼마나 많이 드는지 몰라서 묻냐? 우리한테 그만큼 제작비랑 제작기간 줘봤냐? 컨펌은 늦게 주지. 걸핏하면 약하다고 엎어버리고 다시 찍으라고 하지. 충분히 검토할 시간이 어딨어? 그마나 우리가 밤새 뺑이치고 있으니까 사고 안 나고 방송 꼬박꼬박 나온 거야. 박상운은 하고 싶은 말이 목구멍까지 차올랐지만 결국 마음에 없는 말만 했다.

"면목 없습니다."

국장과 팀장이 인사도 받지 않고 회의실을 나갔다. 박상운 이하

네오프로덕션 일동은 말없이 고개만 숙이고 있었다. 김상호는 한숨을 푹푹 쉬더니 한참 만에 의자를 밀고 일어났다. 회의실을 나가려다 말고 돌아서서 물었다.

"선배, 그 아줌마 누가 섭외했어요?"

"으응? 에?"

"그 아줌마 섭외한 사람이 누구냐구요. 피디든, 담당작가든, 리서처든 누군가 섭외를 했을 거 아니에요."

박상운은 머뭇머뭇 대답을 못 하고 있었다. 김상호가 다그쳤다.

"선배가 했어요?"

박상운이 당황하며 급히 대답했다.

"아니아니, 우리 막내작가가."

김상호는 막내작가의 얼굴을 한 번 지그시 보더니 회의실을 나갔다. 아랫입술을 깨물고 있던 막내작가가 회의탁자에 엎드려 훌쩍훌쩍 울었다. 다른 작가들이 어깨를 감싸며 달랬다. 메인작가가 회의실을 나서며 다 들리게 혼잣말을 했다.

"그걸 물어보는 사람이나 또 대답하는 사람이나."

박상운의 진심 어린 호소는 받아들여졌다. 하지만 예상보다 파장이 컸다. 네오프로덕션이 〈아이맘〉에서 잘린 것이 아니라 〈아이맘〉이 아예 폐지됐다. 막내작가는 진즉 짐 싸서 나가버렸고 할 일이 없어진 피디와 작가 들도 대부분 네오프로덕션을 떠났다.

남은 네오프로덕션 직원들은 모두 기획팀 소속이 됐다. 달리 소속될 팀이 없었다. 날마다 기획회의를 하고, 매일 기획안을 쓰고,

박상운은 그 기획안을 들고 분주히 방송사를 돌았다. 좀처럼 신통한 결과가 나오지 않았다. 박상운의 대학선배이자 케이블 엔조이 채널의 제작본부장으로 있는 정용준은 기획안을 보더니 길게 한숨을 내뱉었다.

"솔직히 말할게. 일단 별로 와 닿지는 않는다."

머쓱해진 박상운이 둘러댔다.

"이걸 그대로 편성해달라는 건 아니고요. 조언을 좀 듣고 싶어서 왔어요. 요즘 어떤 프로그램 기획중이신지, 어떻게 보강하면 좋을지, 뭐 그런 거요."

"기획의도, 의미, 시의성, 그래 다 좋지. 근데 의도도 좋고 의미도 있고, 재미도 있을 것 같고, 시의적인 기획안 쌓이고 쌓였어. 뭔가 확 땡기는 게 있어야지. 최초 공개, 최고의 상금, 톱스타 아무개 전격 진행자. 뭐 그런 멘트 있잖아. 너도 잘 알겠지만."

박상운도 잘 알고 있다. 아는 것과 실현 가능한 것이 별개의 문제라서 그렇지. 그래도 박상운은 잘 새겨듣고 있다는 뜻을 전하기 위해 고개를 크게 끄덕였다. 정용준은 박상운을 흘끗 보더니 말했다.

"서바이벌 하나 기획해봐. 요즘 그게 대세잖아."

방송프로그램도 유행을 탔다. 맛집소개프로그램 하나가 뜨면 맛집 소개하고 요리법을 알려주는 비슷한 프로그램이 줄줄이 생겨났다. 인테리어프로그램이 유행할 때는 모든 채널에서 전등을 갈고 벽지를 갈고 페인트를 칠했다. 미팅프로그램이 유행할 때는 텔레비전이 동물의 왕국처럼 온종일 짝짓기중이었다. 연예인들이 미팅을 하고, 일반인들이 미팅을 하고, 연예인과 일반인 들이 미팅을 하고, 할아버지와 할머니 들이 미팅을 하고, 돌아온 싱글들이 미팅을 하고, 하다하다 유치원생들도 미팅을 했다. 삼 대 삼으로도 하고, 삼 대 일로도 하고, 얼굴을 가리고도 하고, 조건을 가리고도 하고, 나이를 가리고도 했다. 하지만 몇 달 지나지 않아 미팅프로그램의 인기도 시들해졌다. 미팅프로그램에 나왔던 많은 사람들은 텔레비전 밖에서 짝을 찾아 연애하고 결혼했다.

이번에는 도전자들을 한 사람씩 탈락시켜 최후의 우승자를 가리는 서바이벌프로그램이 인기를 끌었다. 우승자에게는 엄청난 상금이 돌아갔다. 도전 분야는 다양했다. 춤과 노래는 물론 요리, 디자인, 다이어트, 퀴즈, 성형, 사업, 결혼에서도 우승자를 뽑았다. 박상운은 경쟁할 분야가 아직도 남았나 생각해보았다. 정용준은 엄지와 검지를 동그랗게 말며 덧붙였다.

"이것 좀 신경쓰고. 사실 우리한테는 이게 제일 중요해."

그건 박상운에게도 중요했다. 그게 안 중요한 사람도 있을까. 이건희, 빌 게이츠에게도 중요할걸.

"요즘 우리가 기획안 심사할 때 가장 먼저 보는 게 뭔 줄 알아? 협찬이야. 가장 좋은 건 통 큰 협찬사 물어서 제작비 다 해결하고 본사까지 도와주는 프로그램, 다음으로 좋은 건 적당한 협찬사 물어서 본사에 손 안 벌리고 제작비 스스로 해결하는 프로그램, 그나마 용서할 수 있는 건 소박한 협찬사라도 물어서 본사 부담 덜어주는 프로그램. 기획안 표지에 프로덕션 이름만 써 있는 것보다는 기획 땡땡프로덕션, 협찬 땡땡그룹, 이렇게 딱 써 있는 쪽으로 눈이 간다니까."

박상운은 사실 지금 기획하고 있는 서바이벌프로그램이 하나 있다고, 완전히 새로운 분야이며 협찬사와 조율중이어서 오늘은 기획안을 못 들고 왔다고 나오는 대로 거짓말을 했다. 정용준이 관심을 보였다.

"너 기획안 되면 나한테 제일 먼저 가져와야 된다! 지금 우리도 매일매일 밤새워서 기획회의 하는 중이야. 요즘 케이블에서도 대박치는 프로 꽤 나오잖아. 근데 엔조이채널만 이렇다 할 대표상품이 없다. 의미고 나발이고 확 터뜨리기만 하면 돼. 알았지?"

의미고 나발이고 확 터뜨릴 수 있을 만큼 쌈박하고도 통 큰 협찬사가 붙을 만한 대단한 프로그램. 말은 쉽다. 박상운은 자꾸 한숨이 나와 밥이 잘 넘어가지 않았다. 그러다 운명처럼 세오시장 야바위대회 보도자료를 받은 것이다.

8

정기섭은 두 번이나 세오시장에 촬영을 왔던 피디를 오랜만에
만났다. 시장 어르신들에게 귀염성 있게 반말을 섞어가며 스스럼
없이 어머니, 아버지 하고 착착 잘 안기는 사람이었다. 말도 많고
요구사항도 많고 촬영도 오래 했다. 그래놓고 정작 방송은 오 분
도 나오지 않았다. 하지만 방송 전날 밤 정기섭에게 전화를 해서
방송 분량과 내용, 누구의 인터뷰가 나오고 잘렸는지, 대략 몇 시
에 방송이 되는지 자세히 설명해주었다. 시간상 촬영한 모든 내용
을 다 방송할 수 없는 점을 이해해달라는데 어쩔 수 없었다. 몇
달 후, 다른 프로그램을 맡았다며 또 시장을 찾아와 똑같은 촬영
을 해갔다.

"다른 프로그램이라면서 똑같은 내용으로 찍으시네요? 전에 나
왔던 거라고 뭐라 하면 어쩐데요?"

"예, 비슷한 프로그램이거든요. 전에는 주부들이 보는 아침방송이었고 지금은 아저씨들이 많이 보는 심야방송이에요. 둘 다 보는 사람 별로 없으니까 괜찮아요. 그리고 우리만 똑같은가? 채널 돌리면 맨 똑같은 배우, 똑같은 가수, 똑같은 개그맨만 나오던데."

"그럼 그냥 전에 찍은 걸 쓰시지. 뭐하러 피디님도 고생하고 우리도 고생시키고 그러세요?"

"저번에는 여름이었잖아요. 이렇게 날이 추운데 반팔 입은 거 나오면 이상하지."

두번째 촬영은 수월하게 끝났다. 피디는 두 번이나 도와줘서 고맙다면서 저녁을 샀다. 정기섭도 얻어먹고만 있기가 미안해 술을 샀다. 주로 피디가 방송 뒷얘기들을 했고 정기섭은 연예인과 관련된 이런저런 소문에 대해 물었다. 피디는 잘 모르는데, 하면서 들은 얘기와 아는 얘기에 자신의 추측을 덧붙여 자세히 대답했다. 나이 차이도 나고 하는 일도 전혀 다른데 생각보다 말이 잘 통해 꽤 늦게까지 술을 마셨다. 말을 트고 호칭도 최피디와 형님으로 정리했다. 최피디는 택시에 오르며 형님, 다음에 또 놀러 올게요, 했지만 한 번도 오지 않았다. 정기섭도 연락하지 않았다. 그렇게 인연이 끊기나 했는데 정기섭이 먼저 손을 내밀게 됐다.

세번째 만남에서는 정기섭이 더 말이 많았다. 장사 얘기, 방송에 나갔던 시장 사람들의 최근 소식, 막내딸 이야기. 한참을 곁도는 얘기만 하다가 정기섭이 사실은, 하면서 용건을 꺼냈다.

"우리 시장 방송에 좀 내줘, 최피디."

최피디는 이거였군, 하는 표정으로 웃었다. 대놓고 부탁하려니 민망했지만 정기섭은 꾹 참고 준비한 말을 이어갔다.

"그래도 간간이 방송 나갈 때는 손님들도 좀 찾아오고 그랬는데 요즘은 시장이 영 힘들어. 이런저런 홍보방법을 찾고 있는 중이거든. 전처럼 방송에 자주 나가고 싶은데 한 번 거절하니까 또 연락이 통 안 오네."

정기섭은 밤새 준비해 외워둔 말을 더듬지는 않았지만 너무 빠르게 쏟아냈다. 눈치를 보니 탐탁지 않은 듯했다. 다행히 정기섭은 곧바로 긍정의 대답이 나오지 않을 경우 해야 할 말도 준비해뒀다.

"다른 피디를 소개해줘도 좋고. 방법을 알려줘도 좋고."

"요즘 시장에 무슨 일 있습니까?"

"아니, 그건 아니야. 큰일이 있는 건 아닌데 그냥 매출이 계속 떨어져서."

"그런 뜻이 아니라. 아이템이 있느냐구요."

"아이템?"

"아무 일도 없는 평범한 시장 사람들 일상을 군이 방송할 이유가 없잖아요. 이슈가 있느냐구요. 아이템, 소재. 그러니까 이야깃거리. 새롭고, 재밌고, 호기심을 불러일으키는 특별한 이벤트가 있거나 슬프고, 아름답고, 감동적인 사연이 있거나."

사람 사는 게 다 똑같지. 너는 뭐 하루도 빠짐없이 모험과 신비가 가득한 대단한 인생 살고 있냐? 지도 똑같은 거 두 번이나 방송 냈으면서. 정기섭은 마음속의 말을 입밖에 꺼내지 못했다. 대신 우리 시장에 벽화도 있고, 라며 말끝을 흐렸다. 최피디가 비웃었다.

"형님, 요즘 초등학교 담벼락, 달동네 담벼락, 관공서 담벼락, 하다못해 평범한 동네 아파트나 노인정 담벼락에도 다 벽화 있어요. 이제 벽화 없는 담벼락이 더 신기할 지경이라니까요. 대체 언젯적 벽화를 계속 우려먹을 작정이세요? 세오시장 벽화가 무슨 고구려 국내성 벽화나 이집트 피라미드 벽화라도 된답니까? 아이템이 없으면 만드세요. 축제를 하시든 행사를 하시든 뭐든 판을 벌이시라는 거죠. 그럴듯하게 홍보안 만들고 사진 첨부해서 방송국이며 신문사에 쫙 돌리세요. 혹해서 달려드는 사람들 꼭 나옵니다. 대신 새로워야죠. 신기하고, 재밌어야죠. 오케이?"

그사이 최피디는 더 느글느글해져 있었다. 정기섭은 최피디의 태도나 말투가 썩 마음에 들지는 않았지만 맞는 말이라고 생각했다.

정기섭은 상인회 회의에서 최피디의 의견을 간략히 전했다. 아무 일도 없는 평범한 시장은 방송에 나올 수 없다, 아이템이 있어야 한다, 아이템은 특별한 이벤트를 뜻한다. 다들 무슨 소린지 모르겠다는 표정이었다.

"이벤트? 바자회나 노래자랑 같은 거 말이야?"

"맞아요, 그런 이벤트. 그런데 바자회 같은 건 너무 평범하잖아요. 아주 기발한 걸로 해야 한다는 거죠. 진짜 기발하고, 신기하고, 입이 떡 벌어지는 그런 이벤트. 다른 어디서도 보지 못한 진짜 특별한 이벤트."

그럼 진짜 축제를 열면 되지 않겠느냐는 의견이 나왔다. 지역 특산물 축제는 방송의 단골 소재였다. 눈물 콧물을 쏟으며 생마늘을 씹어먹기도 하고, 감자 바구니를 층층이 머리에 이고 달리기도 하고, 온몸에 토마토를 뒤집어쓰고 집어던지기도 했다. 그런 특산물 축제처럼 재래시장이라는 점을 살려 축제를 벌이자는 것이다.

"시장에는 먹을 게 사방천지 널렸잖아. 떡 빨리 먹기, 과자 많이 먹기도 할 수 있고. 시장바닥에서 쌀자루 썰매타기를 해도 좋을 것 같고, 오징어나 갈치 같은 걸 바통 삼아서 이어달리기를 하는 것도 재밌을 것 같은데, 어때?"

"유치해요."

정기섭이 단칼에 잘랐다. 오랜 침묵. 정기섭은 답답했다.

"막무가내로 신기한 거, 신기한 거 하고만 있으니까 더 답이 안 나오는 것 같아요. 우리 시장하고 관련이 있는 걸로 생각해봅시다. 우리 시장의 가장 큰 특징이 뭘까요?"

다들 입을 모아 대답했다.

"벽화!"

정기섭은 더 답답해졌다.

"벽화, 벽화, 그놈의 벽화 소리 지겨워요! 요즘 벽화 없는 담벼락이 어디 있습니까? 초등학교 담벼락, 달동네 담벼락, 관공서 담벼락, 화장실 담벼락에도 다 벽화 있어요. 대체 언젯적 벽화를 계속 우려먹을 작정이세요? 세오시장 벽화가 무슨 곰탕입니까? 사골국이에요? 우리고 우려서 뼈 다 삭았어요! 바삭바삭 씹어먹게 생겼다구요!"

딱히 좋은 아이디어가 떠오르는 사람도 없었고, 섣불리 말을 꺼낼 분위기도 아니었다. 다들 볼펜 끝으로 탁탁 소리나게 책상을 두드리거나 손톱을 잡아뜯으며 딴짓만 하고 있었다. 정육점 박사장은 턱을 있는 대로 내밀어 손톱으로 턱 끝에 있는 수염을 뽑는데 열중해 있었다. 뽑히지 않고 자꾸 끊어지기만 하는지 손톱을 후후 불어가면서 손끝으로 수염자리를 계속 더듬었다. 그렇게 보이지 않는 수염과 사투를 벌인지 십여 분 만에 짧은 수염 끝이 엄지와 검지 손톱 사이에 정확하게 잡혔다. 박사장은 수염을 쑤욱 뽑으며 툭 내뱉었다.

"고스톱대회나 하자. 섰다도 좋고 도리짓고땡도 괜찮겠다. 대중적인 걸로 따지면 뭐니 뭐니 해도 고스톱이긴 하지."

미간에 정확히 세 개의 주름을 만들고 집중해서 듣던 정기섭이 동의했다.

"좋은 생각이에요."

"놀리는 거야?"

"아, 아닙니다. 정말 좋은 생각이에요. 물론 고스톱은 좀 무리가 있죠. 엄연히 도박이고 또 대회를 하기에는 경기시간이 너무 기니까. 그 오랜 시간 동안 사람들이 집중하기는 어렵잖아요. 좀 단순한 게임이 좋겠죠. 하지만 그런 적당히 사행성이 있는 게임이라면 눈길을 끌 수 있지 않을까요? 아주 도박 말구요, 적당한."

"점 만원이면 아주 도박이고 점 백 정도면 적당하지."

"농담 아니구요. 그러니까 좀 친근한 도박성 게임을 찾아보자

이거죠. 뺑뺑이는 어떨까요? 대형 뺑뺑이판을 만들어서 참가자들이 한꺼번에 자기 번호가 적힌 다트를 던지는 거죠. 수십 명이 동시에 다트 던지고, 동시에 날아가 꽂히고. 볼 만할 것 같지 않으세요?"

박사장이 코웃음을 쳤다.

"뺑뺑이판은 누가 돌릴 건데? 수십 명이 한꺼번에 칼 던지는 한가운데 서 있다가 뒤통수 뺑꾸나."

"칼이 아니고 다트예요. 송곳 같은 거."

"칼이나 송곳이나. 맞으면 똑같애. 죽거나 뺑꾸나거나."

회의 내내 상인회 회장인 만물상 윤씨는 가만히 눈을 감고 있었다. 얼핏 잠이 든 것 같아 보이기도 했다. 그러다 끈적하게 눈을 뜨더니 입을 열었다.

"옛날에 말이야, 오일장에 가면 늘 보던 풍경이 몇 가지 있었어. 약장수, 엿장수, 야바위꾼, 풍물패, 각설이떼…… 약장수가 팔던 그 회충약, 먹으면 진짜 회충이 줄줄 나오는 그런 약이었는데. 맨 앞에 앉아 구경하다가 끌려 나가서 사람들 앞에 엉덩이 내놓고 회충 뽑아낸 적도 있었지."

고개를 푹 숙이고 이야기를 듣던 정기섭이 번쩍 하며 고개를 들었다.

"야바위 어떻습니까?"

재래시장의 추억도 떠올리고, 세오시장도 알릴 수 있게 '세오시장배 전국 야바위대회'를 열자는 것이다. 야바위. 말 그대로 야바위다. 밥그릇 세 개를 뒤집어놓고 그중 한 개의 밥그릇에 주사위를 넣은 다음 마구 휘저어 섞고 주사위가 들어 있는 밥그릇을 찾는 놀이. 야바위꾼의 신나는 손놀림에 걸쭉한 입담까지 더해진 야바위는 약장수의 회충쇼와 더불어 시골 장터의 양대 볼거리 중 하나였다.

정기섭은 정수기 위에 있던 종이컵을 몇 개 들고 왔다. 들고 있던 펜 뚜껑을 열어 회의용 원탁 위에 놓고 컵 하나를 그 위에 엎어 올려놓았다. 그리고 컵 두 개를 더 뒤집어 양쪽에 나란히 놓았다. 나머지 네 사람은 재밌다는 표정으로 정기섭을 보고 있었다. 정기섭은 텔레비전에서 얼핏 본 대로 컵을 뒤섞었다. 그렇게 열심히 컵을 섞다가 자신도 펜 뚜껑이 어디에 있는지 알 수 없게 됐을 때 손을 멈추었다.

"자, 이제 돈 거세요."

모두들 어리둥절하는 사이 박사장이 가운데 컵 앞에다가 천원짜리 지폐 한 장을 올려놓았다.

"에이, 박사장님 천원이 뭐예요? 더 거세요."

박사장은 빙글빙글 웃으며 지갑을 열고 만원짜리 두 장을 더 꺼내 얹었다.

"자, 박사장님이 2번 컵에 이만천원 거셨습니다. 다른 분?"

만물상 윤사장도 첫번째 컵 앞에 만원짜리 두 장을 놓았다.

"또 없습니까?"

나머지 두 사람은 팔짱을 끼고 웃기만 할 뿐 돈을 걸지 않았다.

"더 없으면 이제 깝니다? 저도 어디 있는지 몰라요. 어디 보자, 우리 상인회 회장님이 선택한 1번 컵. 안타깝습니다. 회장님 꽝입니다. 다음 박사장님이 선택한 2번 컵! 어디 보자, 어디 보자……"

정기섭은 뜸을 잔뜩 들여 2번 컵을 열었다. 2번 컵도 비어 있었다. 펜 뚜껑은 3번 컵 안에 있었다. 정기섭은 지폐들을 싹 쓸어갔다. 와아악 하고 탄성과 웃음이 터져나왔다.

"뭐야? 진짜 가져가는 거야?"

"그럼요, 진짜죠. 그럼 장난인 줄 아셨어요?"

"그런 게 어딨어? 다시 해, 다시 해!"

정기섭은 다시 펜 뚜껑을 놓고 컵을 섞었다. 처음보다 손놀림이 한층 안정적이었다. 의자에 기대어 멀찌감치 앉아 있던 네 사람이 회의탁자에 바짝 다가왔다. 컵의 움직임을 따라 네 사람의 고개가 일제히 빙글빙글 움직였다. 박사장이 확실하다며 3번에 만원을 걸자 나머지 세 사람도 모두 3번 컵 앞에 만원을 올려놓았다. 회장은 마음을 바꿔 다시 1번 컵을 선택했다. 펜 뚜껑은 1번 컵에서 나왔다. 회장은 환호를 질렀다. 건 돈의 두 배인 이만원을 회장에게 건네고 나머지 돈을 정기섭이 챙기자 박사장이 항의했다.

"뭐야, 이거! 이거 오야만 돈 버는 거잖아? 이번에는 내가 오야봉 할래. 자, 걸어 걸어."

박사장이 정신없이 컵을 섞었고 이번에는 정기섭이 두 번의 게임으로 벌어들인 돈을 모두 걸었다가 날렸다. 나머지 네 사람이 박수를 치며 환호했다. 박사장이 지폐 다발을 흔들며 좋아했다. 판돈은 계속 커지고 게임은 점점 과열됐다. 급기야 박사장이 지갑을 통째로 걸었을 때, 정기섭은 게임을 멈추고 물었다.

"재밌죠? 이거 될 것 같죠?"

"대박이야, 대박!"

만장일치로 야바위대회를 추진하기로 결정했다.

야바위꾼을 먼저 알아봤다. 의외로 요즘도 시골 장터에서는 심심치 않게 야바위판이 벌어지고 있었고 고수들이 재야에 숨어 있었다. 야바위꾼 후보로는 두 사람이 거론됐다. 한 사람은 믿거나 말거나 시장바닥을 돌며 야바위판을 벌인 지 육십 년이 되었다는 올해 나이 일흔셋 전설의 야바위꾼 김씨. 나이가 많기는 하지만 지금도 왕성하게 활동하고 있는 현역이다. 평소에는 젓가락질도 못 할 정도로 손을 달달 떨면서 밥그릇만 쥐었다 하면 손이 보이지 않을 정도로 손목이 휙휙 돌아간다고 한다. 하지만 요즘은 야바위의 인기도 예전 같지 않고 판을 벌일 수 있는 장터도 많지 않아 어려운 처지였다. 상황이 상황이니만큼 돈만 적당히 쥐여준다면 옳다구나 하고 달려들 사람이다.

두번째 후보는 방송에도 여러 번 출연한 적이 있는 한 유명 마술사다. 무엇보다 얼굴이 번드르르하고 말주변이 좋아 행사진행까지 맡길 수 있다는 장점이 있다. 마술사니 두말할 필요 없이 손기술이 좋다. 실제 야바위와 비슷하게 컵을 돌리면서 하는 마술이 주특기인데 그저 컵을 섞는 수준이 아니라 공중에 돌리고, 던지고, 굴리면서 갖가지 묘기를 선보이기도 한다. 볼거리 면에서는 제격이지만 아무래도 마술사다보니 괜히 속임수를 쓴다고 오해를 받을 소지가 있다. 게다가 시장행사에 와줄지가 의문이다. 일단 행사가 어느 정도 윤곽이 잡히면 연락해 당사자들의 의사를 타진

하기로 했다.

하지만 이렇게 대놓고 야바위판을 벌인다는 사실이 아무래도 마음에 걸렸다. 이거 도박 아닌가. 과일가게 김사장이 조심스럽게 부정적인 의견을 냈다.

"아무리 생각해도 도박이야. 도박이 별거야? 간단해. 일단 돈이 걸리면 도박인 거야. 우리가 여기 모여서 고스톱을 쳤다 쳐. 만약에 손목 맞기를 했다면 그건 그냥 장난이지. 족발내기 정도라고 해도 별문제는 없을 거야. 근데 돈이 오가는 순간 도박이 되는 거지. 이러다 우리 쇠고랑 차는 거 아니야?"

한때 경마와 인터넷도박에 빠져 냉장고의 고기들은 물론 자기 자신까지 팔아먹을 뻔 했던 정육점 박사장은 그리 부정적이지 않았다.

"도박인지 아닌지 판단하는 게 그렇게 단순하지 않아. 만약 점 백이다, 그래서 뭐 천원, 이천원 오가고 피박에 광박에 흔들고 쓰리고까지 한 십만원 왔다갔다해도 그걸 가지고 도박이라고 하긴 힘들어. 적어도 백만원은 오가야 트집을 잡을 수 있지. 게다가 이 돈으로 우리 밥 사먹기로 했어요, 그러면 경찰들도 사실 뭐라고 할 수가 없다고. 재미 삼아 쳐서 딴 사람이 밥 쏜다는데 어쩔 거야. 또 얼마나 상습적이었는가도 중요하고."

"그럼 한 판에 돈을 백원씩 걸기라도 하자는 거야? 그럼 누가 하려고 하겠어? 열 배 따봐야 천원인데."

"물론 판돈도 중요하지. 또 중요한 건 누가, 왜 하느냐는 거야. 나이 많은 우리가 장사 끝나고 심심해서 쳤다고 하면 그걸 도박꾼 취급하기도 어렵지. 노인정 가봐, 다 고스톱 치고 있지. 그 노인네들 잡혀가? 아니거든. 꾼이라도 한 사람 끼어 있어야 도박단 어쩌고 할 수 있는 거야. 경마, 경륜 같은 것도 엄밀히 말하면 다 도박이야. 그치만 나라에서 하잖아. 그러니 경마 한다고 잡아가? 아니야. 잡아갔으면 내가 지금 이렇게 개털 되지도 않았어. 복잡하게 생각할 것도 없지. 로또를 봐. 그거야말로 도박 중에 상도박이야. 근데 로또기금으로 불우이웃을 돕네 어쩌네 하면서 나라에서 로또 사라고 부추기고 있잖아. 그러니까 재래시장에서 서민들이 재미 삼아 하는 단 한 번의 이벤트라는 점을 강조하면 문제 될 건 없다고 봐. 그리고 수익금 절반은 불우이웃 돕는다고 구라 좀 치면 되는 거야."

역시 경험만한 재산은 없다며 다들 칭찬했다. 박사장은 어깨를 으쓱하며 덧붙였다.

"아니다, 불우이웃 돕고 자시고 할 것 없네. 우리가 대회를 하는 이유가 세오시장을 살리기 위해서잖아. 수익금을 재래시장 복지를 위해 쓴다고 하면 되지. 어차피 그러려고 했던 거 아니었어? 그러니까 재래시장 살리기 야바위대회를 열면 된다고."

계획은 거창했다. 대회에 참가하려면 돈을 걸어야 한다. 물론 참가자 중에는 거액의 돈을 거는 사람도 있을 것이다. 일등을 한 사람은 백만원이 됐든, 천만원이 됐든, 무조건 건 돈의 두 배를 가져가는 것이다. 누군가의 인생을 뒤집어놓을 수도 있는 흥미진진한 경기. 참가자도 구경꾼도 눈을 떼지 못할 것이다.

회의는 긍정적인 방향으로 흘러갔다. 날이 풀리는 대로 대회를 열기로 했다. 날짜가 결정되면 시장 입구에 포스터를 붙여 상인과 지역 주민 들의 참가신청을 받을 것이다. 무대는 주차장 입구 바리케이드를 걷고 멀리 떨어진 방청석에서도 잘 보이도록 부채꼴 모양으로 작고 낮게 만들기로 했다. 진행은 돈이 들더라도 무명 개그맨이나 전문 진행자에게 맡기기로 했다. 홍보와 촬영 협조는 정기섭이 할 것이다. 야바위대회 자체로도 사람들의 이목을 끌 수 있고, 잘만 하면 방송에도 나올 수 있고, 무엇보다 참가비를 받기 때문에 비용 부담 없이 행사를 치를 수 있게 됐다. 이상할 정도로 이야기가 술술 풀렸다. 그래서 불안한 참이었다. 모두 흥분한 가운데 과일가게 김사장이 문제제기를 했다.

"근데 우리 지금, 수익금이 남을 거라는 생각만 하지 부족할 거라는 생각은 안 하는 거지?"

"야바위꾼하고 진행자 부르는 거 말고는 돈 들 일 없잖아. 적어도 행사 치르기 부족하진 않을 것 같은데?"

"만약 어마어마한 돈을 건 사람이 일등을 하면 어떻게 할 거야? 다른 모든 참가자들이 건 돈을 다 합해도 안 될 만큼 큰돈을 건 사람이 일등을 한다면? 그럼 모자라는 돈은 어떻게 하지?"

아무도 생각하지 못했던 문제였다. 다들 아차 하는 표정으로 눈치만 보고 있었다. 박사장이 어쩐지 일이 너무 잘 풀리더라, 하면서 긴장을 탁 놓았다. 하품이 전염되듯 줄줄이 맥이 빠졌다. 정기섭만 기를 쓰고 정신줄을 놓지 않기 위해 애썼다. 머리를 쥐어짜며 이런저런 대안들을 내놓았다. 보험을 들까요? 보험료가 더 나오겠다. 참가금액을 제한할까요? 그럴 바에야 받지를 마. 그럼 아예 참가비 받지 말고 상금도 주지 말까요? 그럼 아무도 참가 안 할 것 같은데. 참가비와 상금을 정해놓을까요? 그럴까요?

결국 야바위대회는 조촐하고 아기자기한 시장표 이벤트가 됐다. 모든 참가자들에게 똑같이 참가비 만원씩을 받고, 세 명의 입상자에게 상품을 주기로 한 것이다. 처음에는 일등에게 상금 백만원을 주자고 했다가 백만원이 너무 부담되니 십만원으로 했다가 십만원이면 모양 빠진다고 차라리 상품을 주기로 했다. 이럴 때만 화끈한 정육점 박사장이 고급 한우세트를 협찬하겠다고 해서 일등 상품은 고급 한우세트가 됐다. 정말 고급 한우를 내놓을지는 알 수 없었다. 과일가게에서 과일선물세트를 협찬하겠다고 해서 이등 상품으로 하기로 했다. 어쩔 수 없이 정기섭이 삼등 상품으로 건어물세트를 내놓기로 했다.

정기섭은 며칠 밤을 컴퓨터 앞에서 끙끙 앓으며 '세오시장배 야바위대회' 홍보안을 만들어 최피디에게 메일로 보냈다. 감수를 부탁한 것이다. 홍보안을 검토한 최피디는 좋다는 건지 나쁘다는 건지 알 수 없는 답을 보내왔다.

"귀엽네요."

내가 막내동생 같은 너한테 우쭈쭈쭈 귀염받으려고 이 개고생을 한 줄 아냐. 정기섭은 이번에도 마음에 있는 말을 하지는 못하고 도와달라, 아는 피디들한테 자료 좀 뿌려달라, 고 간곡히 부탁했다. 최피디는 알겠다고 했다. 사실 정기섭은 기대도 하지 않았는데 진짜 자료를 뿌리긴 했는지 며칠 후 엔조이채널의 프로그램을 만들고 있다는 피디에게서 전화가 왔다.

"아예 생방송으로 중계를 했으면 싶은데. 대회를 좀 키워서 말이죠. 저희랑 같이 진행해보실 생각은 없으십니……"

정기섭은 그의 질문이 채 끝나기도 전에 큰 소리로 대답했다.

"생각 있습니다! 많습니다!"

9

김일우네 세 식구는 안팎으로 고생하고 종종 보너스도 받은 덕분에 월세 계약기간 이 년이 지나고 방이 두 개 있는 전셋집으로 이사할 수 있었다. 벽지도 새로 바르고 장판도 새로 깔았다. 그렇게 마치 새집 장만한 기분을 누린 지 정확히 두 달 반 만에 여관 신세가 됐다. 오영미는 높이 뛰어오르기 위해 잠시 움츠린 것이라고 마음을 다잡았고 김민구는 인생 한 방이라고 입버릇처럼 말했다. 김일우는 엄마 아빠와 다시 한방을 쓰는 것이 죽도록 싫었다. 저녁을 먹으며 우연히 본 텔레비전 광고가 화근이었다.

"이제 당신이 챔피언입니다. 도전하십시오! 우승 상금은 참가금의 열 배! 당신의 인생이 달라집니다. THE CHAMPION!"

한 케이블방송의 서바이벌프로그램 광고였다. 컵 안에 숨긴 구슬을 찾는 게임이었다. 화면에서는 반짝이는 은색 컵 세 개가 빙글빙글 돌아가고 있었다. 우승 상금이 참가금의 열 배라니. 백만원을 걸면 천만원이고, 천만원을 걸면 일억이고, 일억을 걸면 무려 십억이다.

"일우 아빠, 저거 그러니까 야바위 아니야?"

"맞네. 돌려 돌려, 돈 놓고 돈 먹기."

"우리도 저기나 한 번 나가볼까? 혹시 알아? 이 거지 같은 생활 청산할 수 있을지."

처음에는 장난이었다. 오영미는 밥상 위에 컵 세 개를 뒤집어놓고 그중 하나에 단추를 넣었다. 빙글빙글 돌아가던 컵이 멈추자 김일우가 그중 하나를 지목했다. 오영미가 기대 없이 컵을 뒤집었는데 안에 단추가 있었다. 밥을 먹으며 보는 둥 마는 둥 하던 김민구가 숟가락을 내려놓았다.

"일우 엄마, 다시 해봐."

오영미는 더욱 신중하고 빠르게 컵을 섞었다. 김일우는 이번에도 단추를 찾아냈다. 김민구가 또 말했다.

"다시 해봐."

마찬가지였다. 여섯 번을 더 했는데 김일우는 모두 단추를 찾았다. 오영미의 눈이 태어나 가장 커졌다.

"일우야, 너 어떻게 찾은 거야?"

"들려요."

"뭐?"

"단추가 부딪치는 소리가 들려요. 어느 컵에서 소리가 나는지 들려요."

마주친 김민구와 오영미의 눈에서 처음 만나 사랑할 때처럼 불꽃이 일었다. 십육 년 만의 일이었다. 오영미가 컵을 우승 트로피처럼 높이 들고 외쳤다.

"하자!"

10

박상운과 정기섭이 만난 것은 월요일 아침이었다. 박상운보다 더 일찍 네오프로덕션 사무실로 출근한 정기섭의 눈이 벌겋게 충혈되어 있었다. 토요일 밤 박상운과 통화한 후 주말을 내내 흥분 상태로 보낸 정기섭은 월요일 새벽 다섯시에 눈이 번쩍 떠졌다. 정기섭은 도무지 진정이 되지 않아 캐러멜 먹듯 청심환을 우적우적 씹어삼키고 마음이 풀리면서 졸릴까 걱정돼 커피를 한 잔 진하게 타서 마시고 왔다. 마음도 진정되고 머리도 맑아졌지만 눈꺼풀은 무거웠다. 정기섭은 무섭게 핏발이 선 눈으로, 하지만 어느 때보다 밝고 힘이 넘치는 목소리로 인사했다.

"안녕하세요. 정기섭이라고 합니다. 세오시장 상인회 총무를 맡고 있습니다."

"최피디한테 얘기 많이 들었습니다. 총무님 참 대단하신 분이라고 입에 침이 마르도록 칭찬이더라고요. 하하하하하하."

박상운은 정기섭의 기분을 띄우려고 한껏 목청을 높여 웃었다. 금요일 밤, 직원들과 술을 마시다가 우연히 네오프로덕션 일을 몇 번 한 적 있는 프리랜서 최피디를 만났다. 최피디는 정기섭을 비웃었다. 별것도 없는 시장에 두 번이나 촬영가는 것이 아니었다며 나이 좀 많다고 형 먹으려고 한다, 통 연락도 없다가 아쉬우니까 찾는다, 방송에만 나오면 다 잘될 줄 안다고 고개를 저었다. 그러다가 세오시장 야바위대회 얘기가 나온 것이다. 최피디는 야바위대회를 한마디로 정의했다. 미친 거 아니야? 그 미친 짓에 박상운의 안테나가 쭈뼛 섰다.

최피디를 통해 보도자료를 받아보니 생각했던 것보다 더 허접스러웠지만 아이디어 하나는 기똥찼다. 잘만 손본다면 가능성이 있겠다 싶었다. 박상운은 새벽까지 고민하다가 홍보안을 끌어안고 잠들었다. 그리고 토요일 느지막이 일어나 정기섭에게 연락한 것이다.

박상운이 자리에 앉기가 무섭게 정기섭은 브리핑 자료를 테이블 위에 펼쳐놓고 설명을 시작했다.

"이게 저희 시장 팸플릿이고. 그동안 했던 주요사업들은 이 페이지에 있습니다. 훑어보시면 저희 시장의 성격을 파악하실 수 있을 겁니다. 그리고 이게 이번 야바위대회 개요입니다. 보도자료는 벌써 보셨죠?"

"예, 잘 봤습니다. 전화로도 말씀드렸지만 대회를 좀더 키웠으면 싶습니다."

"더 키운다는 게 어느 정도를 말씀하시는 건지?"

"요즘 텔레비전에서 많이 하는 서바이벌프로그램 보셨죠? 가수 오디션, 배우 오디션, 뭐 그런 거 말입니다. 그런 것처럼 일단 규모가 먹어줘야 하는 겁니다. 지역별로 돌아다니면서 예선 치러서 참가인원도 대폭 늘리고요. 참가비 똑같이 만원씩 받고 일등 하면 한우 준다? 이게 무슨 동네 닭싸움대횝니까? 안 되죠. 상금이 어마어마해야 합니다. 일단 사람들 관심사는 돈 아니겠어요?"

"사실 처음 저희 생각도 그건 아니었습니다. 참가비를 제한 없이 받고 일등 하면 두 배를 내주려고 했습니다. 그게 야바위 핵심이잖아요. 돈 놓고 돈 먹기."

박상운이 크게 고개를 끄덕이며 홍보자료에 밑줄을 그었다.

"제가 바로 그 말에 끌린 거거든요. 여기 첫번째 줄, 돈 놓고 돈 먹기, 야바위가 돌아왔다! 그런데 왜 룰을 바꾸셨어요? 원래대로 합시다, 돈 놓고 돈 먹기."

정기섭은 솔직히 대답하지 못했다. 돈이 부족할 수도 있다고 하면 일이 어그러질 것 같았다.

"그렇게 하면 방송을 할 수 있을까요? 말하자면 도박하라고 부추기고 도박판을 생중계하는 거잖아요."

"도박이라고 생각하면 안 되죠. 총무님부터 생각을 바꾸세요. 야바위가 왜 도박입니까? 스포츠예요, 두뇌 스포츠!"

"아! 두뇌 스포츠!"

박상운과 정기섭은 그간의 세오시장 상인회 회의를 무의미하게 만들며 게임의 룰과 진행방법을 몽땅 뒤집어엎었다. 달라지지 않은 것은 세오시장이 주최하는 '재래시장 활성화를 위한 대회'라는 것뿐이었다. 먼저 각 지방을 돌며 지역 예선을 거쳐서 본선에 진출할 참가자를 선발하기로 했다. 지역 예선은 야바위대회가 아니다. 순발력과 관찰력, 민첩성을 판단할 수 있는 간단한 캐주얼 게임을 하고 심층면접을 한다. 꼭 일등을 해야 하는 절절한 사연들을 듣는 것이다. 본선부터는 스튜디오에서 생방송으로 진행하는데, 이때부터 본격적인 야바위대회다. 일등 상금은 참가금액의 열 배. 박상운의 강력한 주장으로 참가금액의 제한은 두지 않기로 했다. 진짜 십억, 백억 가져가는 사람이 나올 수도 있는 것이다. 하지만 일등이 아닌 누구도 참가비를 돌려받을 수는 없다. 그래도 일억, 십억 걸겠다면 말릴 수는 없겠지만.

대충 얘기가 끝난 시간은 저녁 여덟시였다. 마라톤회의에 지쳤을 법도 하건만 정기섭의 표정은 밝았다. 정기섭은 이제야 속마음을 털어놓았다.

"이제 술술 풀리는 기분이네요. 사실 저희는 상금 때문에 걱정이 많았거든요. 가난한 시장 상인들로서는 도저히 엄두가 안 나더라고요. 까놓고 말해 재래시장이 돈이 어딨습니까? 역시 방송국은 다릅니다. 광고가 대단하긴 하네요."

"네? 광고로 상금을 한다구요?"

"그 말씀 아니세요?"

"광고 수익은 제작비밖에 안 되죠. 방송 광고라고 수십억 받는 거 아니거든요. 그리고 전국 돌면서 촬영하고, 스튜디오 세팅하고, 전문가 섭외하려면 돈이 얼마나 많이 드는데요. 제작비 대기도 빠듯해요."

정기섭은 풀 죽은 목소리로 되물었다.

"그럼 상금은 누가 주나요?"

"대회 수익금이 있잖아요. 일등 한 명을 제외한 다른 참가자들의 참가금액. 그걸로 일등 상금 주시고, 남는 돈은 말씀하신 대로 재래시장 발전을 위해서 쓰시면 되고요."

"아, 그 부분을 저희도 고민을 안 한 건 아닌데요……"

정기섭은 머뭇거렸다. 역시 자기들 제작비 남겨먹을 생각만 하고 있구나. 그럼 그렇지.

"그러니까 만약에, 어디까지나 만약이지만 말입니다. 다른 참가자들은 다 백만원, 이백만원 걸었는데 어떤 놈이 십억 걸어서 일등 하면 어쩝니까? 들어온 참가비는 얼마 안 되는데 일등한테 내줄 상금이 백억이면요?"

박상운이 멈칫했다.

"아, 그거 말이죠. 음, 그건…… 맞아요, 왜 예선을 하고 면접을 하겠습니까? 실력을 보고 경제력을 미리 보자는 거죠. 일등 할 실력을 가진 놈이 어마어마한 갑부라면 그놈은 예선에서 떨어뜨리면 돼요. 십억, 이십억씩 걸고 돈 몽땅 잃을 놈들만 본선 올려주면 되는 거죠. 간단합니다. 제가 장담하는데, 세오시장 여기서 번 돈으로 백화점도 지을 수 있을 겁니다. 걱정 마세요."

정기섭은 멍이 들도록 무릎을 탁 치면서 감탄했다.

"역시 박피디님! 대단하십니다. 저희는 밤새 머리 싸매도 답이 안 나왔거든요. 그럼 촬영은 언제 시작하는 거죠?"

박상운이 자세를 고쳐 앉았다. 무릎을 나란히 모으고 의자에 엉덩이를 바짝 댄 후 허리를 세워 앉으며 수첩을 폈다.

"아, 제가 설명드릴 부분이 있는데요. 그러니까 저희는 외주제작사입니다. 방송국이 아닌 거죠. 저희가 촬영하고 편집하고 방송을 만드는 건 다 하는데 그걸 직접 트는 건 아니고요. 만든 방송을 가져다주면 방송국에서는 텔레비전에 나오게 방송을 내는 거죠. 아, 이걸 어떻게 설명해야 하나. 그러니까 쉽게 말하면 백화점에서 파는 물건을 백화점에서 만드는 건 아니잖아요? 그렇죠? 물건을 만드는 공장은 따로 있잖아요. 저희는 그런 공장인 셈이고 방송국은 백화점인 셈이고. 뭐 그렇습니다. 이해되시죠?"

"아, 예. 그러믄요. 그럼 엔조이채널에서 방송되는 게 아닌가요?"

"아마 엔조이채널에서 방송될 것 같아요. 그런데 아직 엔조이채널이랑 얘기가 다 된 건 아닙니다. 그러니까 총무님이 저에게 자료를 가져오셔서 어떻게 방송을 꾸려갈지 상의를 한 것처럼 또 저는 기획안을 만들어서 엔조이채널 쪽이랑 어떻게 방송을 할지 상의를 해야죠."

"그럼 상의하면 되겠네요."

"예, 그러니까 미리 말씀드리면 지금까지 얘기한 건 어디까지나 저의 의견일 뿐입니다. 엔조이채널 쪽 생각은 또 다를 수 있으니까 변동사항이 있을 수 있다는 건 감안하시라는 뜻입니다."

"그 정도 융통성은 저도 있습니다. 걱정 마세요. 그럼 방송은 대강 언제쯤 될까요?"

"방송 날짜도 엔조이채널이랑 얘기해봐야죠. 그전에 방송을 할

수 있을지 없을지도 엔조이채널이랑 얘기를 해봐야 하는 문제고
요."

"아, 방송이 안 될 수도 있습니까?"

"물론 그건 최악의 경우예요. 그러니까 방송을 할 수 있게 저희
가 기획을 잘해서 엔조이하고 얘기를 해야죠. 잘해봅시다, 정총무
님!"

박상운이 불쑥 악수를 청했다. 정기섭은 박상운의 손을 꽉 잡았
다. 잘 익은 새우처럼 발그레한 정기섭의 얼굴에서 흥분과 의지가
느껴졌다. 정기섭이 돌아간 후, 박상운은 정용준에게 전화를 해
안부를 묻는 척하며 슬쩍 야바위대회 얘기를 흘렸다. 막 퇴근을
하려고 준비하던 정용준은 급한 마음에 별뜻 없이, 새롭네, 전화
로 할 게 아니라 기획안 가져와봐, 라고 대답했다. 박상운은 정용
준의 대답을 매우 긍정적으로 받아들이고 본격적으로 기획안 작
업에 착수했다.

회의가 피곤했는지 다음날 박상운은 늦잠을 잤다. 열시가 다 되
어 집을 나서며 최경모에게 전화를 걸었다. 삼십 분 후에 사무실
에 도착할 예정이고 사무실에 도착하자마자 회의할 테니 야바위
대회의 공식 명칭과 대회의 객관성을 확보하는 방법에 대해 기획
팀원들, 그러니까 회사의 모든 사람들과 고민하고 있으라는 내용
이었다.

〈아이맘〉 사건 이후 회사에 남은 직원은 모두 다섯 명이었다.
박상운을 보좌하는 '독수리오형제'였다. 뱉도 없는 독수리오형제

는 자기들끼리 있을 때면 박상운을 독수리오형제 조종하는 박박 사라고 부르며 낄낄거렸다. 가장 연차가 높은 사람이 네오프로덕션 개업 때부터 함께한 팀장급의 최경모였고, 그 밑에 피디 두 명, 입사한 지 한 달밖에 안 되는 조연출 둘도 어리바리 남게 됐다. 당장 코앞에 닥친 일이 없다보니 대부분은 웹서핑을 하면서 무의미한 연예기사를 보고 있었고 몇 명은 빈 회의실에 처박혀 자판기 커피를 마시며 수다를 떨고 있었다. 박상운의 전화에 다들 갑자기 무슨 회의냐고 투덜거리면서도 급히 자리로 돌아와 인터넷 검색을 시작했다. 모두 똑같이 검색창에 '야바위'라고 쳤다. 최경모가 조연출들에게 물었다.

"야바위가 뭐야? 눈속임하는 걸 다 야바위라고 하나?"

"사전적인 의미는 그런 것 같은데 사장님은 밥그릇 엎어놓고 그 안에 주사위 찾는 도박을 말하는 거 같습니다. 애들은 가라. 돈 놓고 돈 먹기. 어제 그 시장 총문가 하는 사람이랑 저녁 먹으면서 얘기하신 거요."

최경모는 전혀 기억이 없는 눈치였다.

"회의를 할 거면 미리 자료를 줬어야지. 갑자기 이러면 어쩌자는 거야."

박상운은 정확히 삼십오 분 만에 사무실에 들어왔다. 자기 자리에도 앉지 않고 곧바로 회의실로 들어가며 직원들을 호출했다. 박상운은 세오시장에서 받은 자료들을 테이블 위에 늘어놓았다.

"간단하게 브리핑할게. 전국 야바위대회를 열 거야. 지역 예선을 거쳐서 본선은 엔조이채널 스튜디오에서. 1차 본선 진출자는 백 명 정도로 생각하고 있고, 본선에 출전하려면 베팅하듯이 돈을 걸어야 해. 일등이 나올 때까지 2차, 3차 경기가 계속될 거야. 일등에게는 참가금의 열 배가 상금으로 돌아가고 나머지는 모두 꽝이야. 대회 주체는 세오시장이라는 재래시장인데 이따가 뉴스 검색해봐. 거기도 우리처럼 살아보겠다고 용쓰는 데야. 어쨌든 이번 대회의 목적은 재래시장 살리기야. 야바위라는 게임이 재래시장의 추억을 되새기는 의미도 있고 수익금 역시 재래시장 활성화를 위해 사용될 거고. 우리는 이 대회를 프로그램화할 거야. 단순히 세오시장에서 하는 대회 중계하는 수준이 아니라 같이 기획한다고 생각하고 재밌게 꾸려보자고. 정용준 본부장하고 잠깐 얘기를 해봤는데 관심있어해. 새롭다 이거지. 도박이라는 부분만 보기 좋게 잘 포장한다면 가능성 있어. 지금까지 내용에서 질문 있나?"

다들 박상운이 무슨 말을 하는지 한마디도 알아들을 수 없어 질문도 못 했다. 박상운은 대답할 시간도 주지 않고 말을 이어갔다.

"아까 전화로 얘기했지? 일단 급한 게 대회 명칭하고 객관성 부분이야. 야바위대회라고 해봐. 누가 들어도 도박이고 사기잖아. 일단 대회 명칭부터 새로 정해야 해. 최경모, 생각해봤어?"

"에이, 저한테 먼저 물으시면 안 되죠. 조연출부터 거꾸로 올라오셔야지."

박상운은 자기 때문에 하나 남은 프로그램이 날아갔는데도 정신 못 차린 최경모가 어이없었지만 혼자 살겠다고 회사 나가지 않고 붙어 있어준 것만으로도 고마워 참았다. 예전 같았으면 최경모는 진즉에 이마에 빵꾸가 났을 것이다.

"그럼 오른쪽부터 고도리 방향으로 돌아."

"그게…… 밥그릇 안에 주사위나 구슬을 넣어놓고 찾는 거잖아요. 그러니까 '구슬찾기'라고 하면 어떨까요?"

"보물찾기 하냐? 장난해? 너도 됐다. 다음?"

"제가 찾아보니까 비슷한 마술이 있더라고요."

조연출 하나가 종이 한 장을 박상운 앞에 내밀었다. 마술의 한 장면을 프린트한 것이었다.

"세 개의 조개껍데기 중 하나에 구슬을 넣고 섞어서 관객들에게 구슬을 찾게 하는 마술이에요. 물론 속임수로 구슬을 아예 다른 곳으로 숨겨놓죠. 명칭은 '쓰리쉘게임'이구요. 여기서 착안을 해봤는데 '쓰리컵대회' 어떨까요? 게임 성격도 잘 설명해주고, 영어로 된 제목이 그럴듯해 보이는 게 있잖아요."

박상운은 프린트된 종이를 유심히 봤다.

"괜찮네, 쓰리컵대회. 그래, 좋은 아이디어야."

박상운이 수첩에 메모했다. 박상운은 아예 조연출 쪽으로 돌아앉아 말했다.

"그럼 대회 객관성 부분은 어떻게 생각해?"

"세오시장 주관 대회라는 부분이 아무래도 무게감이 없지 않나 싶습니다. 찾아보니 그냥 작은 동네 시장이던데. 처음 기획한 곳이니까 아예 배제할 순 없지만 더 공신력 있는 기관이 공동주관하는 형태가 되어야 할 것 같은데요."

"맞아. 세오시장 쪽에서도 방송국이랑 공동주관하는 형태를 바라고 있어. 물론 비용에 대한 부담 때문이지만. 촌스러운 사람들이야. 방송국이라면 금고에 돈다발 넣어두고 있는 줄 안다니까. 방송을 할 수 있을지 없을지도 모르는 마당에 어떻게 방송국이랑 공동주관을 해? 해주겠어? 어림도 없지. 공신력 있는 기관이라. 예를 들면?"

"잠깐 검색을 해봤는데 마땅치가 않습니다. 전국적인 규모의 재래시장협회 같은 것도 없는 것 같고요. 전경련이나 소상공인협회 같은 데서는 자기들이랑 상관없다고 하겠죠. 그렇다고 어디 관공서를 끼고 하기도 어렵고. 좀더 자료를 찾아봐야 할 것 같습니다."

"이번주 안으로 기획안 가지고 정용준 본부장 만나기로 했어. 시간 없다고. 우리도 될지 안 될지 모르는 거 가지고 질질 끌 거 없고 말이야. 내일부터는 본격적으로 기획안 작업 들어가야 하니까 각자 자료 찾아보고 한 시간 후에 다시 모이자고."

다들 동공과 손톱에서 연기가 나도록 인터넷을 뒤지고 또 뒤졌지만 뾰족한 방법이 없었다. 이번에도 모두 입을 꾹 다물고 있었다. 박상운도 큰 기대를 않는 표정이었다.

"마땅한 방법이 없지?"

모두 말없이 고개를 끄덕였다. 박상운은 입꼬리를 한쪽으로 길게 빼고 웃었다.

"그래서 하나 만들려고. 한국 쓰리컵협회."

"협회를 만들어요? 사장님이요?"

"그렇게, 협회를 막 만들고 그래도 되는 겁니까?"

"되더라고. 사단법인, 재단법인 이런 거나 만들기 복잡하지 그냥 협회는 우리끼리도 만들면 되는 거야. 네오피디협회, 〈아이맘〉 해고자협회, 이런 것도 그냥 만들면 돼. 모여서 협회입니다, 그러면 협회인 거야. 급하니까 일단 홈페이지부터 만들고. 그래도 형식은 갖춰야 하니까 정관 만들고. 쓰리컵게임에 대한 소개나 역사도 그럴듯하게 지어야지. 아, 물론 거짓말은 안 돼. 그냥 두루뭉술하게 있어 보이게 잘 만들어봐. 회원들은 세오시장 통해서 내가 끌어모아볼게. 잘해보자고."

박상운은 전공과 취향에 따라 일을 배분했다. 어리둥절한 채로 공대 출신 조연출이 쓰리컵협회 홈페이지를 만들었다. 법학과 출신 피디는 함께 각종 기관의 회칙과 정관들을 짜깁기해 쓰리컵협회의 정관을 만들었다. 문예창작과 출신 조연출은 대회 소개와 경기방법 등을 지어냈다. 그렇게 단 하루 만에 '한국쓰리컵협회'가 만들어졌다.

—제1장 총칙—

제1조 (명칭)
본 협회는 한국 쓰리컵협회(약칭 쓰리컵협회)라 칭한다.

제2조 (목적)
본 협회는 쓰리컵게임의 건전한 발전과 대중화를 통해 한국 두뇌 스포츠 발전에 기여함을 목적으로 한다.

제3조 (사업)

본 협회는 제2조의 목적을 달성하기 위해 다음과 같은 사업을 진행한다.

1. 쓰리컵게임의 대중화를 위한 연구활동
2. 협회배 쓰리컵대회 주관 및 협회 공인 쓰리컵대회 지원
3. 수준 높은 게임마스터(컵을 섞는 역할을 하는 게임 진행자) 양성을
위한 교육 및 마스터 자격제도 운영
4. 기타 친목 도모를 위한 각종 행사

—제2장 회원—

제4조 (회원)

본 협회의 회원은 협회의 목적에 찬성하고 정관을 준수하는 자로서 회원
삼 인의 추천과 회장의 입회 승인을 얻어 회원으로 구성한다.

제5조 (회원의 권리와 의무)

본 협회 회원은 협회의 제반사업에 참여할 수 있으며, 협회 공인 쓰리컵
게임 교육기관을 운영할 수 있고, 협회 공인 쓰리컵대회의 게임마스터로 활
동할 수 있다.

―제3장 임원―

제6조 (임원)

본 협의회에 다음의 임원을 둔다.

1. 회장

2. 부회장

3. 총무

4. 집행부

제7조 (선출방법 및 자격)

1. 회장

회장은 본 협의회를 대표하는 임무를 한다.

쓰리컵협회 정회원 중 쓰리컵게임마스터 1급의 자격을 가진 자로 집행부 투표를 통해 결정된다.

2. 부회장

부회장은 회장을 보좌하는 역할을 한다.

쓰리컵협회 정회원 중 쓰리컵게임마스터 1급의 자격을 가진 자로 회장이 임명한다.

3. 총무

총무는 협회의 업무를 총괄한다.

쓰리컵협회 정회원 중 회장과 부회장이 합의를 거쳐 선임한다.

4. 집행부

집행부는 사업의 성격에 따라 연구팀, 사업팀, 재정팀으로 역할을 수행하고 그 외 필요에 따라 직책을 둘 수 있다.

쓰리컵협회 정회원 중 회장과 부회장이 합의를 거쳐 선임한다.

제8조 (임기)

1. 모든 임원의 임기는 일 년으로 하며 연임할 수 있다.

제9조 (임원 유고시 직무대행)

회장 유고시 부회장이, 부회장 유고시 총무의 순으로 직무를 대행하고 조속한 시일 내에 집행부 회의를 소집하여 신임 임원을 선출한다.

.

.

.

쓰리컵게임은 네오프로덕션에 의해 인류의 기원과 역사를 같이 하는 자연발생적 놀이로 재탄생되었다. 쓰리컵게임은 '쓰리쉘' '야바위' '구슬찾기' 등의 이름으로 불리며 어린이 유희와 마술 등 다양한 형태로 변형되어 세계인이 즐기는 놀이이다. 관찰력과 집중력을 높일 수 있는 최고의 두뇌 스포츠로 게임의 룰이 단순하고 도구가 간편하여 언제 어디서나 즐길 수 있다. 다만 컵을 섞으며 게임을 진행하는 마스터의 수준에 의해 난이도와 게임의 질이 결정된다는 단점이 있다. 이에 쓰리컵협회는 수준 높은 마스터를 양성하고 협회 공인 대회를 주관하여 쓰리컵대회를 활성화하기 위해 설립되었다, 라고 쓰리컵대회의 역사와 전통을 닥치는 대로 만들었다.

박상운이 쓰리컵협회를 만들자고 하자 정기섭은 처음에는 이해하지 못했다. 박상운은 신경써서 단어를 고르고 표현을 정리해 설명했다. 대회의 규모가 커지고, 텔레비전에서 생방송으로 중계를 하게 될 가능성이 높으니, 물론 세오시장이 못 미더운 것은 아니지만, 대회와 직접적으로 관련이 있으면서도, 상업적이지 않은 기관이 공동주관하는 형태가 좋지 않겠느냐. 정기섭은 제대로 이해를 한 건지는 알 수 없지만 예, 예, 예, 예, 하며 고개를 끄덕였다. 박상운은 동의의 뜻으로 받아들였다.

"그런데 딱 떨어지는 곳이 없네요. 그래서 이번 참에 하나 만들자구요. 세오시장에서 그동안 자료조사를 많이 하셨고 대회도 공동주관하게 될 테니 협회 창립에 도움을 좀 주십사 하는 겁니다."

"협회를 창립해요?"

"예, 쓰리컵협회요. 협회가 뭐 대단한가요? 뜻 맞는 사람끼리 모여 좋아하는 일 즐기고 알리고 하자는 거지요. 상인회랑 다를 거 없습니다. 그래서 말인데 정총무님이 쓰리컵협회 총무를 좀 맡아주시면 어떨까요?"

정기섭은 방송을 위해 협회를 만드는 것이 자연스럽다고 생각하지는 않았다. 하지만 박상운의 말을 들으니 잘못된 일이라는 생각도 들지 않았다. 협회를 만들어야 대회도 치르고 방송도 무사히 마칠 수 있다는 사실을 눈치챘다. 이래도 되는 건지 모르겠다며

134

한 발 빼는 듯했지만 아무래도 총무 팔자를 타고 났나보다며 수
락했다. 회장은 세오시장에서 찾아낸 일흔셋의 야바위꾼 김씨로
정해졌다. 김씨는 자신이 쓰리컵협회, 그러니까 야바위협회 회장
으로 추대되었다는 전화를 받더니 앞뒤 못 가리고 좋아했다.

"야바위협회가 다 있어? 앞잡이라고 잡아가고 그러는 것만 아
니라면 나야 좋지. 돈도 나오나?"

그리고 자신의 삼십 년 지기 친구이자 후배 야바위꾼을 부회장
으로 임명했다.

조연출들은 오전에는 김씨가 활동하고 있다는 오일장으로 네
시간을 달려가 사진을 찍어왔고 오후에는 회의실에 컵을 쌓아놓
고 이미지컷을 찍었다. 네오프로덕션의 단합대회 사진과 각종 방
송 관련 시상식 사진, 세오시장 행사 사진 같은 것을 올리고 쓰리
컵협회 워크샵, 협회장배 쓰리컵대회 시상식, 쓰리컵게임마스터
과정 수료식이라고 되는 대로 제목을 달았다. 그렇게 보니 또 그
렇게 보이기도 했다. 네오프로덕션을 지키는 독수리오형제는 박
박사의 조종에 따라 밤을 새워서 자유게시판과 Q&A게시판에 글
을 쓰고 질문을 올리고 스스로 답변을 썼다. 나중에는 손가락 끝
이 얼얼해졌다. 새벽 세시가 넘어가자 피디 한 명이 폭발했다.

"이게 사기꾼이지 피디야? 박상운 개새끼!"

이틀 만에 홈페이지가 그럴듯하게 완성됐다. 박상운은 기획안
과 협회 홈페이지에서 출력한, 결국은 자신들이 만든 자료를 들고
엔조이채널 정용준을 만나러 갔다.

일주일 후, 정용준이 박상운을 불렀다.

"이거 어쩌면 상금 수백억 나올 수도 있겠던데?"

"누가 수십억을 걸면 그렇겠죠."

"상금은 협회에서 해결한다는 거지?"

박상운이 고개를 끄덕였다. 정용준은 손깍지를 끼고 골똘히 생각하며 고개를 주억거렸다.

"그러니까 방송과 관련된 제작비는 우리가 대야 하는 거고?"

"지금까지 협회랑 얘기된 바로는요. 그쪽도 참가비 받아서 대회를 운영하는 거라서요."

정용준은 결정이 쉽지 않은 듯했다. 박상운의 손에 땀이 흘렀다. 혹시 협회에 대해 이것저것 캐물을까 마음을 졸였다. 다행히 정용준은 세상에 별의별 협회가 다 있네, 하고는 말았다. 계속 돈 얘기만 물었다.

"일단 제작비 한 번 뽑아봐. 제작비 보고 다시 상의해서 연락줄게."

박상운은 알겠다고 인사하고 돌아서다 말고 물었다. 아무래도 마음에 걸렸다.

"혹시 대회 성격이나 방송진행과 관련해서, 뭐 다른 보완할 부분은 없습니까?"

정용준은 손을 내저었다.

"응, 없어, 없어. 돈을 걸고 따고 하는 게 좀 걸리기는 하는데. 어차피 심의에 걸리는 것도 나중 일인데 뭐. 욕을 먹든 벌금을 내든 어떻게 되겠지. 사실 우리도 급해. 뭐든 터뜨려야 된다고."

박상운은 최소한으로 제작비내역서를 작성해 정용준에게 보냈다. 박상운도 일단 기획안이 통과돼 방송을 하는 게 급했다. 어떻게든 해결되겠지. 설마 돈 떨어져서 방송 못 만들라고. 이틀 후 정용준에게 전화가 걸려왔다.

"팀 꾸려. 방송 6월이다."

방송이 확정됐다. 1회 지역 예선 및 프롤로그 녹화방송, 2회 본선 및 이벤트 생방송, 3회 본선 생방송, 4회 결선 및 시상식 생방송. 재방송과 특집프로그램 추가편성은 시청자 반응에 달렸다. 이어이없는 프로그램이 편성된 이유는 단 하나였다. 새롭다. 박상운은 어차피 좋은 소리 못 들을 각오로 시작하는 것이니 시청률이 잘 나오든 이슈가 되든 뭐 하나만 터뜨리라는 주문을 받았다. 그렇게 세오시장 상인회에서 시작된 야바위대회가 '더 챔피언(THE CHAMPION)'이라는 제목으로 진짜 방송을 타게 됐다.

11

은행은 쾌적했다. 김민구와 오영미는 이체신청서를 두고 머리를 맞댔다. 김일우는 아이들 먹으라고 은행에서 준비해놓은 막대사탕을 빨고 있었다. 사탕을 다 먹은 후 막대를 잘근잘근 씹고 쪽쪽쪽 빨았다. 막대에서 단물이 나오는 것마냥 입맛을 다시며 다시 한번 쪽쪽쪽 빨았다. 오영미가 바구니에서 사탕을 또하나 꺼내 비닐포장을 깠다. 김일우는 빼앗듯 오영미의 손에서 사탕을 낚아챘다. 아직 비닐이 반은 붙어 있었지만 아랑곳 않고 입안으로 쏙 넣었다. 오영미가 그런 김일우의 머리를 쓰다듬었다. 김민구는 아직도 김일우를 의심하고 있었다.

"야, 이거 잘못되면 우리 다 길거리에 나앉아. 너 우리 아들 믿어?"

"엄만데 당연히 믿지. 난 우리 일우 믿어. 내가 괜히 용꿈 꾸고

애를 낳았겠어? 일우 아빠 복직할 때 내가 점 봤다 그랬지? 그때 애기보살이 그랬어. 얘가 집안 일으킨다고. 이런 일이 있으려고 그런 거라니까."

"애기보살 같은 소리 하고 있다. 그 돌팔이 무당 말을 믿냐? 나 바람났다 그랬다며?"

"그거야 내가 바람난 거 같다고 얘기했으니까 그렇지. 그래도 일우 아빠 결국은 잘린 거 맞혔잖아."

"네가 아무래도 다시 잘릴 것 같아서 점 보러 왔다고 했다며? 그러니까 잘린다고 한 거지. 너 일우 이런 거 얘기했어? 애 상태가 이런 줄 알면 집안을 일으키니 어쩌니 그런 말 못 했을 거다."

김민구와 오영미가 김일우에게 자신들의 인생을, 정확히 말하면 자신들이 가진 모든 돈을 걸어도 되는지에 대해 열띤 논쟁을 벌이는 동안 김일우는 남 얘기 듣듯 흥미로운 표정으로 그들의 대화를 듣고 있었다. 오영미는 김일우의 그 미덥지 않은 얼굴을 뻔히 보면서도 긍정적으로 생각하려고 애썼다.

"일우가 어때서 그래? 그래도 우리 이제까지 일우 덕 많이 봤잖아."

"솔직히 많이는 아니지. 일우가 약간 보탠 거지."

"아, 몰라. 그래서 어쩔 거야? 할 거야, 말 거야? 싫으면 지금 말해. 얼른 집부터 다시 얻어야지. 당장 들어갈 집이 있을지나 모르겠다. 요즘 전세 구하기도 힘들다는데."

오영미는 다소 과장된 몸짓으로 김일우의 손을 잡고 자리에서 일어섰다. 김민구는 황급히 오영미의 손을 붙잡아 앉혔다.

"까짓것. 하자. 다 걸자."

김민구는 볼펜을 왼손으로 옮겨잡고 오른손을 몇 번 쥐었다 폈다 한 후에 다시 오른손에 볼펜을 잡았다. 덜덜 떨리는 손으로 이체금액칸에 '50,000,000 / 오천만원'이라고 적었다. 김민구와 오영미는 참가비를 마련하기 위해 전셋집을 뺐다. 전세보증금 오천만원은 가족의 전 재산이었다.

"일우야, 우리가 어떻게 새집으로 이사왔는지 알지? 너 새집 좋다고 했지? 너만 잘하면 더 좋은 집에 살 수 있어. 전세가 아니라 진짜 우리집에 살 수 있다고. 알았지?"

김일우는 사탕을 쪽쪽 빨면서 성의 없이 고개를 끄덕였다.

"야, 이 자식아! 잘못되면 우리 세 식구 길바닥에 나앉아. 알아? 응? 왜 대답이 없어!"

김민구의 오른손이 번쩍 올라갔다. 오영미가 깜짝 놀라 김민구의 팔을 붙들었다.

"미쳤어? 일우 아빠 정말 왜 이래? 사람들 다 보잖아! 오늘부터 우리 일우 컨디션 조절해야 돼. 애한테 함부로 그러지 마."

경쾌한 땡똥 소리와 함께 창구에 숫자가 깜빡였다. 김민구가 번호표와 이체신청서, 통장을 창구에 들이밀었다. 내심 전산장애가 일어난다거나 직원이 실수를 한다거나 건물이 통째로 정전되기를 바랐다. 김일우가 일등을 하는 것보다 훨씬 더 가능성이 적은 일들이다. 친절한 창구직원은 신용카드를 만들라거나 펀드에 가입하라는 말도 없이 후딱 이체업무를 처리해주었다. 직원은 오천만원이 확실히 이체되었다는 영수증과 함께 팸플릿을 건네며 뒤늦

140

게 물었다.

"노후준비 어떻게 하고 계세요? 연금상품은 가입하셨어요?"

김민구는 영수증만 받고 대답 없이 돌아섰다. 한편으로 불안했고 한편으로 잘만 되면 노후는 걱정 없겠구나 싶었다.

〈더 챔피언〉 참가신청 접수대는 엔조이채널 지하에 마련되었다. 접수대 주변에서 이미 몇 명이 참가신청서를 쓰고 있었다. 미성년자인 김일우를 대신해 김민구와 오영미가 참가신청서와 동의서를 썼다. 김민구는 '천재지변, 주최 측의 불가항력적 이유로 인한 대회 취소시에는 참가비 전액을 돌려드립니다. 개인의 사정으로 본선에 참가하지 못할 경우 참가비는 반환하지 않습니다'라는 문장에 밑줄을 그었다. 오영미는 남편이 밑줄을 그은 두 문장을 소리내어 읽었다. 반환하지 않습니다, 반환하지 않습니다, 라고 마지막 문장을 한 번 더 읽었다.

"초등학교 육 년 동안 개근한 애야. 태어나 지금까지 배탈 한 번 난 적 없고, 설사 한 번 한 적 없어. 별일 없을 거야."

김민구는 동의서에 사인했다. 대회 규정에 대한 설명을 충분히 들었으며 이에 동의하고, 모든 진행과정은 촬영 및 방송될 수 있음을 알고 적극 협조한다는 내용이었다.

오영미가 접수대로 가서 참가신청서와 동의서를 내밀었다. 접수대에 앉아 노트북을 들여다보며 낄낄거리고 있던 네오프로덕션 조연출이 확인서에 금액을 적다가 멈칫했다. 오영미를 올려다보고, 다시 한번 신청서에 적힌 참가금액을 보고, 0이 몇개인지 세어보고 되물었다.

"오천만원 맞습니까?"

"예, 맞아요."

조연출은 노트북으로 입금내역을 확인하더니 낮게 혼잣말을 했다. 어쩌려고. 이렇게 큰돈을 접수받아도 될까 싶기도 하고, 멍하니 입을 벌리고 있는 저 덜떨어진 녀석이 설마 우승을 하랴 싶기도 했다. 조연출은 쓰리컵협회장 직인이 찍힌 참가확인서에 천천히 '오천만원'이라고 적은 후 오영미에게 건넸다. 오영미가 적어온 참가신청서와 동의서를 복사해 원본은 서류철에 넣고 복사본을 오영미에게 돌려주면서 재차 확인했다.

"사정상 본선에 참가 못 하셔도 참가비 돌려드리지 않습니다. 여기 동의하신다고 사인하신 거 맞죠? 지금부터 모든 대회 진행 과정은 방송으로 나가는 거구요. 아드님이랑 어머님, 아버님도 얼굴 다 나갑니다. 아셨죠?"

오영미는 고개를 끄덕였다. 설명을 듣는 사람보다 하는 사람이 더 긴장한 듯 보였다. 오영미는 잠시 이 모든 것이 사기가 아닐까 생각했다. 하지만 분명 텔레비전에서 대회 공고를 봤고 방송 예고도 봤고 예심 때도 카메라 여러 대가 와서 찍어갔다. 예심 촬영한 것이 다음주 금요일 밤에 방송된다고 했으니 그때는 확실해질 것이다. 텔레비전 방송이 잘못될 리가 없다고 방송국에서 전 국민을 상대로 거짓말을 할 리가 없다고 생각하면서 확인서를 가로로 한 번, 다시 세로로 한 번 접어 가방에 넣었다.

오영미와 김민구, 김일우는 여관에 달방을 얻어 들어갔다. 김일우는 학교에도 가지 않았다. 본격적인 연습을 위해 오영미와 김민구는 대회용 컵과 구슬을 구입했다. 물론 쓰리컵협회에서 판매하고 있는 공인컵과 구슬은 금테를 둘렀는지 말도 안 되게 비싸서 같은 사이즈의 컵과 구슬을 샀다. 컵은 대형마트 세 군데를 뒤져서 겨우 샀고 쇠구슬은 여관 근처 문방구에서 운 좋게 비슷한 것을 구할 수 있었다. 초등학교 아이들이 과학시간에 쓰는 구슬이라고 했다.

세 사람은 규칙적인 생활을 했다. 아침 일곱시에 일어나 사과와 우유를 먹고 차례로 화장실에 다녀온 후, 근처 묘지공원을 한 바퀴 돌았다. 아침운동이 끝나면 여관으로 돌아와 코펠에 국을 끓이고 전기밥솥에 밥을 해서 아침을 먹었다. 처음에는 여관 주인과 옆방 사람이 냄새난다며 나가라고 욕을 하고 난리를 쳤지만 며칠 지나자 포기했는지 잠잠해졌다. 아침을 먹은 뒤엔 종일 방에 앉아 컵 안의 구슬을 찾는 연습을 했다. 오영미와 김민구는 번갈아가며 팔이 빠질 정도로 컵을 돌렸다. 몇 번 하다보니 속도도 붙고 나름대로 기술도 생겼다. 김민구는 컵 섞는 데 재미가 붙었는지 일없이 컵을 가지고 놀았다.

"일우 엄마, 우리 잘되면 쓰리컵마스턴가 그 자격증 따자. 우리 실력이면 충분하다고."

"잘되면 상금이 얼만데? 놀아야지 왜 그 짓을 하고 있냐?"

"그건 그래."

김민구와 오영미는 오랜만에 마음이 맞았다. 연습은 컵 세 개를

가지고 할 때도 있었고 네 개, 다섯 개, 많을 때는 열 개를 놓고
하기도 했다. 컵이 많아질 때는 오영미와 김민구가 함께 컵을 섞
었다. 손이 부딪치고 컵이 뒤집혀 나뒹굴기도 했다.

제 부모가 등줄기 흥건해지도록 땀을 한 솥씩 쏟으면서 작은
컵과 씨름하는 동안 김일우는 왈츠를 추듯 빙글빙글 돌아가는 컵
들을 초점 없는 눈으로 보고 있었다. 그리고 구슬을 찾아냈다. 컵
의 움직임을 따라 눈동자를 굴리지 않았다. 컵이 움직이는 방향을
따라 고개를 까딱이지도 않았다. 그래도 매번 정확히 구슬을 찾아
냈다.

훈련은 강도를 더해갔다. 오전에는 컵을 놓고 연습했고 점심을
먹은 후에는 소음적응훈련과 청각단련훈련을 했다. 시끄럽게 텔
레비전이나 라디오를 켜두고 종을 울려 몇 번 울렸는지 맞히거나
시계를 방 안 곳곳에 숨겨놓고 초침이 째깍거리는 소리가 나는
곳을 찾거나 휴대전화 버튼 소리를 듣고 번호를 맞히는 등의 훈
련이었다. 여관방이 답답할 때는 밖으로 나갔다.

김일우는 눈을 가린 채 오영미가 앞에서 종을 흔들면 그 소리
를 듣고 뒤따라갔다. 재래시장에 가서 호객하는 소리만 듣고 가게
를 찾기도 했다. 양말가게, 닭집, 개고깃집, 생선가게, 오뎅집. 요
즘은 재래시장이라도 큰 소리로 손님을 불러모으는 경우가 별로
없었다. 시장에서의 연습은 며칠 못 갔다. 대신 공터에 튀밥을 뿌
려놓고 비둘기가 몇 마리 모이는지를 맞혀보기로 했다. 눈을 감은
김일우는 비둘기들의 꾹꾹거리는 소리를 듣고 몇 마리가 어디에
앉아 있는지 귀신같이 알아냈다. 방으로 돌아가는 길엔 여관 복도

끝에 서서 몇 번 방에 손님이 있는지 맞히기도 했다. 김일우가 지목한 방에서는 여지없이 헐떡거리는 소리가 새어나왔다. 세 사람은 방으로 돌아와 남은 밥과 국을 먹고 또 컵 안의 구슬을 찾는 연습을 하다가 일찍 잠을 잤다.

김일우는 침대에서 자고 오영미와 김민구는 바닥에 이불을 깔고 잤다. 김민구는 머리만 바닥에 닿았다 하면 요란하게 코를 골며 잠들었고 오영미는 그런 김민구의 콧구멍을 막았다가 고개를 돌렸다가 하면서 시끄럽다고 뒤척이다 금세 김민구처럼 코를 골았다. 김일우는 침대에 가만히 누워 두 사람의 코 고는 소리를 듣고 있었다. 잠이 오지 않았다. 눈을 감고 잠을 청했다. 잠은 더욱 멀리 달아나고 숨죽이고 있던 소리들이 사방에서 되살아났다.

침대 옆 테이블에 놓인 탁상시계의 초침이 척척척척 돌아가고, 냉장고가 웅웅거렸다. 텔레비전도 껐고 형광등도 모두 껐는데 어디선가 지잉 하고 전기가 흐르는 소리가 났다. 케이블방송 단말기를 끄지 않은 모양이었다. 토토토토 쥐새끼들의 발소리. 스삭대는 벌레들. 사방에서 남녀의 신음소리가 새어들어왔다. 위층 어딘가에서는 여자가 울고 있었다. 같은 층 끝방에서 남자가 노래를 부르고 있었다. 위층 복도에는 누군가 술에 취한 듯 신발을 끌고 벽에 부딪치며 걷고 있었다. 아귀가 맞지 않는 싸구려 가구들이 끄끄거리며 주저앉고, 낡은 벽돌과 벽돌 사이가 바사삭 삭고 있었다. 윽윽 윽윽 윽윽. 자신의 심장 소리가 유난히 크게 들렸다. 김민구의 심장은 조금 느리게, 오영미의 심장은 조금 빠르게 뛰었다. 세 사람의 심장 소리가 윽윽윽윽윽윽윽윽 방 안을 울렸고, 혈관 속을 흐르는 피는 때로는 쉬잇 하는 쇳소리를 냈다가 때로는 콸콸콸 쏟아지기도 했다. 수영장에서 길고 긴 워터슬라이드를 타는 기분이었다. 김일우는 이불을 머리끝까지 뒤집어썼다. 푹신한 이불이 들썩 올라갔다가 포사사 내려앉았다. 귀를 틀어막았다. 좁은 귓구멍 안으로 밀려들어온 공기가 솜털을 스치고 고막을 두드렸다.

천장을 보고 똑바로 누웠다. 막을 수 없었다. 보지 않을 수 있고 말하지 않을 수 있지만 듣지 않을 수는 없다. 김일우는 주먹을 꽉 쥐고 자신의 머리를 세게 두 번 쿵쿵 내리쳤다.

"이 병신 새끼."

왼쪽 눈에서 눈물이 흘러내렸다. 눈을 감자 오른쪽 눈에서도 눈물이 흘렀다. 오른쪽 눈에서 흐른 눈물이 오른쪽 귀로 들어갔다. 새끼손가락으로 귓구멍을 후벼파자 찌걱찌걱 소리가 났다. 소리가 너무 크고 불쾌해 다른 소리들이 들리지 않았다. 차라리 이 소리가 낫겠다 싶었다. 왼손 새끼손가락에 침을 듬뿍 묻혀 왼쪽 귓구멍도 후벼팠다. 찌걱찌걱 소리가 머리를 가득 울렸다. 김일우는 밤새 침을 묻혀 귀를 파고 또 침을 묻혀 귀를 파다가 잠이 들었다.

다음날 아침, 잠에서 깬 오영미가 김일우를 깨우려다가 흠칫 놀랐다. 오영미는 김일우를 깨우는 대신 김민구를 툭툭 쳤다. 김민구는 머리를 긁으며 일어났다.

"몇시야?"

"얘 좀 봐."

김민구는 눈을 비비고 침대 위의 김일우를 올려다봤다. 김일우는 양쪽 귀에 새끼손가락을 꽂고 웃으면서 자고 있었다.

"우리가 너무 스트레스 줬나봐."

"스트레스? 그런 거 알 만한 놈도 못 된다."

김민구는 머리를 긁으며 길게 하품을 하더니 다시 누웠다. 오영미는 걱정스러운 눈으로 김일우를 바라보다가 조심스럽게 귀에서 새끼손가락을 빼주었다. 아들의 두 팔을 가지런히 내리고 이불을 다시 덮어주었다. 이불이 포사사 소리를 내며 자리를 잡자 김일우가 미간을 찌푸렸다. 오영미도 다시 누웠다. 김민구는 또 코를 골았고 오영미는 계속 뒤척였다. 오랜만에 세 사람은 늦잠을 잤다. 오후부터 다시 연습을 했다. 김일우는 평소와 다름없이 성실하게 연습했고 한 번도 틀리지 않고 컵에 든 구슬을 찾아냈다. 오영미는 그제야 마음을 놓았다.

12

〈더 챔피언〉 1회는 말하자면 일종의 프로그램 예고편 같은 것이었다. 당연했다. 아무도 쓰리컵게임을 몰랐고, 누구도 돈을 걸고 돈을 따는 프로그램을 텔레비전에서 방송할 것이라고 상상하지 못했다. 쓰리컵게임에 대한 설명과 파격적인 대회 룰, 상금 지급방식에 대한 설명이 프로그램의 절반 이상을 차지했다. 거기에 OX퀴즈와 퍼즐 맞추기, 간단한 보드게임 등의 지역 예선 촬영분에 출연자들의 사연과 인터뷰가 추가되었다. 약장수, 야바위, 풍물패 공연 등 재래시장의 추억을 환기시키는 영상도 십여 분 정도 방송됐다. 물론 세오시장에서 찍은 것이다.

방송 전반에 걸쳐 참가자들이 돈을 걸어야 하고 우승을 하면 건 돈의 열 배를 상금으로 준다는 내용을 최대한 부각시켰다. 진행자는 '돈' '상금' '로또' '대박' '잭팟'이라는 단어를 쉴새없이 쏟아냈다. '천문학적 액수' '최고의 상금' '인생역전의 기회' 등의 자극적인 자막이 화면을 가득 채웠다. 욕을 먹을 대목이지만 장사가 되는 대목이기도 했다.

반응은 예상대로였다. 1회 방송이 끝나자 방송 내용을 그대로 받아적기만 하는 몇몇 인터넷신문과 스포츠신문 들이 얼씨구나 하고 이 이상한 방송을 물어뜯었다. 오랜만에 먹잇감을 찾은 듯했다. 기자들은 막장 중의 막장, 도박 조장하는 텔레비전이라는 비난을 아끼지 않았다. 비난은 입소문을 타고 퍼져나갔다. 뒤늦게 방송 동영상이 나돌았다. 돈을 내고 방송사 홈페이지에서 다시보기를 하는 사람도 많았다. 하나같이 말세라며 혀를 끌끌 찼다. 게시판은 방송을 비난하는 내용으로 가득 찼고 일부 일간지에도 관련기사가 실렸다. 한 일간지는 사설을 통해 갈 데까지 간 텔레비전과 케이블채널의 도를 넘은 시청률 경쟁에 대해 비판했다. 사방천지에 〈더 챔피언〉에 대한 욕이 난무했다. 엔조이채널은 욕이든 칭찬이든 사람들이 관심을 보일 때 몰아붙여야 한다며 〈더 챔피언〉의 주 3회 재방송을 편성했다.

와중에 일확천금 이외에는 희망이 없는 시대에 대한 역설이라거나 경륜, 경마와 같은 국가 주도 사행산업에 대한 우회적인 비난이라는 생각지도 못한 분석을 내놓는 평론가들이 있었다. 시청자 의견도 갈리기 시작했다. 비난 일색이던 게시판은 재밌다, 2회가 기대된다, 더 막나가는 드라마도 많은데 뭐 어떠냐, 대회에 참가한 사람들의 사연이 가슴 찡했다는 방송평이 이어졌다. 수익금을 좋은 일에 쓴다니 나도 참여하고 싶다는 의견도 있었다. 엔조이채널 게시판과 뉴스포털사이트에는 댓글이 달리고 댓글에 댓글이 또 달렸다. 자기들끼리 방송을 그만둬야 되네 마네 난리였다. 정작 네오프로덕션은 욕먹는 일 따위 신경쓸 겨를도 없었다. 생방송 준비로 정신이 없어 욕이 입으로 들어가는지 코로 들어가는지도 몰랐다. 정용준이 박상운을 호출했다.

"요즘 네오 바쁜가? 팀 하나 더 꾸릴 수 있겠어?"

눈에 띄는 참가자들을 따로 촬영해 특별프로그램도 내보내자는 것이었다. 급히 팀이 꾸려졌고 촬영 한 번 안 해본 조연출들까지 카메라를 메고 일단 출동했다. 꼭 일등을 해서 어머니 관절수술에 보태겠다는 삼십대 실업자도 있었고, 결혼자금이 필요하다는 예비신랑도 있었다. 예비신부와 신부의 가족들이 응원에 나섰다. 등록금이 너무 비싸 등록금을 벌기 위해 나왔다는 대학생도 있었고, 자신은 초능력이 있어 구슬 안의 컵이 보인다며 외계의 메시지를 전하러 나왔다는 오십대 아줌마도 있었다.

2회부터 본격적인 쓰리컵대회가 펼쳐졌다. 지역 예선을 통과한 사람은 모두 백 명. 그중 여든두 명이 본선에 참가했다. 열여덟 명은 본선 진출을 포기했다. 참가비를 내지 않은 것이다. 참가비가 있는 줄 모르고 예선을 치렀다가 돈 내라는 소리에 욕을 하며 그만둔 사람도 있고, 어차피 우승 가능성이 없다고 생각해 참가비를 내지 않은 사람도 있고, 1회 방송 후 안 좋은 말들이 너무 많이 들려오자 출전을 포기한 사람도 있었다.

참가비를 낸 사람은 많았지만 생각보다 금액이 적었다. 딸랑 백원, 천원을 낸 참가자들도 있었다. 대회를 진지하게 생각하지 않는 사람들이었다. 방송국 구경하는 것도 재밌고, 텔레비전에 출연하는 것도 신기하고, 쓰리컵인지 뭔지 시답잖은 대회도 웃겨서 나온 것뿐이었다. 이들은 리허설이 끝나자마자 방송국을 돌아다니며 구경하고 사진 찍기에 바빴다. 미로 같은 건물을 헤매다가 스튜디오를 못 찾아 출전을 못한 사람도 있었다. 열 번 넘게 통화를 하고 에프디들이 직접 찾으러 가기도 했지만 길이 엇갈렸다. 결국 방송이 끝나갈 즈음 어그적어그적 스튜디오에 나타나선 아쉬워하지도 않았다. 이들은 무대에서도 적극적이지 않았다. 카메라를 들이대면 수줍고 얼떨떨한 듯 킥킥 웃었고 대답은 예, 아니면 아니요였다. 돈도 많이 보태지 않았으면서 통제도 되지 않았다.

반면 천만원이 넘는 거액을 참가비로 낸 출연자들도 몇 있었다. 이들은 일등을 할 수 있다는 확신에 찬 부류였다. 그렇다고 연습하고 노력하는 사람들은 아니었다. 말하자면 일종의 계시를 받은 이들이었다. 기도에 응답을 들었다는 사람도 있었고, 꿈에 대통령이나 돌아가신 부모님이 나타났다는 사람도 있었다. 외계의 메시지를 전하기 위해 나왔다는 자칭 초능력자도 천만원을 걸었다. 결국은 홀랑 날려버리게 될 엄청난 참가비와 혹시나 받게 될지도 모르는 억대의 상금에 관심이 집중됐다. 그들은 큰돈을 건 만큼 대회를 대하는 태도도 적극적이고 진지했다. 내내 기도를 하기도 했고 자신만의 의식을 치르듯 요상한 손짓 발짓을 하거나 주문을 중얼거리기도 했다.

자칭 초능력자는 의외로 선전했다. 열 명씩 치러진 1라운드, 2라운드까지 살아남았다. 자신이 선택한 컵에서 구슬이 나올 때마다 고개를 쳐들고 목젖을 울려 이상한 소리를 냈다. 방청객들이 큭큭 웃었다. 진행자도 웃음을 참으며 물었다.

"자축 세리머니인가요?"

"그분께 소식을 알리는 겁니다. 지구인의 언어는 못 알아들으세요."

"아, 그래요? 그분이 뭐라고 대답하시던가요?"

"경거망동하지 말고 차분히 목소리를 들으라고 하셨습니다."

경거망동했다. 초능력자는 3라운드에서 떨어졌다. 패자부활전에서도 부활하지 못했다. 그녀는 한 번만 더 기회를 달라고, 스튜디오가 시끄러워서 그분의 목소리를 못 들었다고 드러누워 난동을 부렸다. 진행자가 당황해 저기요, 저기요 하며 일으켜세우려 했지만 꼼짝하지 않았다. 잠시 후 스태프 세 명이 무대로 올라가 초능력자를 일으켰다. 초능력자는 초능력보다는 괴력에 가까운 힘을 발휘하며 버텼다.

"어디서 얄팍한 속임수를 써? 이런다고 진실이 가려질 것 같아? 이거 놔! 이거 놔!"

박상운은 부조정실에서 모니터를 통해 아수라장이 된 스튜디오를 보며 박장대소했다. 옆자리에 앉아 있던 기술감독이 박상운을 위아래로 훑어봤다.

"박피디, 커트 안 넘겨? 이거 방송사고야."

"잠깐만요. 재밌잖아요. 시청자들도 이런 거 좋아해요."

스태프 한 명이 더 무대로 뛰어올라갔다. 초능력자가 제압되어

질질 끌려내려올 때에야 박상운은 카메라를 진행자에게 넘겼다. 진행자는 애써 웃고 있었지만 땀을 많이 흘려 콧잔등이 번들번들했다. 그는 대놓고 땀을 닦으며 능숙하게 진행을 이어갔다.

"제가 다 진땀이 납니다. 그동안 생방송 많이 진행해봤지만 이렇게 당황한 적은 별로 없었던 것 같은데요. 어쨌든 어렵게 패자부활전까지 마쳤습니다. 다음주, 본선 2차 대회부터는 모든 경기가 개인전입니다. 그리고 더 중요한 것은, 더이상의 패자부활전은 없습니다. 단 한 번의 선택이 이들의 운명을, 인생을 바꿉니다!"

출연자들은 유명인이 됐다. 2회 방송이 나간 이후 인터넷에는 몇몇 참가자들의 예전 사진이 올라오기도 했고 그들이 소개한 사연이 가짜라는 폭로도 이어졌다. 외모가 괜찮거나 세련된 매너를 보여준 몇 사람은 연예인 못지않은 인기를 얻기도 했다. 그중에서도 김일우는 단연 돋보였다. 가난한 부모와 장애를 가진 아들의 사연, 김일우의 꽤 괜찮은 얼굴, 오천만원이라는 최고의 베팅금액. 김일우가 일등을 한다면 상금은 무려 오억이었다. 왜 참가했느냐는 진행자의 질문에 김일우는 오영미가 시킨 대로 어수룩하게 말했다.

"엄마, 아빠 집 사주고 싶어요."

오영미는 옆에서 눈물을 찍어냈다.

"보시다시피 우리 아들이 다른 아이들에 비해 어리고 순수해요. 애가 예고를 보더니 자기도 할 수 있을 것 같다고 그러는 거예요. 다른 욕심은 없어요. 이것도 못 한다, 저것도 못 한다, 맨날

놀림만 당하고 주눅 든 아이에게 자신감을 갖게 해주고 싶었어요. 엄마, 아빠는 우리 아들을 믿는다고 얘기해주고 싶어요."

뻔히 보이는 거짓말이었다. 하지만 이상하게 보는 사람을 뭉클하게 했다. 화장기 하나 없는 오영미는 눈시울이 붉어져 코까지 팽 풀었다. 여관방에서 재방송을 보며 김민구는 이불을 돌돌 말고 뒹굴며 깔깔 웃었다.

"아, 오영미! 넌 여우야, 여우."

"당연하지. 여우하고는 살아도 곰하고는 못 산다잖아."

인터넷에 김일우 팬카페까지 생겼다. '꽃거지 김일우 팬카페'와 '얼짱바보 김일우 오억 만들기' 카페가 서로 자신들이 공식 팬카페 1호라고 우겼다. 어디서 났는지 김일우의 졸업 사진, 소풍 사진, 유치원 재롱잔치 사진까지 카페에 올라왔다. 여잔지 남잔지 못 알아보겠다는 둥, 어렸을 때부터 패션리더였다는 둥 외모에 대한 감탄은 물론이고 착할 것 같다, 은근히 눈빛이 카리스마 있다, 어린애가 팔뚝이 탄탄하다며 반했다, 결혼하고 싶다고 글을 올리는 여자들도 있었다. 오영미는 장가는 보낼 수 있겠구나, 안도했다.

정용준이 주문한 대로 〈더 챔피언〉은 이슈가 됐다. 어디에 쓰이는 것인지는 추적조사가 불가능하나 어쨌든 대형마트의 컵과 구슬 매출이 전월 대비 삼십 퍼센트가량 늘었고, 두뇌 스포츠 열풍에 보드게임과 바둑, 장기가 다시 인기를 끌었다. 또다른 채널에서 정기섭의 첫번째 아이디어였던 뺑뺑이를 소재로 하는 서바이벌프로그램도 등장했다. 정기섭은 먼저 저작권 등록을 했어야 했다고 안타까워했고, 정용준은 창의력도 없는 것들이라고 비웃었다.

정용준은 박상운에게 경기 자체에만 집중하지 말고 출연자들을 더 부각시키라고 주문했다. 어떻게 하면 정용준의 입맛에 맞출 수 있을까 고민하는 박상운에게 조연출 하나가 사인회를 제안했다. 게릴라 팬사인회를 해서 이슈도 만들고 사인회 장면을 찍어서 3회 방송에 내보내자는 것이었다. 박상운은 미리 예고를 한 것도 아니고 출연자들이 대단한 유명인도 아닌데 누가 사인을 받으러 오겠느냐고 의심했지만 조연출은 흥행을 확신했다.

2회 방송 현재 생존한 삼십여 명의 출연자 가운데 스물네 명이 사인회 참석 의사를 밝혔다. 당일 아침 〈더 챔피언〉 홈페이지에 사인회 공지가 올라왔고, 행사 두 시간 전에 엔조이채널 건물 일층 로비에 부스가 차려졌다. 의자와 탁자가 일렬로 놓였고 카메라 및 촬영장비 들이 세팅됐다. 그때까지도 박상운은 긴가민가하고 있었다. 사인회 한 시간 전부터 사람들이 줄을 서기 시작했다. 꽃과 선물은 기본이고 피켓과 플래카드까지 등장했다. 한 남자 출연자의 아줌마 팬은 직접 싼 도시락을 스태프 모두에게 돌렸다. 약속된 시간이 되자 엔조이채널 로비가 사람들로 가득 찼다. 건물 밖까지 길게 줄이 늘어지다 못해 벽을 따라 똬리를 틀었다. 지미집 카메라로 부감을 찍던 카메라 감독이 모니터를 보며 완전 성냥갑이야, 새까매, 라고 말했다.

잠시 후 출연자들이 등장했다. 로비는 순식간에 난장판이 되었다. 서로 원하는 출연자에게 사인을 받으려고 앞으로 달려나가고,

새치기를 하고, 왜 새치기를 하느냐고 싸움을 벌였다. 사진이라도 찍어보려는 사람들과 시간 끌지 말라고 짜증을 내는 사람들과 왜 소리를 지르느냐는 사람들 사이에 크고 작은 다툼이 계속됐다. 제작진이 준비한 종이는 순식간에 동났고 사람들은 자신의 수첩과 노트, 옷과 손바닥에 사인을 받아갔다.

아수라장이긴 했지만 어찌어찌 이어지던 사인회가 중단되는 사태가 벌어졌다. 엔조이채널에서 일하는 청원경찰들과 스태프만으로 도저히 통제가 되지 않아서 경찰이 출동했다. 기다려도 기다려도 김일우가 등장하지 않았기 때문이다. 단체티를 맞춰 입고 찾아온 김일우의 팬클럽 회원들이 항의하기 시작했다. 그제야 조연출이 의자에 올라서 김일우가 개인적인 사정으로 사인회에 불참했다고 알렸다. 김일우의 팬들은 왜 미리 공지를 하지 않았느냐, 현장에서라도 알려줬어야 하는 것 아니냐고 고함을 쳤다. 김일우가 빠진 사인회가 무슨 의미가 있느냐고 난동을 부리자 다른 출연자의 팬들이 왜 의미가 없느냐 김일우가 대수냐며 받아쳤고 사인회장은 순식간에 김일우의 두 팬클럽과 다른 출연자 팬들, 제작진으로 편이 갈려 따지고 싸우고 물어뜯었다.

"그만해요!"

커다란 곰인형을 들고 김일우를 기다리던 여자애 하나가 울음을 터뜨리며 꽥 소리쳤다. 기다림에 지치고 실망한 다른 팬들도 울기 시작했다. 김일우의 팬들이 울먹이며 김일우의 이름을 연호하자 다른 출연자의 팬들도 그에 질세라 이름을 외치고 노래를 불렀다. 아수라장은 또 순식간에 울음바다가 됐다. 엄밀히 말하면 제작진의 준비 부족으로 완전히 실패한 행사였지만 사람들이 많이 몰려 경찰까지 출동했다는 사실만으로 프로그램 홍보 역할을 톡톡히 했다.

　사인회뿐만이 아니었다. 김일우는 모든 추가촬영과 특집프로그램 출연을 거절했다. 평범하지 않은 김일우에게 부담이 된다는 이유였다. 실은 연습 때문이었다. 방송에 얼굴이 나오느냐 마느냐, 유명해지느냐 마느냐 하는 문제는 이 가족에게 전혀 중요하지 않았다. 가진 모든 것을 걸었고 꼭 일등을 해서 열 배의 상금을 타야 했다. 중요한 건 돈뿐이었다.

　출발은 순조로웠다. 3회 진출자 중 단 한 번의 실수도 없었던 참가자는 김일우뿐이었다. 열 명씩 치러진 세 차례의 단체전과 한 번의 개인전, 최고점자들이 벌인 또 한번의 단체전에서 김일우는 모두 구슬을 찾았다. 김민구와 오영미는 흥분했다. 이대로만 간다면 김일우가 일등이다. 이들이 건 전 재산 오천만원은 오억이 되어 그들의 품으로 돌아올 것이다. 많다면 많고 많지 않다면 또 그다지 많지 않은 돈. 요즘 세상에 오억이 있다고 인생이 달라지지도 않고 평생 먹고 놀 수도 없다. 하지만 그럭저럭 살 만한 동네에 세 식구 살기에 좁지 않은 아파트 한 채 사고 중형차도 한 대 뽑고 기분 내면서 외식도 좀 할 수 있다. 그러고도 조금은 남을 돈이다. 오영미와 김민구에게는 평생을 벌어도 만져볼 수 없는 돈이다.

　3회 방송에서도 김일우는 선전했다. 역시 단 한 번의 실수도 없었다. 진행자는 3회부터 패자부활전은 없다고 예고했지만 몇 차례의 게임을 진행하다보니 김일우를 제외한 모든 출연자가 탈락하는 사태가 발생했다. 부득이하게 패자부활전을 치르고 결선진출자 열 명을 가렸다. 상황이 이렇게 되니 김일우가 더욱 돋보였다.

온라인을 중심으로 김일우가 이뤄낸 믿을 수 없는 성과가 과연 운인가 실력인가 논쟁이 일었다. 처음에는 운이라는 주장이 우세했다. 〈더 챔피언〉 방송은 줄기차게 쓰리컵게임이 관찰력과 집중력을 필요로 하는 두뇌 스포츠라고 주장했고, 엔조이채널은 각종 특집프로그램과 보도자료를 통해 '숨겨진 천재' '집중력의 힘' '꾸준한 연습이 비결'이라며 김일우와 상의도 없이 김일우 띄우기에 나섰지만 소용없었다. 이게 무슨 수학올림피아드인 줄 아냐, 가위바위보도 비법 있고 주사위도 연습하면 6 나오게 던질 수 있냐, 상식적인 사람들에게 야바위는 감대로 찍는 돈 놓고 돈 먹기일 뿐이었다.

하지만 그저 운이라고 보기에는 운이 너무 좋았다. 세 개의 컵을 놓고 경기한 2회, 3회 방송에서 김일우는 열두 번 경기를 치렀는데 모두 구슬을 찾았다. 오십만분의 일이 못 되는 확률이다. 물론 팔백만분의 일이라는 로또 일등이 매주 많게는 열 명씩 쏟아지는 세상이지만 그건 어디까지나 대한민국 국민들의 은근과 끈기, 로또에 대한 애정과 열정이 이뤄낸 기적일 뿐이다. 오십만분의 일도 '가능'보다는 '불가능'에 가까운 숫자였다. 게다가 가위바위보와 주사위에도 비법이 있었다. 상대의 표정과 손동작을 잘 읽어내고 내 패를 드러내거나 감추는 방법으로 심리전을 펼치면 가위바위보에서 쉽게 이길 수 있다. 주사위도 쥐고 돌리고 던지는 방향과 힘을 조절하면 원하는 숫자가 나오게 던질 수도 있다. 쓰리컵이라고 비법이 없을 리 없었다. 김일우가 대단한 비법을 터득했을 것이라는 주장이 점점 신뢰를 얻어갔다.

동시에 게임마스터에게 관심이 쏠렸다. 김일우가 마스터의 성향과 습관, 취향을 파악했으리라는 추측이었다. 마스터는 쓰리컵협회의 부회장이자 회장 김씨의 오랜 친구였다. 몇몇 네티즌의 분석에 따르면 마스터는 왼쪽 컵에 구슬을 숨기는 경우가 가장 많다. 컵을 오래 섞으면 정답은 가운데 컵이다. 마지막에 손을 댄 컵에 구슬이 있는 확률은 삼분의 일보다 높다. 컵을 다 섞은 후에는 절대 구슬이 들어 있는 쪽을 보지 않는다. 사실 반쯤은 맞는 말이고 반쯤은 틀린 말이었다. 게다가 결선에서는 컵이 다섯 개로 늘어나니 상황이 조금은 달라진다. 제작진은 마스터에게 그래도 신경 좀 써달라고 부탁했다. 그는 모두 개소리라고 비웃었다.

"웃기지 말라고 해. 인정받지 못한 분야라 그렇지 실력만 따지면 내가 인간문화재 급이야. 확률이 어딨어? 내 맘이지."

과연 뻔뻔했다. 하지만 그 뻔뻔함 덕분에 첫 방송 출연, 그것도 생방송에서 실수 한 번 없이 제 역할을 잘해내고 있었다. 아무래도 사람이 게임을 진행하다보면 난이도와 공정성에 관해 이런저런 말이 나오게 마련인데 그것도 없었다. 같은 단계에서는 매 게임 속도와 시간을 일정하게 유지했다. 컵을 던지고 받고 테이블 위로 굴리는 등의 깜짝 놀랄 기술도 종종 선보여 관객들을 압도했다.

그러거나 말거나 오영미와 김민구는 열심히 컵을 섞었고 김일우는 묵묵히 구슬을 찾았다. 결선이 일주일 남았다. 오영미와 김민구는 오억을 받으면 어디에 쓸까 꿈에 부풀어 있었다. 김일우의 꿈에 구슬이 나왔다. 사람 얼굴만큼 커다란 구슬들이 또로록또로록 굴러다니며 길을 막았다. 구슬은 입이 없었지만, 사실 눈, 코, 입 모두 없었다, 말했다. 나 잡아봐라. 나 잡아봐라.

3회 방송이 끝나자마자 정용준이 박상운을 자기 방으로 불렀다. 박상운은 스튜디오 정리를 후배들에게 맡기고 십층 본부장 사무실로 올라갔다. 정용준은 컴퓨터 앞에 앉아 있었다.

"와서 이것 좀 봐. 지금 인터넷 난리났어."

"퇴근 안 하셨습니까?"

"방송도 보고 너도 보고 가려고 안 했지. 고생했어. 역시 박상운이야."

정용준은 인사도 않고 옆자리의 의자를 끌어다가 툭툭 치며 박상운을 앉혔다. 엔조이채널 홈페이지는 과부하로 접속이 불가능한 상태였다. 포털사이트 실시간 검색어는 더 챔피언, 쓰리컵, 쓰리컵게임, 엔조이채널, 김일우를 포함한 대회 참가자들의 이름으로 채워졌다. 방송 내용을 중계하다시피 한 인터넷기사들이 계속 올라왔고, 개인 블로그나 트위터에도 프로그램에 대한 감상과 출연자에 대한 의견이 올라왔다.

"2회 시청률이 8.2였나? 이번에는 10 넘길 수 있을 것 같아. 엔조이채널 개국 이래 최고 시청률이야. 잘하면 공중파도 넘겠어. 워낙 말들이 많으니까 궁금해서라도 보는 거지. 박상운 아직 안

죽었어. 정말 대단해."

"이게 다 선배 덕분이죠. 믿어주시고 조언해주시고 기회도 주시고. 감사하는 마음뿐입니다."

"그게 무슨 소리야. 내가 고맙지. 안 좋은 말들은 신경쓰지 말고 일단 방송 잘 마치자고."

"알겠습니다. 걱정 마세요."

"이건 나중에 해도 되는 얘기지만, 길게 보자. 시즌제로 가볼까 해. 시즌2도 염두에 두고 있으라고. 그리고 금요일 밤에 하던 랭킹쇼 있잖아. 그거 폐지하고 서바이벌 하나 더 꽂을 생각이야. 이것도 네오에서 한 번 맡아보면 어떨까 싶어. 내가 너무 급했지? 일단 다음주 방송 잘 마치고 푹 쉰 다음에 차차 얘기하자고. 참, 다음주에도 특별편성 들어갈 거야. 내 생각에는 김일우라는 애 말이야, 걔가 핵심이야. 걔 밀착촬영해서 내자고."

김일우가 핵심이라는 것은 누구나 하는 생각이었다.

"저희도 계속 김일우 엄마를 설득하고 있는데 그게 쉽지가 않네요. 보셨지만 걔가 조금 모자라는 앱니다. 부모가 애 스트레스 받거나 놀라거나 할까봐 따로 카메라 붙는 걸 너무 꺼려해서 말이죠."

"이렇게 조명 뜨겁고 음악 시끄러운 스튜디오 나와서도 멀쩡하더구만 무슨 소리야. 무조건 촬영해."

"저희도 그렇게 생각하고 있습니다. 잘 설득하겠습니다."

"걔가 꼭 일등을 해야 돼. 뭐, 그렇게 될 것 같지만. 그럼 프로그램 끝나고도 얘기가 한참 갈 거라고. 사행이니 도박이니 하는 얘기도 쏙 들어갈 수 있고. 개가 일등 하면 방송 끝난 후에도 개랑 그 부모 계속 촬영해서 편성 더 들어가자고."

"예, 알겠습니다."

"이번주에는 꼭 개 찍어서 내자고. 내일 낮에 다시 통화하자. 오늘 정말 수고했어. 고생 좀 더 해줘."

박상운은 구십 도로 고개를 숙여 인사했다. 살았다! 당장 다음 주 방송 끝나면 할 일이 없다는 것이 박상운의 가장 큰 걱정이었다. 〈더 챔피언〉 이후를 준비할 겨를이 없었다. 〈더 챔피언〉 하나 매주 방송 내보내는 것도 버거웠다. 직원들이 모두 나간 네오프로덕션은 일손이 부족했다. 게다가 〈더 챔피언〉이 많은 관심을 받게 되자 엔조이채널에서는 관련 프로그램을 막무가내로 편성해 떠맡겼다. 방송사고 안 난 게 용할 지경이었다. 그렇다고 박상운이 유명인사가 되거나 떼돈을 벌지도 못했다. 〈더 챔피언〉은 어디까지나 엔조이채널의 프로그램이었고 제작비는 예상한 대로 빠듯했다. 수확이 있다면 오랜만에 정신없이 바빠 직원들의 사기를 진작시켰다는 것 정도? 박상운 이하 네오프로덕션 스태프들이 갈퀴 찢어지도록 물 밑에서 물장구치는 동안 백조처럼 우아하게 실속 챙기는 사람들은 따로 있었다. 재방, 삼방, 사방, 오방까지 해대며 광고비를 착착 벌어들이고 있는 엔조이채널과 거액의 상금을 받을 우승자, 아마도 김일우였다. 하지만 엔조이에서 또 프로그램을 맡긴다면 희망이 있다. 박상운은 콧노래를 불렀다. 이번에 대박났으니 다음에는 제작비 더 올려달라고 해야지이.

엘리베이터를 기다리는데 주머니에서 휴대전화가 진동했다. 방송이 끝나자마자 계속 전화가 울려댔다. 방송 잘 봤다는 지인들의 연락일 것이다. 하나하나 대꾸하고 답장하기 귀찮아 꺼내보지도 않았다. 사실 그들도 무슨 이런 막장 프로가 다 있느냐고 욕할 것이다. 박상운은 괜히 혼자 흥분했다. 욕하라지. 부러워서 그래, 부러워서. 그러다 문득 궁금해졌다. 꼴통도 방송 봤을까. 내가 만든다는 소문은 들었을까. 들었겠지. 들었으면 봤겠지. 꼴통도 문자 보냈을까. 박상운은 전화기를 꺼내 통화목록을 확인했다. 정기섭 총무, 정기섭 총무, 정기섭 총무, 정기섭 총무, 정기섭 총무, 정기섭 총무…… 정기섭은 전화 달라는 문자메시지도 남겼다. 같이 일했던 피디와 작가 들의 문자메시지도 중간중간 끼어 있었지만 대부분 정기섭이었다. 꼴통은 없었다. 꼴통 정말 문자 하나 안 보냈네. 박상운이 부러워서 그래, 부러워서 그래, 하며 리스트를 다시 훑고 있는데 마침 정기섭에게 전화가 걸려왔다. 정기섭은 다짜고짜 고함을 질렀다.

"왜 이렇게 전화를 안 받으세요?"

"막 방송 마치고 뒷정리하느라고요. 무슨 급한 일 있으세요?"

"피디님은 안 급하세요? 이러다가 김일우인가 하는 놈이 진짜 일등하면 어쩌려고 하세요?"

"예?"

"그놈 일등하면 오억이에요. 박피디님이 오억 주실 거예요?"

"무슨 말씀 하시는 겁니까, 지금?"

"저희는 돈 없다는 말입니다. 그 이상하고 모자란 놈 줄 상금

없다고요. 박피디님이 상금이 참가금보다 많을 일 없다고 하셨죠? 돈 너무 많이 거는 사람은 처음부터 빼버릴 거라고 하셨죠? 근데 걔 일등하게 생겼어요. 무슨 수작을 부리는지 홀리는 재주가 있는지 몰라도 지금처럼 가면 걔가 일등해요. 오억 주게 생겼다 말입니다!"

박상운은 참가비로 모두 얼마가 들어왔는지 정확히 기억나지 않았다. 처음부터 주의 깊게 보지도 않았고 매주 방송에 떠밀려오는 동안 그런 문제들은 완전히 잊고 있었다. 정기섭이 말하는 것으로 봐서 오억이 안 되는 모양이었다. 그것도 꽤 많이 모자란 것 같았다. 하지만 일은 이미 벌어졌다. 박상운은 주변을 살피며 조용히 말했다.

"저희는 그냥 제작비 받고 프로그램 제작만 하고 있지 않습니까. 참가비 받은 것도 그쪽이고, 남으면 쓰실 곳도 그쪽이고, 상금 내줄 곳도 그쪽이죠. 이제 와서 무슨 소리 하시는 거예요?"

"그쪽이 어딘데요? 세오시장은 아니죠. 쓰리컵협회? 그거 저희가 만들었나요? 그거 박피디님이 만든 유령단체잖아요. 지금이라도 다 엎읍시다. 엎으면 되죠. 안 하면 그만이에요. 참가비요? 저희 일원 한 푼도 안 건드렸습니다. 다 가져가세요. 가져가 쓰시든 다시 나눠주시든 마음대로 하시라고요. 저흰 손 떼겠습니다."

"그게 무슨 무책임한 말씀이세요. 이제 와서 손 떼다니요? 일단 방송부터 잘 마치구요. 다음주면 다 끝납니다. 끝나고 천천히 다시 얘기하시죠."

"무책임이요? 지금 누가 무책임합니까? 일 다 벌여놓고 순진한

시장 사람들한테 떠넘긴 게 누군데요? 일단 방송 마치고 나면 그 뒷일은 누가 책임집니까? 제가 이대로 방송 마치게 가만히 있을 것 같습니까? 저 바보 아닙니다. 인터넷에 다 올릴 거예요. 쓰리컵협회고 뭐고 다 가짜라고 올릴 겁니다."

박상운은 그날 밤이 떠올랐다. 밤새 시청자게시판을 들락거리며 사유서를 쓰고 녹취록을 만들고 울고 있는 피디와 작가를 달랬던 밤.

"잠깐만요. 잠깐만요, 정총무님. 왜 이렇게 극단적이세요. 얼굴 보고 얘기하세요. 오늘은 너무 늦었으니까 내일 아침에 제가 시장으로 찾아가 뵙겠습니다. 일단 진정하시고 오늘은 주무세요."

"상인회 사람들 다 사무실에 모여 있습니다. 저희 이대로 잠 못 자요. 지금 오세요."

"예, 알겠습니다. 지금 갑니다."

박상운은 지하주차장으로 내려갔다. 어디에 차를 세워뒀는지 기억나지 않았다. 지하 삼층을 네댓 바퀴 돌다가 혹시나 싶어 한 층 더 내려갔다. 차는 지하 사층에 있었다. 손이 미끄러지며 키가 잘 꽂히지 않더니 시동도 걸리지 않았다. 네 번 만에 시동을 걸고 차를 빼는데 드르르륵 소리가 났다. 기둥에 사이드미러가 살짝 긁혔다. 박상운은 자신이 서두르고 있다는 사실이 자존심 상했다. 소리를 지르며 휴대전화를 집어던졌다. 전화기는 앞유리에 붙은 내비게이션에 맞고 떨어졌다. 곧 내비게이션도 떨어졌다. 박상운은 내비게이션도 집어던졌다. 길게 숨을 내쉬고 출발했다. 별수 없이 세오시장으로 향했다. 정신없이 액셀을 밟았더니 속도가 무섭게 올라갔다. 자동차 바닥 어딘가에 처박힌 내비게이션이 애타게 외쳤다.

"칠십! 칠십! 칠십!"

13

〈더 챔피언〉 이후 세오시장은 유명해졌다. 1회 방송이 나간 다음날, 방송을 봤다며 학생들이 찾아와 벽화 앞에서 사진을 찍어갔다. 정기섭은 친절하게 방문객들을 안내해주며 거들먹거렸다.

"요즘이 어떤 세상인데! 고구려 벽화, 피라미드 벽화도 여행프로그램에 소개가 돼야 관광객이 찾는 세상이다 이거야!"

2회 방송부터 상인회 다섯 사람은 사무실에 모여 함께 텔레비전을 봤다. 정기섭이 통닭과 맥주를 사들고 왔다. 처음에는 사이좋게 닭다리를 뜯으며 진행자의 말투를 흉내내거나 출연자의 옷차림을 트집잡았다. 화기애애했다. 경기는 엔조이채널 스튜디오에서 생방송으로 진행됐고 출연자들을 사전에 촬영한 화면이 중간중간 삽입됐다. 방송은 재밌었고 경기는 흥미진진했지만 세오시장 입장에서는 허전했다. 주중에 분명 세오시장에서 야바위대회를 하는 장면을 찍어갔는데 아무리 기다려도 나오지 않았다.

"뭐야? 뒤치다꺼리는 다 시켜놓고 우리 얘기는 왜 쏙 뺐대?"

"있어 봐요, 이제 나오겠죠."

"그래. 아직 십 분이나 남았잖아. 끝나기 전에 나오겠지."

나오지 않았다. 단 한마디 언급도 없었다. 방송은 한껏 달아오른 분위기에서 끝났지만 상인회 사무실은 조용했다. 3회 방송 때는 시장에 촬영조차 오지 않았다. 모두 텔레비전 앞에 앉아 있기는 했지만 휴대전화를 보거나 통닭 뜯는 데에 열중하거나 화장실을 들락거리며 딴짓했다. 방송이 끝나자 유독 유심히 텔레비전을 보던 과일가게 김사장이 말했다.

"근데 오천만원 걸었다는 저 중학생 말이야. 오늘도 다 맞혔어."

"에?"

"진짜 저 녀석이 우승할 것 같아. 그럼 상금이 오억이라는데. 그 상금은, 누가, 주는 거지?"

정기섭이 급히 가방을 열고 서류뭉치가 들어 있는 파일을 꺼냈다. 손에 침을 잔뜩 묻혀서 참가신청서를 넘겨보더니 가방 안쪽 주머니에서 통장을 꺼내 확인했다. 유력한 우승 후보인 김일우가 오천만원을 걸었다. 예상대로 김일우가 일등을 한다면 상금은 오억이다. 접수된 총 참가비는 이억이 조금 넘는다. 정기섭의 주민번호로 만든 협회 명의의 통장으로 참가비 접수가 끝나자 박상운은 돈 관리에 관련된 부분을 모두 총무인 정기섭에게 일임했다. 정기섭은 쓰리컵협회의 총무로서 참가비를 투명하게 관리, 책임지고 일등 상금을 지급할 것이며 대회 수익금은 모두 재래시장 발전을 위해 사용한다는 내용의 확인증을 쓰고 통장을 받았다. 확인증에는 '세오시장'도 아니고 '쓰리컵협회'도 아니고 '정기섭'이라고 사인했다. 박상운은 '남는 돈은 알아서 쓰시라'고 했다. 그때는 정기섭도 돈이 남을 거라고만 생각했지 부족할 것이라는 생각은 못 했다. 정기섭은 손에 힘이 탁 빠졌다. 통장을 놓쳤다.

"돈이, 돈이, 모자라."

박사장이 하얗게 질린 정기섭의 어깨를 거칠게 흔들었다.

"뭐야, 정기섭이. 왜 이렇게 무섭게 말을 해. 우리가 상금 내주기라도 해야 하는 것처럼."

"돈은 우리가 관리한다고 하지 않았어? 그럼 상금도 우리가 주는 거 아니야?"

"쓰리컵협횐가 뭔가에서 알아서 한다고 했잖아."

"회장이랑 부회장은 바지고 우리가 다 집행부잖아. 정총무가 총무고."

"정총무가 총무지 그럼 회장이야?"

"아니, 세오시장 정총무가 쓰리컵협회 총무라고. 그 협회 통장 정총무가 관리하는 거 맞지?"

"뭐야? 그럼 우리가 저놈 오억을 내줘야 한다는 거야? 참가비가 얼마 들어왔더라? 삼억이었나?"

정기섭은 알면서도 통장을 다시 한번 확인하고 대답했다.

"아뇨. 이억삼천 좀 넘어요."

"뭐? 그럼 어쩔 거야? 설마 진짜 우리가 내줘야 하는 거 아니지?"

"상금이 참가비를 넘는 경우는 다들 생각을 안 해봤으니까. 상황이 이렇게 됐으니 박피디랑 다시 얘기해봐야죠."

말은 그렇게 했지만 정기섭은 얘기가 잘되지 않으리라는 것을 예감했다. 박상운이 의도적으로 세오시장을 끌어들이고 정기섭에게 돈 관리를 맡긴 것이 아닌가 의심도 됐다. 혼란에 빠진 상인회 사람들을 진정시켜놓고 정기섭은 복도로 나왔다.

여러 번 심호흡을 했지만 마음이 쉽게 가라앉지 않았다. 떨리는 손으로 겨우 버튼을 눌러 박상운에게 전화를 걸었다. 받지 않았다. 걸고, 걸고, 걸어도 받지 않았다. 복도에 있는 자판기에서 커피를 한 잔 뽑아 마시고 걸고, 통화했느냐고 묻는 과일가게 김사장을 다시 사무실로 들여보내놓고 걸어도 받지 않았다. 생각해보니 방송이 시작된 이후 한 번도 박상운과 만나거나 통화한 적이 없다. 늘 말귀 못 알아듣고 식탐 많은 최경모가 연락을 해왔다. 촬영도 매번 최경모가 왔다. 정기섭은 불안해졌다. 왜 이 자식은 전화를 받지 않는 걸까. 내가 속은 걸까. 상인회 사람들에게 뭐라고 말해야 하나. 오억은 어디서 나오나. 정기섭은 쉬지 않고 통화 버튼을 눌렀다. 전화를 받지 않다가 통화중이었다가 했다. 전화를 피하고 있다는 생각이 들었다. 사기꾼을 신고하기 위해 112에 전화를 걸다가 화들짝 정신을 차리고 끊었다. 마지막이다, 이번에도 받지 않으면 진짜 신고를 하겠다고 마음먹은 순간 박상운이 전화를 받았다.

정기섭은 최대한 마음을 가라앉히고 통화를 마친 후, 사무실로 들어갔다. 괜찮냐고 묻는 상인회 사람들에게 고개를 끄덕여 답해 주었지만 얼굴이 붉다 못해 얼룩덜룩했다.

"뭐래?"

"지금 여기로 온답니다."

"상금은 지들이 해결하겠대?"

"다시, 얘기를 해봐야 할 것 같습니다."

기다렸다는 듯 박사장이 정기섭을 몰아세웠다.

"내가 뭐랬어? 미심쩍다고 그랬지? 어디서 그런 사기꾼을 데리고 와서. 이제 어쩔 거야?"

과일가게 김사장이 눈을 찡긋거리며 정육점 박사장을 나무랐다.

"이게 정총무가 혼자 책임질 일이야? 우리가 다 같이 해결해야 할 일이지. 왜 정총무한테 소리를 질러?"

갑자기 다들 목소리가 커졌다.

"우리가 왜 해결을 해? 그 피디놈이 알아서 하겠지."

"알아서 안 하면? 알아서 할 놈이 일을 이렇게 만들었겠어? 알아서 안 하면 우리가 책임지는 거야. 우리가 오억 물어주는 거라고."

정기섭은 소란을 잠재우려 애썼다.

"다들 이성을 찾으세요. 아직 대회 끝난 거 아니잖아요. 지금이라도 엎어버리면 돼요."

"우리가 무슨 수로 방송을 엎어?"

"사기꾼이라고 경찰에 신고하면 되죠. 안 되면 제가 방송국에

폭탄이라도 안고 들어갈 테니까 그만하세요. 박사장님 소 팔고 돼지 판 돈 한 푼도 안 건드리니까 너무 그러지 마세요."

정기섭은 말없이 컴퓨터 앞으로 가서 앉았다. 열심히 자판을 두드리고 수첩에 뭔가를 옮겨적었다.

"뭐야? 진짜 경찰에 신고하는 거야?"

"우리같이 방송 때문에 피해보는 사람들을 위한 단체가 있어요. 방송국에 소송을 할 수 있도록 도와준대요. 안 되면 인터넷에다 가짜라고 올리면 되죠. 그래도 안 되면 제가 생방송하는 데 뛰어들어갈 겁니다. 어떻게든 우리 시장과 상인회에 피해가 가지 않도록 할 겁니다. 그러니까 걱정 마세요."

"소송이라는 게 복잡하고 돈도 많이 들지 않나? 당장 방송이 다음준데 그게 가능한 거야?"

"언론중재위원회라는 곳이 있어요. 여긴 소송하는 것보다 절차도 간단하고 돈도 안 든답니다. 그리고 방송금지가처분신청이라고 있는데 이것도 생각보다 복잡하지 않아요. 일단 방송만 못 하게 막아놓는 거고 손해배상소송 뭐 그런 거랑은 좀 다르다고 하니까 이것도 알아볼게요. 먼저 박피디님 오시면 얘기 잘 해보구요."

정육점 박사장이 참지 못하고 코웃음을 쳤다.

"피디님은 개뿔."

삼십 분 후, 박상운이 상인회 사무실 문을 열고 들어섰다. 다섯 사람은 고개도 돌리지 않았다. 정육점 박사장이 먼저 목소리를 높였다.

"우리가 우스워? 젊은 사람이 말이야, 늙은이들을 놀려도 분수가 있지. 정총무는 어디서 이런 사기꾼을 데리고 와서 일을 이렇게 만들어? 엉?"

정기섭이 나섰다.

"제가 얘기할게요. 박피디님, 일단 저랑 얘기하시죠."

정육점이 또 끼어들었다.

"피디는 무슨. 사기꾼이야, 사기꾼!"

"박사장님, 좀!"

중간에 낀 정기섭이 안절부절못했다. 나머지 사람들이 정육점 박사장을 말리는 사이, 정기섭이 박상운에게 물었다.

"까놓고 물읍시다. 상금은 누가 줍니까?"

"협회죠."

"무슨 협회요?"

"쓰리컵협회요."

정기섭이 한숨을 내쉬었다.

"제가 관리하는 통장에서, 저보고, 상금 내주라는 말씀이십니까?"

"지금 상황이 좀 난처하실 것 같기는 하지만 그렇게 얘기된 건 맞잖아요. 저한테 확인증도 있는데요. 이거 저희 고문변호사한테 공증도 받았습니다. 참가자들 참가신청서랑 동의서 공증받을 때 같이 받았어요. 법적 효력 있는 문서예요."

거짓말이었다. 네오프로덕션에 고문변호사 같은 건 없다. 참가신청서와 동의서도 물론 공증받지 않았다. 박상운도 일이 이렇게 꼬일 줄은 몰랐다. 앞으로 어떤 복병이 또 터지고 어떤 진상이 또 발목을 잡을지 모르겠구나 싶었다. 진즉 공증을 받았어야 했는데. 박상운은 날이 밝는 대로 서류란 서류는 싹 들고 가서 공증부터 받을 생각이었다. 정기섭은 공증이니 법적 효력이니 하는 말에 순간 당황했다.

"박피디님, 지금 본선 진출자 백 명이 낸 참가비가 도합 이억이 좀 넘습니다. 만원, 이만원 낸 놈도 있고, 대체로 십만원 안팎이구요. 천만원 낸 놈도 몇 놈 있지만 뭐 그놈들은 다 떨어졌으니 상관없습니다. 근데 그 미친놈이 오천만원을 걸었다구요. 일등하면 상금이 오억이에요. 어쩌실 겁니까?"

정확하게 액수를 듣고 보니 박상운도 숨이 턱 막혔다. 진짜 어쩌나 싶었다. 머릿속으로 빠르게 계산했다. 같이 부담할까? 내가 돈이 어디 있어. 엔조이채널에 살려달랄까? 살려주긴, 묻어버리겠지. 또 방법이 뭐가 있지? 뭐가 있지? 아, 없어. 없어. 일단 발 빼.

"협회 운영이나 참가비 관리가 협회로 넘어간 지가 언젠데 이제 와서 저한테 이러시면 어쩝니까? 방송팀은 제작만 하기에도 정신이 없어요. 돈도 협회 명의 통장에 들어가 있잖아요. 협회 돈 관리하시는 분은 정총무님이시고. 막말로 잘돼서 돈이 남으면 방송팀한테 주실 것도 아니잖아요."

"왜 말이 다르십니까? 돈 많이 낸 놈이 일등 하는 일은 없을 거라면서요. 미리 다 잘라낼 거라면서요. 돈 받은 거 방송국이잖아요. 우리는 돈 다 입금된 후에 통장만 받았습니다. 누가 봐도 유력한 우승 후보한테 오천만원이나 받아서 이제 어쩌실 겁니까?"

"상식적으로 생각을 해보세요. 자기 돈 내고 자기가 참가하겠다는데 어떻게 막습니까? 제작진 입장에서 나이나 성별, 외모, 경제력을 안배해서 출연자 선발하려고 노력은 하죠. 그건 저희뿐만 아니라 다른 프로그램들도 마찬가지일 거예요. 그래야 출연자들도 다양하고, 사연도 다양하고, 보는 재미도 있으니까요. 그런 뜻이었지 뭐 누구는 돈을 많이 걸었으니 나오지 마라, 누구는 못하니 나오지 마라, 그런 뜻이었겠어요?"

"이제 와서 우리는 몰랐다 그러면서 발 빼시겠다는 겁니까? 그리고 우린 돈 남겨달라고 한 적 없습니다. 돈 남으면 가져가세요. 저희 필요 없으니까. 저희는 그저 세오시장 홍보 차원에서 순수하게 시작한 겁니다. 일을 이렇게 키울 생각도 없었어요."

"같이 상의하고 회의해서 대회 개최한 거 아닙니까? 총무님 손으로 사인하고 직접 통장도 받으셨잖아요. 총무님이야말로 이제 와서 발 빼시려구요?"

정기섭은 기가 막혔다. 씨알도 안 먹히는구나. 아무리 생각해도 박상운을 설득해서 함께 해결책을 찾는 것은 불가능해 보였다. 정기섭은 최후의 방법을 선택하기로 했다.

"그럼 방송 접읍시다. 그만두면 되죠."

"무슨 말씀이세요? 이제 와서 어떻게 방송을 그만둬요? 벌써 3회까지 방송 나갔고 마지막 방송 이제 일주일 남았어요. 안 하려면 1회 방송 나가기 전에 말씀하셨어야죠. 지금은 접으니 마니 못 합니다."

박상운이 흥분해서 목소리를 높이자 되려 정기섭이 차분하게 맞받아쳤다.

"그래요? 그럼 언론중재위원회에 제소할 겁니다. 방송금지가처분신청도 낼 거구요. 그전에 인터넷에 먼저 올려야겠죠. 쓰리컵협회니 뭐니 다 가짜라고. 담당피디가 만들어낸 유령단체라고요."

박상운이 움찔했다.

"총무님, 정말 섭섭합니다."

조용히 듣고만 있던 상인회 회장이 삐걱대는 의자를 돌려 박상운을 향해 앉았다.

"뭐? 섭섭? 돈이 걸린 문제야. 그것도 오억이 걸린 문제야. 그깟 섭섭한 마음이 문제야? 우리는 시장 홍보도 못 하고, 이상한 일에 휘말려서 돈을 물어주게 생겼어. 받지도 않은 돈을 말이야. 방송국 사람들한테 이용만 당했다고."

박상운은 어떻게든 이 진흙 같은 상황에서 빠져나가고 싶었다. 정기섭이 계속 인터넷에 올리니 방송금지가처분신청을 내니 하면서 박상운을 협박했다. 인터넷이 얼마나 무서운지 박상운은 잘 알고 있다. 누가 처음 시청자게시판 같은 것을 만들었을까. 〈아이맘〉 사건 때도 인터넷이 없었더라면 일이 그 지경까지 되지는 않았을 것이다. 이번 일이야말로 박상운이 작정을 하고 조작한 것이다. 또 터진다면 박상운은 방송바닥에서 완전히 매장될 것이다. 그럼 뭘 해 먹고사나. 마누라한테는 어떻게 돈을 보내나. 피디 말고는 해본 일이 없다. 이럴 줄 알았으면 기술이라도 배워두는 건데. 문득 쓸쓸하고 처참하고 마누라가 원망스러웠다. 박상운은 국장의 말을 떠올렸다. 어쩌다 이렇게 됐니, 천하의 박상운이……

박상운은 결국 참가비로 모인 금액 이상의 상금이 나가지 않도록 조치할 것이며, 만약 상금이 참가비를 상회할 경우 네오프로덕션에서 상회한 금액을 지급한다는 내용의 각서를 썼다. 다음 방송에서는 세오시장을 적극 홍보한다는 내용도 적었다. 상인회 다섯 사람이 박상운 둘레로 빙 둘러서서 내려다보고 있었다. 각서를 쓰지 않으면 절대 보내주지 않을 기세였다. 박상운은 어쩔 수 없이 이름을 쓰고 지장을 찍었다. 정기섭은 각서를 다시 훑어보면서 말했다.

"저희도 이거 내일 공증받을 겁니다."

박상운은 공손하게 인사를 하고 사무실에서 나왔다. 갑자기 피곤이 몰려왔다. 차에 올라 시계를 보니 이미 새벽 두시가 넘었다. 그사이 사무실과 조연출들에게 전화가 여든일곱 통 왔다. 박상운은 핸들에 머리를 쿵쿵 찧었다. 불 꺼진 새벽시장에 빵빵빵빵 경적 소리가 요란하게 울렸다.

14

박상운이 사무실에 들어서자 소파와 의자에 늘어져 졸고 있던 조연출과 작가, 카메라 스태프 들이 자리에서 일어서며 격하게 항의했다. 평소에는 박상운이 무서워 눈도 똑바로 못 보던 조연출들이 왜 이제 오는 거냐, 왜 전화는 안 받았느냐, 무슨 일이 있었던 것이냐며 외박한 마누라 취조하듯 목소리를 높였다.

"저희가 얼마나 걱정했는지 아세요? 날 밝으면 진짜 실종신고 하려고 했다고요. 교통사고 난 줄 알았어요."

박상운은 말없이 자리로 가 앉았다. 그리고 책상에 털썩 엎드려 버렸다. 막내작가와 조연출 두 사람은 눈치를 보며 자리로 돌아가 테이프와 자료 들을 정리했고 카메라 스태프들은 장비를 챙긴다며 카메라방으로 들어가버렸다. 최경모가 조심스럽게 다가가 물었다.

"무슨 문제라도 생겼습니까?"

"애들 데리고 잠깐 회의실로 와. 참, 정작가님이랑 막내작가도 부르고. 외부 촬영팀들은 정리하고 들어가라고 전해."

박상운은 대답도 듣지 않고 먼저 회의실로 들어갔다. 조연출들은 부랴부랴 수첩을 챙겨 회의실로 뛰어갔고, 피디들이 따라갔고, 막내작가도 그 뒤를 따라 들어갔다. 마지막으로 편집실 구석의 간이침대에서 자고 있던 메인작가가 투덜거리면서 느긋하게 커피까지 한 잔 뽑아 들고 들어왔다.

"아유, 박피디님! 어디 가면 간다, 오면 온다 말씀을 하셔야지. 지금 벌세우는 것도 아니고 이게 뭐예요?"

"죄송합니다. 사정이 있었어요. 실은 세오시장에 다녀오는 길입니다."

처음부터 함께 일을 꾸민 네오프로덕션 다섯 사람은 뭔가 감이 오는 표정이었다. 뒤늦게 합류한 작가들만 달밤에 웬 시장이냐며 뚱한 표정을 하고 있었다.

"세오시장에서 불만이 좀 있어요. 먼저 세오시장이 공동주최 형식인데 방송에서 너무 안 드러났다는 거죠. 홍보효과가 전혀 없다고."

메인작가가 하품을 하며 짜증스럽게 말했다.

"다음주에 거기 가서 뭐 하나 찍어요. 난 또 무슨 큰일이라도 난 줄 알았네. 그 얘기를 이 새벽까지 하고 계셨어요?"

"그리고 또하나가 있는데…… 돈 문젭니다."

참가신청서를 받았던 조연출이 가장 먼저 눈치챘다. 신청서를 받을 때부터 혹시 문제가 되지 않을까 걱정했다. 하지만 경황없이 현장상황은 종료됐고, 박상운이 참가신청서와 참가비를 모두 확인했지만 문제삼지 않고 진행했고, 세 차례 방송도 잘 나갔다. 그냥 넘어가나보다 싶었는데 결국 터진 것이다.

"혹시 김일우 때문인가요?"

"맞아. 지금 같아서는 김일우가 오억 가져가게 생겼잖아. 근데 참가비 총액이 이억밖에 안 된다네. 상금 내줄 돈이 없다는 말이야."

조연출과 피디들은 모두 아차 했다. 작가는 뭔가 자기가 모르는 일이 있다는 것을 눈치채고 당황해 물었다.

"우리가 왜 상금 걱정을 해야 하는데요? 상금 문제는 엔조이랑 얘기가 안 된 거예요?"

"우리랑 엔조이는 제작비만 받는 걸로 계약됐어요. 공식적으로 대회는 쓰리컵협회랑 세오시장에서 주관하는 거고. 참가금 받고 상금 주고 하는 건 모두 협회하고 세오시장에서 알아서 할 문제죠. 우리는 그 대회를 끼고 방송만 하는 형태고요."

"근데 왜 박피디님이 상금 걱정을 하세요?"

"사실…… 쓰리컵협회 같은 건 없어요. 우리랑 세오시장이랑 방송 내려고 만든, 말하자면 유령단체예요. 회장, 부회장은 아무것도 모르는 야바위꾼 데려다 앉혔고 집행부니 총무니 하는 사람들은 다 세오시장 사람들이에요. 말하자면 세오시장 상인회가 쓰리컵협회인 셈이죠."

작가의 입이 점점 벌어지더니 침을 한 번 꿀꺽 삼켰다. 그러더니 정색을 하고 박상운에게 물었다.

"그러니까 지금, 사기를 쳤다는 말씀이세요?"

박상운이 차마 입에 올리지 못하는 단어였다. 사기. 사기를 친 것은 사실이다. 박상운은 순순히 인정했다.

"그러네요. 사기네요. 사기 친 것 맞습니다. 근데 작정하고 친 건 아닙니다. 그냥 심각하게 생각하지 않고 시작했는데 지금 보니 사기였네요."

"지금 말장난할 때예요? 사기를 치신 게 아니라 사고를 치셨네요. 그것도 여러 사람 모가지 날아갈 대형사고요."

작가는 어떻게 해야 자신의 모가지를 보존할 수 있을까 생각했다. 지금 발을 뺄까. 엔조이채널에서 오래 일했고 정용준과도 친분이 있다. 문제가 터지면? 귀띔도 안 해주고 혼자만 발 뺐다고 욕먹기는 마찬가지겠지. 물론 공식적인 책임은 피할 수 있지만. 차라리 정용준한테 먼저 찌를까. 그건 차마 못 할 짓이다. 그렇다고 같이 덤터기를 쓸 수는 없다. 아, 어쩌지. 다행히 박상운이 먼저 해답을 제시해주었다.

"작가님은 끝까지 모르셨던 걸로 할게요. 일이 이렇게 되지 않았으면 진짜 끝까지 말씀 안 드렸을 거예요. 지금은 일단 저 좀 도와주세요."

다들 작가를 봤다. 대답을 종용하는 눈빛이었다. 뭐든 말을 해야 할 것 같아 떠밀리듯 되물었다.

"근데 돈 얘기는 뭐예요? 사기는 세오시장이랑 같이 쳤는데 세오시장은 왜 그렇게 당당해요?"

"제가 세오시장 사람들한테 상금 내주고도 참가비 남겨주겠다고 약속했거든요."

"왜 그런 약속을 하셨어요?"

"그렇게 됐어요. 엄밀히 말하면 정확하게 약속을 했다기보다는 회의하는 과정에서 무심코 그렇게 말을 했어요. 그때는 일이 이렇게 될 줄 몰랐으니까. 생각보다 사람들이 참가비를 적게 내서 총액이 예상보다 적어졌어요. 그 바보 같은 놈이 이렇게 큰돈을 걸 줄도 몰랐고. 이렇게 잘할 줄도 몰랐고. 사실 방송 준비하면서 저도 돈 문제는 잊고 있었어요. 지금 김일우가 일등 하게 생겼으니 세오시장은 난리났죠. 자기네들은 돈 없다고. 방송 엎겠다고. 인터넷에 다 올리고 방송금지가처분신청 낸다고 그러고 있어요."

작가는 주머니를 뒤적뒤적하더니 담배를 꺼내 빡빡 빨았다.

"그래서 어떻게 하실 거예요?"

"그걸 같이 상의하자고 모인 겁니다. 엔조이하고 상의를 할까도 생각했지만, 아시잖아요. 갑과 을 사이에 상의니 협력이니 그런 게 어디 있습니까? 계약과 계약파기만 있을 뿐이지. 오히려 우리한테 손해배상 소송할걸요. 세오시장 쪽은 설득이 안 되는 상황이고. 일단 방송 다 내고 나는 모른다, 배째라, 할 수도 있기는 한데 나중에라도 진행상황이 알려지면 일이 더 복잡하게 될 것 같아요. 아시죠? 전에 퀴즈프로그램 조작해서 상금 빼돌렸던 피디 쇠고랑 차고 프로덕션은 공중분해된 거. 우리는 그 정도는 아니지만. 아니, 더 나쁜가. 아무튼 방법이 없을까요?"

박상운이 핏기 없는 입술을 깨물었다. 날벼락을 제대로 맞은 작가는 아직도 상황파악을 다 못 하고 있었고, 방법 없기는 마찬가지인 네오프로덕션 오인방은 입을 꾹 다물었다. 노트에 무언가 끼적거리며 딴짓을 하던 막내작가가 입을 열었다.

"지금이라도 김일우한테 기권하라고 하면 어떨까요?"

최경모가 끼어들었다.

"그런 설득 먹힐 것 같지 않아요. 전 재산을 걸고 참가한 거 보면 어떤 확신이 있다는 거죠. 굉장한 금액을 얹어주지 않는 한 쉽게 포기할 것 같지 않은데요. 보기보다 순진한 사람들은 아닌 것 같아요."

"내 생각도 그래. 그리고 김일우가 지금 빠지면 얘기가 너무 맥없이 풀려버리지. 마지막회 방송은 완전히 김빠진 사이다 된다고."

작가가 다시 담배를 한 대 꺼내물면서 비아냥거렸다.

"그래도 방송 내보낼 걱정 먼저 하시네. 방법 있어요? 어떻게든 김일우가 일등 하는 거 막아야지. 나머지 참가자들 데려다가 훈련을 시키든, 마스턴지 뭔지 그 야바위꾼을 데려다가 훈련을 시키든, 아예 속임수를 쓰든. 나 농담하는 거 아니에요."

과연 김일우가 일등을 못 하도록 하는 것이 가능한가에 대해 삼십여 분간 격론이 오갔다. 결론은 '알 수 없다'였다. 하지만 김일우가 일등을 하는 것만은 어떻게든 막아보자는 것으로 의견이 모아졌다. 다른 방법이 없었다. 다른 참가자들에게 연습을 시키는 것은 아무리 생각해도 소용없는 짓이다. 김일우는 이미 다른 참가자들이 범접할 수 없는 차원에 도달해 있었다. 범인들이 아무리 연습해도 김일우를 이길 수는 없을 것 같았다. 잘해봐야 공동우승. 공동우승이라면 더욱 치명적이다. 그렇다고 속임수를 쓰는 것은 그나마 남아 있는 양심이 허락하지 않았다. 일단 대회 마스터인 쓰리컵협회 부회장이자 삼십 년 경력의 야바위꾼을 끌어들이기로 했다.

다음날 아침 아홉시에 마스터는 네오프로덕션 사무실에 불려왔다. 늦도록 술 먹고 고스톱 치고 시장 돌면서 야바위판 벌이다가 해 뜨면 잠들어 한낮에 일어나는 그가 아침 일찍 나오느라 컵도 안 들고 왔다. 박상운은 기본이 안 된 인간이라고, 저런 놈한테 부회장이니 마스터니 하는 감투나 씌워주고 그것도 모자라 진행자 다음으로 가장 많은 출연료를 주고 있는 자신이 미친놈이라고 했다. 그래도 프로는 프로였다. 잠이 덜 깬 와중에 손에 익지도 않은 네오프로덕션 사무실의 물컵을 들고도 현란한 기술과 입이 떡 벌어지는 실력을 보여줬다. 박상운이 마스터를 떠봤다.

"김일우가 너무 잘하잖아요. 한 번도 틀리지를 않으니까 오히려 재미가 없는 것 같아요. 신경 좀 쓰세요. 부회장님 손에 우리 프로그램이 달렸는데."

약빠른 마스터가 박상운의 진의를 바로 눈치챘다.

"그놈이 오천만원이나 걸었다면서? 오억 가져가게 생겼어. 아주 비상하더라니까. 보통 인물이 아니야."

"무슨, 말씀이세요?"

"사실 그동안 내가 걔 할 때는 신경을 더 썼다고. 이게 야바위꾼과 손님의 기싸움이거든? 내 경력이 삼십 년인데 열댓 살 먹은 애송이한테 번번이 꿇린다는 게 말이 되는 일이야? 그래서 속도도 올리고 기술도 들어갔지. 근데 다 소용없더라니까. 아무리 눈치 빠르고 눈알 빨리 굴린다고 해도 이거 눈으로 보고 맞히기 힘들어. 보고 맞히는 게 아니라 느낌으로 맞히는 거라고, 이 야바위라는 게. 근데 그놈은 보통이 아니야. 내 생각에는…… 신기가 있는 놈 같아."

박상운은 뒷덜미가 묵직하게 당겨오는 것을 느꼈다. 손끝이 저렸다.

"그럼 어떻게……"

박상운의 혼잣말에 마스터가 냉큼 답했다.

"어떻게 하긴. 신기를 막아야지. 굿을 하든, 부적을 쓰든."

마스터는 박상운을 흘끗 보며 컵을 던졌다 받았다 눕혔다 세웠다 했다. 연습을 대충 끝내고 대혼란에 빠진 박상운의 뒤통수에 대고 성의 없이 인사하더니 회의실을 빠져나갔다. 박상운은 점심도 먹지 않고 혼자 회의실 구석에 틀어박혀 생각하고 또 생각했다. 고민 끝에 조연출을 불렀다. 입을 가리고 작은 목소리로 말했다. 부적 좀 써와야겠다. 조연출은 세 번이나 진짜냐고 되물었다. 박상운이 버럭 소리를 질렀다.

"진짜야! 진짜! 진짜! 진짜! 그만 좀 물어봐. 나도 쪽팔려."

용한 데 찾아 제대로 만들어오라고, 만약 부적이 소용없으면 가만두지 않겠다는 협박도 덧붙였다. 메인작가가 미스터리 관련 프로그램을 할 때 알아뒀다는 점쟁이를 소개해줬다. 방송 후 더 유명해져 지금 예약하면 석 달은 기다려야 하는 사람이다. 작가는 비서를 통하지 않고 직접 점쟁이의 휴대전화로 전화를 해서 한 시간 뒤로 예약을 잡았다. 조연출은 팔만원이라는 특별 할인가에 부적을 만들어왔다. 방송 당일에 마스터의 주머니에 넣어두면 된다고 했다. 박상운은 부적을 펼쳐보며 한숨을 쉬었다.

"이게 무슨 미친 짓이냐. 이거 보고 있으니까 내 기가 다 빠지는 것 같다."

그동안 막내작가는 김일우의 일상생활과 가족사를 촬영하기 위해 오영미를 전화로 설득하고 있었다. 〈더 챔피언 비하인드 스토리〉라는 특별편성 프로그램도 준비해야 했고, 마지막회 방송에 낼 영상도 필요했고, 무엇보다 남은 일주일 동안 이런저런 촬영으로 김일우를 피곤하게 해서 집중력을 떨어뜨려야 했다. 수영장이나 심야 야외촬영 스케줄을 잡아 감기에 걸리게 할 심산이었다. 오영미는 거절했다. 아주 순진한 목소리로 아이를 위해서라고 했다. 섭외에 실패했다는 보고를 받은 박상운은 정말 김일우에게 신기가 있는 건 아닐까 생각했다. 지금쯤 북한산 어느 바위 위에 촛불을 켜놓고 기도라도 하고 있을 것 같았다.

죄 없는 조연출 두 사람과 작가들은 수시로 회의실에 불려갔다. 시간이 지날수록 박상운의 히스테리도 강력해졌다.

"진짜 이 부적 한 장 믿고 내가 이러고 있어야 돼? 오억 있어? 오억이 누구네 개 이름이야? 어쩔 거야? 응? 어쩔 거냐고?"

소득 없는 회의를 마치고 나오면서 조연출들이 고개를 절레절

186

레 저었다.

"내가 태어나 이제까지 살면서 만나본 인간 중에 가장 뻔뻔해."

그 와중에 정용준은 하루가 멀다 하고 전화를 해 김일우가 섭외되었는지, 촬영하고 있는지 물어왔다. 김일우가 섭외만 되면 〈더 챔피언 비하인드 스토리〉 외에도 휴먼다큐를 하나 더 편성할 계획이라며 김일우가 일등할 수 있게 프로그램 잘 짜보라는 말도 넌지시 건넸다. 박상운은 호탕하게 웃었다. 아무리 못 하게 하려고 해도 일등 할 놈이니 걱정하시지 말라고 안 그래도 그놈 때문에 잠을 못 잔다고 농담처럼 말하며 허허 웃는 박상운의 목소리가 쓸쓸하게 빈 회의실을 울렸다.

밤 열두시, 다시 회의가 소집됐다. 해결책을 찾기 위한 회의라기보다 박상운의 스트레스 해소용 회의였다. 다들 알면서도 순순히 모여주었고 욕을 먹어주었다. 다들 고개도 들지 않고 딴생각을 하고 있는데 종일 지난 방송분을 돌려보며 하이라이트 편집 준비를 하던 막내작가가 할 말이 있는 듯 입술을 옴쭉거렸다.

"유라, 할 말 있으면 해봐."

막내작가는 상황이 심각한 만큼 선뜻 말이 나오지 않는지 윗입술을 손톱으로 잡아뜯으며 눈치를 봤다.

"괜찮아. 무슨 얘기든 해봐. 혹시 오영미랑 통화됐어?"

"그런 건 아닌데요. 확실하진 않은데 지난 방송분 보다보니까 좀 이상한 게 있어서요."

"뭔데?"

"확실한 건 아닌데……"

"나 부적도 쓴 사람이야. 부적은 뭐 확실해서 썼겠어? 말해봐, 괜찮아."

"김일우가 게임할 때요, 컵을 안 보는 것 같아요."

다들 홀린 사람처럼 동시에 "뭐?"라고 되물었다. 박상운은 얼굴이 시뻘게져 자리에서 일어나 테이블을 손으로 짚고 상체를 쑥 내밀었다.

"그게 무슨 소리야? 컵을 안 본다니?"

"클로즈업이 많이 없어서 확실하진 않아요. 근데 클로즈업 장면에서는 분명히 컵을 보지 않았어요. 풀숏도 여러 번 돌려봤는데 시선이 약간 위로 향해 있달까? 얼굴 각도를 보니까 시선이 높다는 생각이 들어요."

박상운이 손을 부들부들 떨었다.

"편집실에서 얘기하자."

내일 방송될 〈더 챔피언 비하인드 스토리〉를 편집하고 있던 최경모를 쫓아내고 박상운이 편집기를 잡았다. 막내작가가 옆에 의자를 두고 바짝 붙어앉아 촬영 테이프와 온에어 테이프를 하나하나 돌려 보여주며 차근차근 설명했다.

"여기 바스트숏 보세요. 시선이 허공에 있는 것 같죠? 또 여기도 바스트숏. 여기서는 확실히 마스터 아저씨 얼굴을 보고 있어요. 근데 초점이 없달까? 시선은 아저씨 얼굴 쪽인데 아저씨를 보고 있는 것 같지는 않아요. 그리고 이건 풀숏인데 고개가 좀 높다는 생각 안 드세요? 다른 사람들 한 번 보세요. 이렇게 완전히 고개를 꽉 숙이고 컵만 보거든요. 얘도 그렇고, 얘도 그렇고, 이 아줌마도 그렇고. 근데 김일우는 좀 시선이 높아요."

다들 막내작가의 예리한 관찰력과 논리 정연한 설명에 놀랐다. 테이프를 돌려 본 후 다시 회의실에 둘러앉은 다섯 사람은 말이 없었다. 김일우는 컵을 보지 않고 구슬을 찾는다! 그래서 어쩌란 말인가? 메인작가는 수첩을 덮어버렸다.

"확실하네, 신기 있는 거. 그렇지 않고서야 어떻게 맞히겠어요? 마스터한테 부적이나 잘 갖고 있으라고 하세요."

"안 그래도 그 아저씨가 얘기를 했어요. 이게 어차피 눈으로 컵을 따라가면서 맞히기는 힘들다고. 다 감으로 맞히는 거라고."

"그럼 그렇게 감 좋은 애를 어떻게 떨어뜨리자는 거예요?"

박상운이 아예 막내작가 쪽으로 몸을 돌려 물었다.

"유라가 보기에는 김일우가 어떻게 보지도 않고 구슬을 찾는 것 같아?"

"이것도 확실치는 않은데…… 제가 보기에는 듣고 맞히는 것 같아요."

네 사람이 약속이나 한 듯이 큰 소리로 "뭐?"라고 되물었다.

"아까 두번째 클로즈업됐을 때 표정 말이에요. 분명 정신을 놓고 있는 표정은 아니었어요. 오히려 굉장히 집중을 하고 있는 것 같았거든요. 눈은 딴 곳을 보면서 집중하고 있다면 귀가 집중하고 있는 것 아닐까요?"

"왜 그 얘기를 지금 해?"

최경모는 또 한번 편집기를 뺏겼다. 다섯 사람은 클로즈업된 김일우의 표정을 다섯 번씩이나 돌려 봤다. 듣고 맞힌다는 막내작가의 의견은 일리가 있었다. 실마리가 보이는 것 같았다. 이제 안 들리게 하는 방법을 찾아야 했다.

"일단 음악을 크게 틉시다."

"지금도 충분히 음악 크고 스튜디오 시끄러워요."

"그래도 더 크게 틀자고. 정민이는 음악감독한테 연락해서 컵 섞을 때 나오는 음악을 긴장감을 더 고조시키는 템포가 빠른 음악으로 바꿔달라고 해."

조연출이 고개를 끄덕이며 수첩에 메모했다. 하지만 음악을 크게 트는 것 말고는 다들 별다른 방법이 생각나지 않았다. 볼펜 뒤 꼭지를 물어뜯던 메인작가가 물었다.

"그 컵이랑 구슬 재질이 뭐지?"

"컵은 사기고 구슬은 스테인리스 같은 거요. 은색 철로 된 거."

"구슬을 고무로 바꾸자! 그럼 컵에 부딪치는 소리가 안 날 거 아니야."

박상운이 고개를 갸우뚱했다.

"구슬을 고무로 바꿔도 게임 진행에 문제가 없을까요?"

막내작가도 회의적이었다.

"고무는 잘 달라붙고 잘 굴러가지도 않으니까 쉽지 않을 것 같아요."

"지우개랑 컵 좀 가져와봐."

문 앞에 앉아 있던 조연출이 요즘 지우개 쓰는 사람이 어디 있 겠느냐고 투덜거리면서 회의실을 나섰는데 회의실 바로 앞 막내 작가의 자리에 지우개가 두 개나 있었다. 조연출은 작은 지우개를 칼로 대충 다듬어 둥글게 만들었고 막내작가는 쭈뼛거리며 컵 안에 지우개를 넣고 섞기 시작했다. 예상했던 대로 지우개가 부드럽게 굴러가지 않아 오히려 속도가 느려졌다. 어이없이 컵이 뒤집히기도 했고 손에서 튕겨져 나가떨어지기도 했다.

"소리가 잘 안 나면서도 부드러운 재질이 뭐 없을까?"

"헝겊이나 스티로폼은 어떨까요?"

"너무 가벼워서 안 될 것 같은데요."

"컵을 종이컵으로 바꿔보면 어떨까요?"

"보니까 마스터는 컵을 꾹꾹 누르면서 하던데."

"맞아요. 막 내리치기도 하고 던졌다 받았다 하기도 하잖아요. 구겨질 것 같아요."

한동안 정적이 이어졌다. 계속 삐딱하게 앉아 못마땅한 표정을 하고 있던 메인작가가 자세를 고쳐 앉으며 말했다.

"최후의 일 인이 남았을 때 최종라운드를 한번 더 하는 거예요. 최후의 일 인은 당연히 김일우가 되겠죠. 최종라운드는 조건을 까다롭게 만들구요. 컵 개수는 늘리고, 선택할 시간은 줄이고. 치사하지만 의자도 불편한 걸로 놓고, 조명이랑 음악도 정신 사납게 바꾸고요. 말하자면 김일우를 데리고 어려운 게임을 한번 더 하자는 거예요."

막내작가가 물었다.

"처음부터 어려운 게임 시키면 되지 왜 꼭 김일우만 데리고 최종라운드를 해야 돼요?"

"그게 김일우만 어렵겠냐? 다른 사람들한테도 어렵지. 어려운 룰을 미리 적용시키면 괜히 다른 사람부터 떨어뜨리게 될 거 아니야. 그렇게 되면 김일우 일등 굳히기 하는 거야. 그러니까 김일우만 남았을 때 애를 들들 볶아보자는 거지. 이렇게 해도 살아남을래? 뭐 그런 거."

이번에는 박상운이 제동을 걸었다.

"갑자기 최종라운드를 한다고 하면 사람들이 이상하게 생각하지 않을까요?"

"원래 많이들 하잖아요. 그동안 획득한 상금 걸고 최종라운드 하는 거. 자그마치 오억이 걸린 게임인데 최종라운드를 한 번 더 하는 것도, 최종라운드의 규칙이 더 까다로워지는 것도 당연한 거 아니겠어요?"

"그래서 김일우가 못 맞히면요?"

"그럼 우승자 없죠. 상금은 아무도 못 가져가는 거고. 모든 수익금은 재래시장 활성화를 위해 쓰인다. 끝."

"뒷말이 나오지 않을까요?"

"점수 매겨서 일등을 가리는 대회라면 최고득점자가 일등이 되겠죠. 하지만 이건 달라요. 퀴즈프로그램에서도 마지막 문제 못 맞히면 꽝이잖아요. 이것도 못 맞히면 꽝. 제가 멘트 잘 써서 분위기 유도해볼게요. 잘만 되면 프로그램도 흥미진진해지고 김일우도 떨어뜨리고 일석이조잖아요."

김일우가 최종라운드에서 떨어지면 제작진과 쓰리컵협회는 분명 욕을 먹을 것이다. 정용준도 나무랄 것이다. 하지만 오억을 토해내는 것보다는 백 배 낫다. 최종라운드를 한다고 해도 김일우가 떨어지리라는 보장은 없지만 그래도 지금까지 나온 의견들 중 가장 종합적이며 현실적인 의견이었다.

"작가님 말씀대로 합시다. 조연출들은 컵이랑 구슬 새로 제작하는 것 좀 알아봐. 그리고 좋은 아이디어 있는 사람은 언제든지 나한테 얘기해주고. 특히 유라, 망설이지 말고 사소한 거라도 나한테 얘기 꼭 하라고. 아무 때나 꼭 얘기해, 꼭!"

막내작가는 세 번이나 고개를 끄덕이더니 문득 생각났다는 듯 물었다.

"그럼 부적은 어떻게 할까요?"

"일단 마스터 주머니에 넣어둬. 혹시 모르잖아."

조연출들은 오랜 연구와 실험 끝에 컵과 구슬을 소리가 안 나는 재질로 제작하는 것은 불가능하다는 결론에 도달했다. 막내작가는 진짜 사소한 것도 계속 박상운에게 얘기했다. 혹시나 하는 마음에 박상운은 매번 인내심을 가지고 진지하게 들어주었다. 방송을 이틀 앞둔 밤, 박상운이 책상에 엎드려 잠깐 눈을 붙이고 일어나자 막내작가가 득달같이 달려왔다.

"피디님, 제가 생각난 게 있는데요."

"또 뭐야?"

잠이 덜 깬 박상운이 짜증을 냈다. 끝까지 다정하게 얘기를 들어주려고 했지만 더이상 참을 수 없었다.

"아니, 아니에요."

박상운은 폭발했다.

"뭔데? 도대체 무슨 말이 하고 싶어서 잠을 깨워? 당장 말해. 이번에도 쓸데없는 소리하면 진짜 안 참아! 말 안 하는 건 더 못 참아!"

혼자 실컷 자고 일어난 놈이 누구보고 잠을 깨웠대? 막내작가는 억울했지만 그런 항의를 할 만한 분위기가 아니었다.

"구슬을 여러 개 넣으면 헷갈리지 않을까……"

기어들어가는 목소리로 말도 제대로 마치지 못했다.

"구슬을 여러 개 넣으면 소리가 더 커져서 더 잘 들리겠지!"

"그게 아니라…… 컵 여러 개에 구슬을 넣자는 건데."

"그럼 구슬을 찾을 확률이 높아지겠지! 너 정말 왜 이래?"

"그게 아니구요. 아니에요."

"아니긴 뭐가 아니야? 똑바로 말 못 해?"

"컵 하나에는 구슬을 넣지 말고, 나머지 컵에는 다 구슬을 넣으면 어떨지. 그래서 구슬 없는 컵을 찾는 걸로 하면…… 아무래도 소리가 막 섞여서 정신이 없을 것 같은데. 구슬이 있는 컵을 찾는 것보다 구슬 없는 컵을 찾는 게 개 입장에서는 더 어려울 것 같아서……"

박상운은 마지막 회의를 소집했다. 막내작가는 수첩을 펼쳐 그림까지 그려가면서 차분차분 설명했다. 길고도 자세한 설명이 끝났지만 아무도 대답하지 않았다. 그렇다고 말도 안 되는 소리라고 반대하는 사람도 없었다. 김일우가 아닌 한 알 수 없는 문제이기 때문이었다. 박상운이 머리를 헝클어뜨리며 괴로워했다.

"아, 정말 미치겠네! 그 새끼 데려다놓고 시연이라도 하고 싶

다. 그 새끼 머리통 속에는 대체 뭐가 들어 있을까? 귓구멍 속에
는 대체 뭐가 들어 있을까? 망할 놈의 새끼!"

메인작가가 테이블 위에 나뒹굴고 있던 종이컵을 엎어 끼고 있
던 반지를 빼서 넣더니 흔들흔들했다. 양쪽 귀고리를 빼서 다른
종이컵 안에 넣고 열심히 흔들었다. 또 세 개의 컵을 마구 섞었
다. 다들 숨죽이고 그 소리를 듣고 있었다.

"난 된다고 봐요."

컵 섞기를 멈추고 메인작가가 단호하게 말했다.

"된다고 봐. 진짜 그 녀석이 듣고 맞히는 거라면 말이죠. 난 특
별한 능력 같은 것도 없고 귀도 예민한 편이 아니라서 잘은 모르
겠지만 일리가 있어요. 청력이라는 건 어쨌든 듣는 능력이잖아요.
소리가 작거나 멀다면 더 집중하면 들을 수 있겠죠. 하지만 소리
가 나지 않는 곳을 찾는다는 건 집중한다고 되는 일이 아닐 것 같
아요. 게다가 그 소리가 막 돌아다니는데, 이렇게."

메인작가가 다시 컵을 섞었다. 달그닥달그닥 소리가 경쾌했다.
박상운은 마음을 굳혔다.

"그래, 해봅시다. 우리가 그놈 마음을 어떻게 알고 그놈 능력을
어떻게 알겠어요? 듣고 맞히는지 보고 맞히는지 그것도 사실 확
실치 않잖아요. 시간도 없고 더이상 방법도 없어요. 안 되면 배째
라고 그럽시다. 소송을 당하든 욕을 먹고 잘리든 그건 나중 일이
고."

말은 그렇게 했지만 박상운은 눈물이 날 지경이었다. 진짜 소송
을 당하고 욕을 먹고 잘리고 결국 오억을 토해내게 된다면 박상

운은 알거지가 되어 길바닥에 나앉게 될 것이다. 마누라는 당장 이혼하겠다고 덤비겠지. 지금껏 학비며 생활비 꼬박꼬박 대줬는데. 은혜도 모르는 마누라. 밤은 짧았고 낮도 짧았고 하루하루는 더 짧았다.

15

오영미는 매일 달력에 ×표를 그리며 날짜를 보내고 있었다. 방을 잘 잡은 덕분에 여관방 창 너머는 시야가 툭 트여 있었다. 날씨 맑은 저녁이면 노란 석양이 들기도 했다. 활짝 열어젖힌 창을 통해 햇빛이 눈부시게 쏟아졌다. 김일우는 해를 등지고 앉았고 오영미는 그 앞에서 신나게 컵을 섞었다. 그사이 오영미의 실력도 일취월장해 마스터의 손놀림과 별반 다르지 않아 보였다. 속도도 제법이었고 컵을 공중에 들고 흔들거나 중간 중간 구슬을 보여주는 기술까지 구사했다. 물론 아무리 오영미가 현란한 기술을 총동원해 귀를 속이려고 해도 김일우는 정확하게 구슬을 찾아냈다. 침대에 비스듬히 걸터앉은 김민구가 모자의 다정한 모습을 흐뭇하게 바라보고 있었다.

"행복하다."

오영미는 나직한 김민구의 독백을 듣더니 침을 뱉으며 웃었다.

"일우 아빠 미쳤어? 이 냄새나는 여관방에서 세 식구가 뭉개고 있는 게 행복해?"

"넌 행복이 뭔지 몰라. 돈 많이 벌어오는 남편, 공부 잘하는 애 있는 게 행복일 것 같아? 내가 돈 많이 벌고 일우가 공부 잘하면 과연 오영미가 행복할까? 아니! 행복은 결과가 아니라 과정이야. 우리 세 식구가 같은 목표를 향해 한 발 한 발 나아가는 지금이 행복한 거라고."

"일우 아빠, 똥구멍 찢어져본 적 있어?"

"뭐? 드럽게 갑자기 웬 똥구멍 타령이야?"

"난 똥구멍 찢어져본 적 있어."

"자알했다. 뭐 대단한 치질이라고 남편한테 자랑이야?"

"사람 몸이란 참 신비로워서 매일 똥 누던 사람은 못 먹어도 똥이 마려워. 근데 뱃속에 든 게 없으니 아무리 힘을 줘도 나오는 게 없지. 똥은 마렵고, 근데 똥이 안 나와 배는 아프고, 똥구멍은 진짜 찢어지고, 그 와중에도 배는 고파. 똥구멍이 찢어지게 가난하다는 게 그런 거야. 결과가 아니라 과정이 중요하다느니 마음이 가난한 게 진짜 가난한 거라느니 그딴 여고생 같은 소리 하지도 마. 난 일우가 오억 따오면 그때 왕창 행복해할 거야."

오영미의 일관성 있는 인생관에 김민구는 할 말을 잃었다. 그때 오영미의 휴대전화가 울렸다. 오영미는 발신자를 확인하고는 인상을 썼다.

"왜 자꾸 멀쩡히 연습하는 애 불러내서 촬영을 하겠다는 건지 몰라."

"또 그 작가야?"

"휴먼스토리를 찍는다나 어쩐다나. 내가 그렇게 알아듣게 말했는데도 이렇게 전화질이야. 글쎄 우리 살던 집에 찾아갔었대. 어제 집주인한테 전화왔었다니까. 방송국 사람들이라면서 찾아왔는데 무슨 일 있느냐고."

"우리 일우가 스타가 됐다는 거지."

"스타고 뭐고 다 필요 없어. 난 돈이 필요해, 돈!"

오영미의 휴대전화는 계속 신경질적으로 울려댔고, 김일우는 고개를 까딱까딱하면서 벨소리에 맞춰 리듬을 타고 있었다.

"일우야, 넌 연습에만 신경써. 연습 때처럼만 하면 되는 거야. 지금처럼 잘할 수 있지?"

김일우가 고개를 끄덕였다. 결전을 눈앞에 두고 하루에 열두 시간 넘게 실전 연습을 했다. 아침에 눈 떠서 밤에 눈 감을 때까지 김일우는 밥 먹고 화장실 가고 구슬을 찾는 일밖에 하지 않았다. 세수와 양치질을 거르는 날도 있었다. 제자리에 가만히 앉아 오영미가 차려주는 아침밥을 먹고 점심밥을 먹고 저녁밥을 먹고 시키는 대로 구슬을 찾고 자라고 하면 잤다. 가끔 오영미가 화장실 갔다 오라거나 좀 씻으라고 하면 자리에서 일어났다. 화장실에 가고 싶어도, 몸이 저리고 답답해도, 머리가 간지러워도 말하지 못했다. 도무지 먼저 말할 엄두가 나지 않았다. 씻고 싶다는 생각도 들지 않았고 요의조차 느끼지 않게 되었다. 태엽을 감으면 또로록 또로록 소리를 내며 단순한 동작을 반복하는 장난감 같았다. 태엽이 거의 다 풀리고 움직임이 느려질라 치면 또 오영미가 태엽을 빡빡 감았다.

세 사람 모두 차라리 시간이 빨리 가길 바랐다. 기다리던 금요일이 됐고 약속된 시간보다 한 시간 일찍 출연자 대기실에 도착했다. 오영미를 보자 막내작가가 원망을 퍼부었다.

"어머님, 정말 너무하세요! 분명히 촬영에 협조한다고 동의서도 쓰셨으면서 정말 이러시기예요? 저 남자한테도 이렇게 매달려본 적 없어요. 윗분들은 왜 촬영을 못 하느냐고 난리지, 어머님은 전화도 안 받으시지, 제가 중간에서 얼마나 난처했는지 아세요?"

오영미는 마음이 전혀 담기지 않은 사과를 건넸다.

"이제 다 끝났잖아요. 그동안 작가님 고생 많으셨어요."

막내작가는 생방송 진행순서가 적힌 큐시트와 진행자의 질문지가 적힌 대본을 건네주고 리허설 일정을 설명한 후 대기실을 나갔다. 오영미는 익숙하게 대본을 훑어보며 중얼거렸다.

"오늘이면 끝이구나. 이 지긋지긋한 짓거리도, 여관방도 진짜 끝이다!"

16

"삶이 벼랑 끝이라고 느껴지십니까? 더이상 돌파구가 없다고 생각하십니까? 그래서 포기하고 싶으십니까? 이제 당신이 인생의 챔피언이 됩니다. 더 챔피언, 그 마지막 게임이 시작됩니다!"

진행자를 비추고 있던 핀 조명이 꺼지고 커튼 뒤로 열 명의 실루엣이 비쳤다. 커튼이 하나씩 툭 떨어지고 실루엣만 보이던 도전자의 모습이 드러나자 진행자가 그들을 소개했다. 진행자가 마지막으로 김일우의 이름을 불렀을 때 방청석에서 함성이 터져나왔다. 김일우는 턱을 가볍게 들고 눈을 내리깔면서 카메라를 응시했다. 스튜디오 구석에 서서 김일우를 보고 있던 오영미는 정말 저 녀석이 모자란 게 맞나 싶었고 부조정실에 앉아 작은 모니터를 보고 있던 박상운은 이를 빠득빠득 갈았다. 진짜 가루가 나올 것처럼 이를 가느라 진행자가 이미 멘트를 시작한 것도 알아차리지 못하고 카메라 커트를 넘기지 않았다. 옆에 앉아 있던 나이 많은 기술감독이 알아서 화면을 전환했다.

생방송 직전 박상운은 또 정용준에게 불려갔다. 마지막 방송을 앞두고 격려 차원에서 부른 것이라며 믿는다, 잘해라, 전에 했던 말 무슨 뜻인지 알고 있으리라 생각한다, 욕먹어도 상관없지만 되도록 욕먹지 않게 잘 마무리하자며 박카스 한 병을 손에 쥐여주고는 돌려보냈다. 박상운은 격려하려면 스튜디오에 와서 할 것이지 바쁜 사람 오라 가라 한다고 투덜거리면서도 내심 방으로 부른 걸 보면 단순한 격려 차원은 아닐 거라고 생각했다. 진짜 시즌2를 할 생각인가. 세오시장과 관계가 이렇게 틀어진 마당에 시즌2를 갈 수 있을까. 아니지, 시즌2 때는 진짜 제대로 된 협찬사가 붙을 수도 있지. 시즌1이 마무리만 잘되면 일단 협찬 영업부터 뛰어야겠다고 생각했다. 그러다 문득 '전에 했던 말'이 뭘까 싶었다. 방송 직전에 갑자기 불러 욕먹지 않게 마무리하자는 걸 보면…… 김일우가 일등 할 수 있게 해보라는 말인 것 같다. 아, 정말 어쩌라고! 박상운은 엘리베이터 벽을 주먹으로 쿵 쳤다.

박상운은 부조정실로 가려다 말고 조연출들에게 화풀이나 할 심산으로 잠시 스튜디오에 들렀다. 마침 쓰리컵협회 부회장이자 게임마스터가 옷을 말끔히 차려입고 스튜디오에서 나오다가 박상운을 보더니 빙긋 웃었다. 박상운은 우리가 언제 이렇게 친해졌나 생각할 틈도 없이 꾸벅 인사했다. 마스터는 더욱 크게 웃으며 오른손 중지로 자신의 왼쪽 가슴을 톡톡 쳤다. 그러고는 눈썹을 올리며 눈을 찡긋거렸다. 제법 힘이 실린 손바닥으로 박상운의 어깨까지 툭 치더니 스튜디오를 빠져나갔다.

"뭐야? 저 미친놈."

기분을 망친 박상운이 뒤늦게 욕을 퍼붓다 깨달았다. 그의 양복 왼쪽 안주머니에 부적이 들어 있을 것이다. 방송 시작하면 정신없어 잊어버릴 수도 있으니 옷 갈아입자마자 안주머니에 직접 넣어주라고 막내작가에게 당부했다. 그다지 빠릿빠릿하지는 않지만 시키는 일은 빠뜨리지 않고 잘해내는 막내작가가 잊었을 리 없다. 느글거리는 마스터의 웃음이 떠올랐다. 여기 부적 있다! 오억 내 주기가 그렇게 아깝더냐? 네가 돈 떼어먹으려고 그러지? 마스터가 그렇게 말하는 것 같았다. 박상운은 얼른 스튜디오를 나와 부조정실로 발길을 돌렸다. 뒤에서 분명 그 인간의 것으로 짐작되는 휘파람소리가 들렸다. 제목이 기억나지 않는 오래된 트로트였다. 원한 맺힌 마음에 잘못 생각에 돌이킬 수 없는 죄 저질러놓고……

광고가 끝나고 본격적인 최종회가 시작됐다. 최종회의 진행방식은 단순했다. 컵은 다섯 개. 한 명씩 나와서 경기를 치렀다. 이번에는 진짜 패자부활전이 없었다. 한 번 잘못된 선택을 하면 그 자리에서 탈락. 남은 사람들은 또 경기를 했다. 또 잘못된 선택을 하면 그 자리에서 탈락. 중간 중간 뭘 축하하는지 알 수 없는 가수들의 축하공연이 있었고, 김일우를 제외한 생존자들이 세오시장을 찾아가 떡볶이, 오뎅, 튀김 같은 시장표 음식을 사먹는 화면도 방송됐다. 내레이션은 즐거운 시간을 보냈다고 나왔는데 출연자들의 표정은 그다지 밝지 않았다.

생각보다 도전자들은 오래 버텼다. 참가자들은 연습을 할수록 실력이 늘었다고 입을 모아 말했다. 가족들은 일주일 내내 컵을 섞었다고 한다. 다들 쓰리컵마스터 자격증을 따겠다고 벼르고 있었다. 김민구와 오영미만의 일이 아니었다. 김일우를 제외한 결선 출전자 아홉 사람은 쓰리컵게임이 관찰력과 집중력을 높일 수 있는 최고의 두뇌 스포츠라는 점에 격하게 동의했다. 사실 눈치 빠른 마스터가 난이도 조절을 잘한 덕분이었다. 어쨌든 탈락자는 나왔다. 한 사람, 한 사람, 또 한 사람. 그렇게 몇 번의 게임을 하고 나니 두 사람이 남았다.

"이제 남은 도전자는 두 사람뿐입니다. 둘 중 단 한 사람만 최종라운드에 오르게 됩니다. 참가금의 열 배! 챔피언으로 가는 마지막 관문, 최종라운드에 오를 단 한 사람은 과연 누가 될까요?"

한 사람은 마흔둘의 중년 남자였다. 술과 도박으로 어우러진 그의 인생을 한마디로 요약하면 개차반이다. 제대로 돈벌이 한 번 한 적 없고 와중에 어떻게 결혼하기는 했지만 아내는 아이들을 데리고 집을 나간 지 오래였다. 양쪽 입가에 칼로 쑥 찔러 그은 듯 깊은 주름이 두 개씩 자리를 잡았고 늘어진 실핏줄이 비쳐 콧잔등이 불긋불긋했다. 얼핏 쉰은 훌쩍 넘어 보이는 얼굴이지만 짙은 방송용 분장을 하고 회색 정장바지에 코발트색 니트를 받쳐입히니 적어도 제 나이로는 보였다. 분장실의 베테랑 실장이 만지고 만지다 답이 안 나와 사무용 가위로 대충 잘라준 머리카락도 봐줄 만했다.

"젊은 시절 단 한 번의 실수로 가족을 잃은 한 남자. 좌절과 방황으로 오랜 시간을 보낸 그가 오늘 세상 앞에 섰습니다. 챔피언이 된다면 자신을 떠난 아내와 아이들에게 다시 한번 손을 내밀고 싶다는 남자. 오늘 그는 새로운 인생을 시작할 수 있을까요? 더 챔피언이 자신에게 찾아온 마지막 기회라고 믿는다는 손주섭 씹니다!"

뻔히 거짓말이라는 것을 알면서 출연자 자신도 잠시 뭉클했다. 그는 객석을 한 번 돌아보고 빨간 불빛이 반짝이는 1번 카메라를 응시했다. 예의바르게 고개를 숙여 인사하고 다시 천천히 고개를 들었다. 박상운은 이상하게 그에게 마음이 갔다. 그가 얼마나 외로울지 알기 때문이다. 박상운 역시 자신을 떠난 아내와 구경도 못 해본 아이들을 생각했다. 이 망할 마누라는 무슨 공부를 이렇게 오래 하나. 노랑머리랑 바람이라도 났나. 도대체 아이를 낳을 생각이 있기는 한가. 노산도 이런 노산이 없는데. 박상운은 남 같지 않은 저 남자가 웬수 같은 김일우를 떨쳐내고 당당히 챔피언이 되어 다시 아내와 아이들을 만날 수 있기를 바랐다. 하지만 그의 참가비는 백만원이었다. 행여 최종 우승을 해서 참가비의 열 배를 손에 쥔다고 해도 천만원. 고작 천만원 가지고 집 나간 마누라에게 다시 시작하자고 하면 콧방귀도 뀌지 않을 것이다. 마음을 비웠다. 일등을 하든 못 하든 새로운 인생은 시작 못 할 거다. 게다가 상대방이 저런 비상한 녀석인데.

"부모님의 이름으로 이 자리에 선 소년이 있습니다. 아버지의 실직과 오랜 투병생활. 그런 아버지를 대신해서 가정을 지켜야 했던 어머니. 이제 두 분에게 행복한 삶을 선물하고 싶다는 열여섯 소년의 소망은 과연 이루어질 수 있을까요? 모두가 그의 선택을 숨죽여 지켜보고 있습니다. 더 챔피언 최고의 이슈메이커, 김일우 군입니다!"

김일우는 덤덤히 허공을 보고 있었다. 예상했던 일이기 때문인지 원래 성격이 무딘 것인지 모자란 것인지 종잡을 수 없는 표정이었다. 오영미가 발을 동동 구르며 어쩔 줄 몰라하자 김민구가 오영미의 손을 잡아주었다. 평소 같으면 왜 안 하던 짓을 하느냐고 대번에 손을 내팽개칠 오영미가 김민구의 손을 맞잡았다. 김민구는 오랜만에 잡아보는 아내의 손이 축축하다고 생각했다.

남자가 먼저 게임테이블에 올랐다. 마스터는 여유 있는 표정으로 배경음악에 맞춰 어깨까지 들썩이며 컵을 섞었다. 출연자의 눈이 빠르게 컵을 좇았다. 구슬을 찾아냈다. 다음은 김일우의 차례였다. 마스터는 의미심장한 웃음을 지으며 헛기침을 한 번 하더니 옷매무새를 가다듬었다. 오른손으로 왼쪽 가슴을 스윽 쓸더니 컵을 섞었다. 부조정실에서 이 모습을 지켜보던 박상운이 흠칫했다. 마스터의 손은 눈에 띄게 빨랐고, 방청객들이 웅성거렸고, 김일우는 구슬을 찾아냈다. 환호성이 터져나왔다. 다시 남자가 게임테이블에 올랐다. 마스터의 손은 더 빨라졌다. 남자의 눈동자가 따라가다 못해 고개까지 미세하게 흔들렸다. 구슬을 찾았다. 남자는 예스, 예스, 예스, 를 외치며 감격을 주체하지 못했다.

진행자가 출연자를 진정시키는 사이 김일우가 테이블 앞에 앉았다. 이번에도 마스터의 손놀림은 빨랐다. 허리를 꼿꼿하게 펴고

앉은 김일우는 조금도 흔들리는 기색 없이 구슬을 찾아냈다. 남자
는 크게 실망했다. 게임을 위해 테이블 앞에 앉은 후에도 마음이
가라앉지 않았다. 짧은 순간, 실망스럽고 두렵고 기대되고 긴장되
는 마음이 빠르게 엇갈려 지나갔다. 마음을 놓친 남자는 구슬도
놓치고 말았다. 선택이 끝나고 진행자가 남자가 선택한 컵을 들어
올렸을 때, 컵 안에는 아무것도 없었다. 방청객들이 일제히 와악
하고 소리를 질렀다. 딱히 남자를 응원하는 것도 김일우를 응원하
는 것도 아니었다. 방청객들 역시 단체로 긴장이 풀리며 스스로도
의미를 알 수 없는 비명을 터뜨렸을 뿐이다. 진행자가 김일우를
테이블 앞으로 안내했다.

"아, 안타깝게도 손주섭씨가 구슬을 찾지 못했습니다. 이번에
김일우군이 구슬을 찾는다면 자동적으로 김일우군이 최종라운드
에 진출하게 되구요. 만약 김일우군도 구슬을 찾지 못한다면 승부
는 다시 원점입니다. 자, 마스터, 시작해주시죠."

낮게 음악이 깔리고 마스터의 손이 서서히 움직이기 시작했다.
가속이 붙는 듯 손이 점점 빨라졌다. 방청객들은 멀고 작은 테이
블이 잘 보이지도 않으면서 목을 빼고 눈으로 컵을 좇았다. 마스
터의 손이 멈추자마자 김일우는 망설임 없이 가운데 컵을 지목했
다. 마스터가 하, 하고 짧은 탄식을 내뱉었다. 진행자가 고개를 갸
웃거리며 다가갔다.

"지금 마스터께서 한숨을 쉬셨는데요. 어떤 의미일까요? 이 컵
안에 구슬이 있을까요, 없을까요. 김일우군이 선택한 컵은, 다섯
개 중 가운데. 바로 이 세번째 컵입니다. 이번에는 첫번째 컵부터

차례로 열어보겠습니다. 구슬이 먼저 나온다면, 당연히 실패겠지요?"

진행자는 첫번째 컵을 열었다. 구슬이 없었다. 방청석이 술렁였다. 두번째 컵을 열었다. 구슬이 없었다. 방청석의 술렁임이 조금 더 커졌다. 세번째 컵을 잡았다.

"김일우 군이 선택한 컵이 바로 이 컵입니다. 과연 이 안에 구슬이 있을까요?"

진행자는 컵을 잡고 잠시 뜸을 들였다. 스튜디오가 무서울 정도로 고요해졌다. 오영미와 김민구는 맞잡은 두 손에 힘을 주었다. 가장 긴장한 사람은 김일우가 틀리기를 간절히 바라고 있는 또다른 출연자였다. 그는 식은땀을 줄줄 흘리며 지켜보고 있었다. 진행자가 컵을 높이 들어올렸다. 안에 은구슬이 들어 있었다. 조명을 받은 구슬은 김일우를 용으로 승천시킬 여의주처럼 신비한 무지갯빛으로 반짝였다. 오영미가 꽥 소리를 질렀다. 모두가 예상했던 대로 김일우가 최종라운드에 올랐다.

잠시 광고가 나가는 동안 박상운의 지지를 한 몸에 받던 참가자는 세트에 침을 퉤악 뱉고는 계단을 내려왔다. 진행자는 손수건으로 이마의 땀을 닦아냈다. 마스터는 양복바지에 손바닥을 쓱쓱 문지르더니 손을 쥐었다 폈다 반복하며 손가락을 풀었다. 그리고 기도하듯 잠시 자신의 오른손을 왼쪽 가슴에 대고 호흡을 가다듬었다. 정작 김일우는 진행자 옆에 멀뚱히 서서 진행자가 손에 든 대본을 훔쳐보고 있었다.

"마지막 씨엠입니다!"

스태프의 목소리가 큰 스튜디오에 쩌렁쩌렁 울렸다. 마지막 광고가 끝나고 프로그램 로고와 김일우를 소개하는 자료화면이 방송되는 사이 김민구와 오영미가 세트로 불려 올라갔다. 김민구, 오영미, 진행자와 김일우가 나란히 섰다. 최종라운드의 게임테이블은 무대 뒤쪽에 따로 마련되어 있었다. 지름이 이 미터쯤 되어 보이는 둥그런 무대 가운데에 테이블과 의자 두 개가 마주 놓여 있고 한쪽에 마스터가 앉아 있었다. 아직 조명이 비치지 않은 게임테이블에서 마스터가 계속 컵을 섞는 연습을 하고 있었다.

드디어 최종라운드가 시작됐다. 진행자는 입가에 침을 부글부글 끓이면서 한껏 목소리를 높였다.

"자! 드디어! 최종라운드가 시작됐습니다! 김일우군의 참가금은, 모두 아시다시피 오천만원입니다! 최종라운드를 통과하면, 상금은, 무려……"

진행자는 말을 잠시 멈추고 주위를 돌아보더니 뜸을 들이다가 말했다.

"무려! 오억원입니다! 공중파, 케이블을 통틀어 그 어떤 오디션에도, 그 어떤 퀴즈쇼에도 이런 어마어마한 상금은 없었습니다. 최종라운드, 기회는 한 번뿐입니다. 최종라운드의 주인공, 김, 일, 우, 군입니다!"

방청객들은 손바닥이 얼얼한 줄도 모르고 열렬히 박수를 쳤다. 진행자도 말을 멈추고 김일우 쪽을 바라보며 진심 어린 박수를 보냈다.

"지금 어린 학생이 얼마나 떨리고 긴장이 되겠습니까. 여러분 많이 응원해주시고 좋은 기운을 보내주시기 바랍니다. 일우군에게 힘을 주기 위해서 부모님을 무대에 모셨습니다. 어머님, 아드님께 응원 한마디 해주시죠."

오영미는 갑자기 푹 하고 고개를 숙이더니 어깨를 들썩였다.

"어머님께서 지금 좀 감정이 북받치신 것 같은데요. 일단 눈물 닦으시구요."

진행자는 들고 있던 손수건을 건넸다.

"어머님께서 지금 눈물을 많이 흘리고 계십니다. 어머님, 말씀 하실 수 있겠습니까?"

오영미는 몇 번 침을 삼키고 겨우 말을 꺼냈다.

"일우야, 고맙다. 여러분 고맙습니다."

오영미는 갑자기 꾸벅꾸벅 인사를 했다. 김민구는 몸을 돌려 무대 뒤편을 보면서 콧잔등을 붙잡고 부르르 고개를 떨었다. 오영미는 이미 상금을 받은 듯 지레 감격에 겨워 한 말이었는데 영문 모르는 사람들에게는 여기까지 온 것만으로도 감사하다는 말로 들렸다. 방청석에서 훌쩍이는 소리가 들렸고 몇몇 여자 스태프들도 콧물을 들이켰다. 누군가가 박수를 치기 시작했다. 누군가는 휘파람을 불었고, 누군가는 환호성을 질렀고, 누군가는 김일우의 이름을 외쳤다. 도박이니 사기니 하는 말은 쏙 들어갔다. 세오시장이고 뭐고 아무도 기억하지 않았다. 감동적인 인생역전 드라마는 절정으로 치닫고 있었고 그 주인공 김일우만 감흥 없는 얼굴이었다.

"그럼 김일우군은 저와 함께 마지막 게임을 진행할 최종라운드 게임테이블로 이동하겠습니다. 어머님, 아버님은 이 자리에서 아드님을 응원해주시기 바랍니다."

두 사람은 천천히 무대 뒤편으로 걸어갔다. 김일우와 진행자가 둥그런 최종라운드 무대로 올라서자 무대가 서서히 움직였다. 김일우는 잠시 휘청했다. 리허설 때는 무대가 움직이지 않았다. 좀처럼 감정을 드러내지 않는 김일우도 당황한 눈치였다. 무대는 일 미터 가까이 위로 솟구친 후 멈췄다. 김일우는 진행자의 안내를 받아 자주색 천이 덮여 있는 테이블에 마스터와 마주 앉았다. 진행자가 테이블에 기대섰다.

"최종라운드는 예상하셨겠지만 좀더 까다로워집니다. 예선과 본선에서 컵 세 개, 결선에서 컵 다섯 개로 게임을 치렀는데요, 이번에는!"

자주색 천을 잡아당기자 컵이 일곱 개가 나왔다. 방청석에서 한숨인지 경탄인지 알 수 없는 함성이 터졌다.

"보시다시피 컵이 일곱 개입니다. 확률이 삼십삼 퍼센트에서 이십 퍼센트로, 또 십사 퍼센트로 낮아졌습니다."

오영미가 두 손을 깍지 껴 맞잡고 입술에 갖다댔다. 제발, 제발, 제발이라고 되뇌는 모습이 기도를 하는 것 같기도 하고 주문을 외우는 것 같기도 했다. 잠시 시간을 두고 다시 설명이 이어졌다.

"그리고 또 한 가지 달라진 점이 있습니다."

진행자는 컵 하나를 들었다. 안에 은색 구슬이 있었다.

"여기 이렇게 구슬이 들어 있습니다. 그리고……"

또 옆의 컵을 들어올렸다. 그 안에도 구슬이 있었다.

"이번에도 구슬이 있습니다."

나머지 다섯 개의 컵을 모두 들어올려 확인했다.

"이번에도, 이번에도, 여기에도, 또 여기에도 있습니다. 그리고 마지막 컵에는 보시다시피 구슬이 없습니다. 예, 그렇습니다. 구슬을 찾는 것이 아니라 구슬이 없는 컵을 찾는 것입니다."

방청석이 술렁였다. 오영미가 손을 툭 떨어뜨리더니 그대로 얼어붙었다. 김민구가 오영미의 어깨를 감쌌다. 김일우의 얼굴이 굳었다. 구슬이 없는 컵을 찾는 게임 룰 역시 리허설 때는 설명하지 않았다. 모니터로 이 모습을 지켜보던 박상운이 오른발을 달달달 떨었다.

"최종라운드, 마지막 게임이 이제 시작됩니다!"

무대의 모든 조명이 꺼졌다. 동그란 핀 조명 하나만 게임테이블을 비췄다. 머리 위에서 내리꽂히는 조명은 지나치게 밝아 김일우의 얼굴이 형광등처럼 하얗게 보였다. 조명을 정통으로 받은 광대뼈에서 빛이 반사되어 나왔다. 테이블에는 일곱 개의 컵이 뒤집혀 있었다. 긴장한 표정이 역력한 마스터와 평소처럼 편안해 보이지 않는, 겁먹은 듯 보이는 김일우가 마주 앉아 있다.

조명과 카메라와 스피커에서 굉음이 흘러나왔고 방청객들이 서로에게 귓속말하는 소리는 낙엽이 바스라지듯 사부작거렸다. 뒤꿈치를 들고 조심스럽게 걷는 소리, 스태프들이 대본을 넘기는 소리, 펜으로 뭔가를 적는 소리, 방송장비들을 연결하는 전선들이 엉킨 채 바닥에 질질 끌리는 소리가 넓고 높은 스튜디오를 가득 울렸다. 김일우는 문득 이곳이 이렇게 시끄러웠었나 생각했다. 그때 스튜디오에 낮고 기분 나쁜 현악기 소리가 퍼졌다. 찡, 찡, 찡, 찡, 찌찌찡, 찌찌찡, 찌찌찡…… 느리게 반복되는 음악은 긴장보다는 공포를 유발했다. 스튜디오는 괴기스러운 분위기에 휩싸였다. 좀비떼라도 출몰할 것 같았다.

박상운은 카메라 커트를 넘길 생각도 않고 고개를 쑥 빼고 모니터만 보고 있었다. 이번에도 기술감독이 알아서 카메라 커트를 바꿨다. 스튜디오 풀숏, 김일우 얼굴, 마스터 얼굴, 테이블 위의 컵, 스튜디오 풀숏, 김일우 눈, 마스터 손, 반짝이는 컵 하나…… 찡, 찡, 찡 하는 음악에 맞춰 기술감독은 리드미컬하게 화면을 전환했다.

"자! 이제 게임마스터가 컵을 섞겠습니다. 마스터가 컵 섞기를 멈추고 테이블에서 손을 내리면, 김일우 군은 십 초 안에 구슬이 없는 컵을 선택하면 됩니다. 선택의 기회는 단 한 번입니다. 십 초 안에 선택하지 못하면 기권한 것으로 간주합니다. 마스터, 준비되셨나요?"

"네."

마스터의 목소리가 비장했다.

"김일우군, 준비가 되면 시작! 이라고 외쳐주세요."

기분 나쁜 음악은 여전히 스튜디오를 울렸고 김일우는 말없이 컵을 노려보았다. 그렇게 한참 시간이 흐르도록 김일우가 시작을 알리지 않자 방청석이 소란해졌다. 진행자가 물었다.

"김일우군, 아직 마음의 준비가 되지 않았습니까?"

"……"

"김일우군?"

김일우가 작은 소리로 대답했다.

"준비됐어요."

"그럼 시작을 외쳐주세요."

잠시 숨을 고르던 김일우가 작지만 또박또박 말했다.

"시, 작."

음악이 더욱 커졌다. 마스터가 깊게 숨을 들이쉬었다 내뱉더니 컵을 섞기 시작했다. 구슬이 컵에 부딪치는 소리가 영롱했다. 방청객들, 수십 명의 스태프들과 박상운, 십층의 정용준 본부장, 세오시장 사람들, 네오프로덕션 사람들, 잠도 안 자고 늦은 밤 텔레비전 앞에 앉아 있는 수많은 시청자들과 오영미, 김민구, 진행자, 그리고 김일우가 숨을 죽이고 마스터의 손만 보고 있었다. 손은 점점 빨라졌다. 구슬이 부딪치는 소리도 점점 커졌다. 따강, 따강, 따강, 따강따강, 따강따강, 따강따강따강, 따강따강따강따강따강 따강!

그때였다. 김일우가 눈을 감았다. 눈을 감은 김일우의 얼굴이 화면을 가득 채웠다. 방청객들과 수십 명의 스태프들이 웅성거리기 시작했다. 박상운은 누가 보건 말건 엄지손톱을 신경질적으로 물어뜯었고 정용준과 세오시장 사람들은 텔레비전 앞으로 한 발짝 다가갔다. 오영미는 아랫입술을 깨물며 기도했다. 김일우는 눈을 더욱 꼭 감았다. 미간의 깊은 주름과 눈꺼풀 위로 도드라지는 눈동자의 떨림. 반쯤 벌어진 입술은 무언가 말하려는 듯 움찔움찔했다. 김일우가 오른손을 천천히 들어올렸다. 진행자는 이게 무슨 신호인가 싶어서 스태프에게 다급히 손짓했다. 에프디는 계속 진행하라는 뜻으로 손을 높이 들어 빙글빙글 돌렸다. 그때, 김일우가 픽, 쓰러졌다.

김일우는 의자에 앉은 채로 의자와 함께 그대로 뒤로 넘어갔다. 오른손은 여전히 허공에 올린 채 바들바들 떨고 있었다. 숨이 넘어갈 듯 컥컥댈 때마다 입에서 게거품이 뿜어져나왔고 두 눈은 반쯤 벌어져 흰자위만 보였다. 여기저기서 비명이 터져나왔다. 오영미와 김민구가 울부짖으며 무대로 뛰어올라갔다.

부조정실도 아수라장이 됐다. 박상운은 그대로 얼어붙었고 기술감독은 박상운의 어깨를 거칠게 흔들며 어떻게 하느냐고 물었다. 당황한 기술감독의 실수로 버튼이 잘못 눌러져 마스터의 얼굴을 크게 비추고 있던 2번 카메라로 화면이 바뀌었다. 마스터의 얼굴은 벌겋게 상기되어 있었다. 컵을 내던지고 김일우를 흔들어 깨우던 마스터가 큰 소리로 외쳤다.

"무대 내려! 무대 내려, 빨리!"

공중에 솟아 있던 무대가 덜컹거리며 제자리로 내려왔다. 진행자는 무대가 흔들흔들 내려오는 동안 휘청거리며 급히 마무리했다. 진행자 뒤로 김일우를 업고 뛰어나가는 마스터와 오열하며 그 뒤를 따르는 오영미, 김민구의 모습이 고스란히 방송을 탔고 궁금해서 그랬는지 본능적으로 그랬는지 진행자 역시 뒤를 흘끔흘끔 돌아보면서 더듬거렸다.

"아, 현재 출연자의 피치 못할 사정으로 인해 프로그램 중단이 불가피한 상황임을 양지하여주시기 바라면서 오랜 시간 최종회를 기다려온 시청자 여러분들과 관계자분들께 위로의 말씀을 전해야 하는 제 심정도 참 안타깝기 그지없습니다. 일단 오늘 방송은 여기서 마치고 다음주에 다시 뵙겠습니다. 감사합니다. 아, 예? 네? 아, 예, 다음주 방송은 없습니다. 그냥 마칩니다. 감사합니다."

〈더 챔피언〉 최종회는 역사에 길이 남을 방송사고로 막을 내렸다. 진행자는 태어나 이제까지 자신이 뱉은 말 중에서 가장 한심한 말들이었다고 생각하며 자책했다. 특히 '그냥 마칩니다'라는 말을 가장 후회했다. 십층에 있던 정용준이 한달음에 스튜디오로 내려와 노발대발했고 회사에 남아 있던 엔조이채널의 많은 직원들이 구경 삼아 스튜디오로 몰려왔다. 스튜디오에 있던 스태프들은 아직도 정신을 못 차리고 있었다. 참사의 현장에서 살아남기라도 한 듯 서로에게 괜찮으냐고 물으며 위로를 건넸고 조연출 두 사람은 구급차에 끼어 타고 병원에 쫓아갔다. 잠시 후 조연출이 박상운에게 전화를 했다.

"김일우 괜찮습니다. 그냥 잠깐 정신을 잃은 것뿐이랍니다. 말하자면 과로와 긴장으로 인한 졸도라고. 기본적인 검사했는데 이상 없고요. 지금 안정제 맞고 자고 있어요."

"그래, 고맙다."

누구에게 무엇이 고마운지 모르겠지만 박상운의 입에서 고맙다는 말이 튀어나왔다. 그 고마운 소식을 네오프로덕션 직원들과 〈더 챔피언〉 스태프들에게 전하며 일단 모두 귀가시켰다. 예상하지 못했던 결과였으므로 어떤 파장을 불러올 것이며 어떻게 수습해야

할지 감이 오지 않았다. 그날 밤, 꿈도 꾸지 않고 잠을 푹 잔 사람
은 김일우뿐이었다.

17

김일우는 버스정류장에 우두커니 앉아 있었다. 한여름의 태양은 사람을 태워 죽이기라도 할 것같이 뜨거웠다. 버스를 기다리는 사람들은 연신 손부채질을 하거나 목덜미의 땀을 닦아냈다. 김일우는 코끝에서, 턱에서, 두 손과 등줄기에서 줄줄 흘러내리는 땀을 닦지도 않고 가만 앉아 있었다. 새 동네로 이사온 후 김일우는 매일 버스정류장에 나왔다. 처음에는 김일우가 앉아 있는 벤치에 아무도 앉지 않았다. 하지만 사람들은 금세 낯선 풍경에 익숙해졌고 아무렇지 않게 김일우 옆에 앉았다. 말을 걸거나 부채질을 해주는 사람도 있었다. 동네에 바보가 하나 이사왔구나 하며 덤덤하게 받아들이는 듯했다.

오영미가 정류장으로 걸어오면서 김일우의 이름을 불렀다. 제법 큰 소리로 여러 번 불렀지만 김일우는 돌아보지 않았다. 김일우에게는 자동차의 경적도 매미의 울음소리도 사람들의 수군거림도 들리지 않았다. 자신을 부르는 오영미의 목소리도 안 들릴 때가 많았다. 청력에 이상이 생긴 것은 아니다. 김일우는 다른 소리를 듣기 시작했다.

사고 이후, 정확히 말하면 기절했다 깨어난 후로 김일우의 귀에는 낯선 소리가 들렸다. 김일우뿐 아니라 다른 누구도 듣지 못하고 들어본 적 없는 소리였다. 김일우에게는 분명 들리는데 사실 어디서도 나지 않는 소리였다. 김일우는 소리가 없는 소리를 듣기 시작했다. 텅 빈 정류장과 석양이, 햇빛과 언덕, 바람, 휘어진 나뭇가지가 말을 했다. 말하지 않는 사람들과 무표정한 얼굴, 머리칼을 쓸어올리는 손가락, 축 처진 어깨, 잰 발걸음이 김일우에게 말을 걸었다. 무섭다거나 외롭다거나 행복하다거나 즐겁다고 말하기도 했고, 기다리라거나 돌아가라거나 생각하지 말라거나 대답하라고 명령하기도 했다. 그렇다고 '무, 서, 워' 혹은 '기, 다, 려'라는 말소리가 또박또박 들리는 것은 아니었다. 그냥 그렇게 말하고 있다는 것을 알 수 있었다. 분명 느껴지는 것이 아니라 들리는 것이었다.

세상의 모든 사물과 현상과 공간과 시간과 흔적과 움직임이 조잘조잘 말했다. 주파수가 맞지 않은 라디오에서 흘러나오는 잡음 같기도 하고 개미나 모기 같은 작은 곤충 들의 목소리 같기도 하고 돌고래나 박쥐가 내는 초음파 같기도 했다. 이 모든 것들을 과연 소리라고 규정할 수 있을까 싶은 소리였다. 어쨌든 그 모든 소리가 김일우에게 들렸고 김일우는 그 뜻을 이해했다.

또한 김일우는 소리로 사람과 사물과 개념을 인식하게 되었다. 엄마 오영미에게서는 폭죽 터지는 소리가 들렸고, 아빠 김민구에게서는 물 흐르는 소리가 들렸다. 어떤 사람에게서는 휴대전화 버튼을 누르는 소리가 들렸고, 또 어떤 사람에게서는 잔잔한 오르골 소리가 들렸고, 수수깡 부러지는 소리가 들리는 사람도 있었다. 신호등이 빨간불로 바뀌면 커다란 나무문이 닫히는 소리가 들렸고, 파란불이 켜지면 어린아이들이 재잘재잘 떠드는 소리가 들렸다. 숫자 1에서는 휘파람소리가 들렸고, 2에서는 찻잔이 부딪치는 소리가 들렸고, 3에서는 심장소리가 들렸다. 33번 버스가 두근두근두근두근하며 정류장으로 들어올 때면 김일우는 그 소리 때문에 불안해지곤 했다.

김일우는 소리가 없는 소리에 사로잡혀 정작 의미와 목적을 지닌 소리들은 제대로 알아차리지 못했다. 사람들의 목소리도 못 들었고 자동차의 경적이나 전화벨 소리도 못 들었다. 실제 소리와 김일우에게 들리는 소리가 전혀 달라 혼란스러울 때가 많았다. 바람 소리가 나는 빗소리, 우는 소리가 나는 웃음, 코 푸는 소리가 나는 기침소리, 개 짖는 소리가 나는 고양이 울음소리. 실체를 알아차리기가 어려웠다. 어떤 소리는 웃고 있었고, 어떤 소리는 울고 있었고, 어떤 소리는 울게 만들었다. 김일우는 매일 같은 모습으로 정류장에 앉아 그 소리들을 들으며 소리가 어디서 나는지, 왜 나는지, 하필 왜 자신에게 이런 소리가 들리는 것인지, 이제 어떻게 해야 하는지 생각했다.

정류장 벤치에 개미 한 마리가 기어가고 있었다. 김일우는 개미를 들어올렸다가 내려놓았다. 개미는 제자리에서 빙글빙글 돌면서 허둥댔다. 일학년 때 과학선생님이 개미와 사람은 같은 세상에서 다른 차원으로 살고 있다는 얘기를 해준 적이 있다. 이차원인 개미의 세계에는 공간의 개념이 없어서 개미에게는 세상이 넓고 평평한 면으로 느껴진다는 것이다. 그래서 개미에게는 바닥을 기어다니는 일이나 벽을 타는 일이나 천장에 붙어 있는 일이 다를 바 없단다. 공중으로 떠오른 개미는 무슨 생각을 했을까. 김일우는 어떤 거대한 힘이 자신을 들어올리고 있는 것 같다고 생각했다. 또다른 세계에서는 이 소리가 이상한 소리가 아닐지도 몰라. 그 세계에서는 내가 바보가 아닐지도 몰라.

멀리서 끼익, 하고 나무문 닫히는 소리가 들렸다. 김일우는 신호등이 빨간불로 바뀌었구나 생각했다. 곧 평평 하고 폭죽 터지는 소리가 들렸다. 폭죽 소리가 점점 가까워지더니 오영미가 김일우의 어깨를 툭툭 쳤다.

"점심 먹자."

김일우는 자리에서 일어나 순순히 오영미를 따라갔다. 반찬은 김과 김치와 계란프라이뿐이었다. 김일우는 그마저도 손대지 않았다. 식은 밥을 찬물에 말아 마시고 화장실에 들렀다 다시 정류장으로 갔다. 김일우가 밥을 물에 말아 마시기 시작하자 오영미는 열심히 반찬을 만들었다. 좋아하는 것이 있으면 잘 먹을까 싶어서였다. 반찬 접시를 겹쳐놓아야 할 정도로 진수성찬을 차려도 밥과 물만 먹었다. 물에 말 수 없도록 짜장밥이나 카레밥, 비빔국수 같은 것을 만들기도 했다. 김일우는 밥상을 물끄러미 보다가 물만 마시고 일어섰다. 밥상은 다시 부실해졌다. 매일 세 그릇의 밥과 세 그릇의 물을 마시는 김일우는 눈에 띄게 야위어갔다. 오영미는 밥을 먹고 나가는 김일우의 뒷모습을 보며 잠시 한숨을 쉬고는 그릇들을 치웠다.

저녁시간에도 마찬가지였다. 오영미가 부르자 김일우는 또 오영미를 따라와 밥을 먹고 다시 정류장으로 나갔다. 김일우는 그렇게 내내 정류장에 앉아 있다가 정류장 광고판에 불이 켜지면 스스로 집에 돌아왔다. 불이 켜지지 않으면 아무리 집에 가자고 해도 꿈쩍 안 했다. 광고판의 불빛을 무슨 신호쯤으로 읽는 듯했다. 오영미도 처음에는 걱정이 되어 정류장에 함께 앉아 있었다. 그러다 차츰 김일우를 혼자 두는 시간이 길어졌다. 밤에도 정류장에 나가보지 않았다. 광고판의 조명은 매일 저녁 여덟시면 어김없이 켜졌고 불빛이 켜지면 김일우는 알아서 집에 들어왔다.

오영미는 저녁상을 치우고 집 안 정리를 하고 걸레질을 한 뒤 잠시 텔레비전 앞에 누웠다. 그러다 스르르 잠이 들었다. 열한시가 다 돼서야 퇴근한 김민구는 이불도 덮지 않고 모로 누운 오영미를 발로 툭툭 차 깨웠다.

"왜 이러고 자?"

"깜빡 졸았네."

오영미는 침을 닦으며 부스스 일어나 앉았다.

"일우는?"

"자."

무심결에 대답하던 오영미는 김일우가 아직 들어오지 않았다는 것을 깨달았다. 오영미는 시계를 보고 얼굴이 하얗게 질렸다. 오른발에는 자신의 슬리퍼를, 왼발에는 김민구의 슬리퍼를 신고 절룩이며 뛰었다. 다행히 김일우는 정류장에 앉아 있었다. 오영미는 김일우를 보자마자 손이 나가는 대로 사정없이 김일우의 등짝을 후려갈겼다.

"미쳤어? 지금이 몇신데 집에 안 들어와? 엄마가 얼마나 놀랬는지 알아, 이 망할 노무 새끼야!"

김일우는 눈물을 뚝뚝 떨어뜨렸다. 벤치와 바닥에 물이 흥건히 고여 있었다. 오줌을 싼 것이다. 광고판은 고장이 났는지 불이 들어오지 않았다. 오영미는 김일우를 일으켜세웠다.

"집에 가자."

김일우가 고개를 저으며 버텼다. 오영미가 억지로 김일우를 일으켰다.

"사람이 언제 가망이 없는지 알아? 똥오줌 못 가릴 때야. 아무리 바보라도, 환자라도, 치매 걸린 노인네라도 똥오줌 가리면 희망이 있는 거야. 우리 딴 건 몰라도 똥오줌은 화장실에서 싸자."

집에 들어와보니 김민구는 오영미처럼 텔레비전 앞에서 잠들어 있었다. 김민구는 작은 건물의 경비원으로 일하고 있었다. 현관 입구의 좁은 부스에 앉아 종일 수많은 사람들과 눈을 마주쳐야 하는 일이지만 잘 견뎠다. 근무는 스케줄표에 따라 삼교대로 반복됐다. 오전근무가 끝나면 하루를 쉬었고 밤근무가 끝나면 이틀을 쉬었다. 하지만 사흘이나 밤샘을 한 후라 이틀 중 하루는 꼬박 잠만 잤다. 생활이 일정치 않아 몸은 금세 축났고 그렇게 일하고도 용역업체를 통해 받는 돈은 최저생계비보다 낮았다. 물론 짜장면 배달을 다닐 때보다는 나았다.

오영미는 김일우를 씻기고 방에 재웠다. 김민구에게 바가지를 한판 긁어주려다가 안쓰러워 말았다. 오영미는 김민구를 흔들어 깨웠다.

"잠깐 얘기 좀 해."

김민구는 돌아누우며 귀찮다는 듯 대답했다.

"듣고 있어. 얘기해."

"좀 일어나봐."

"나 정말 못 일어나겠어서 그래. 그냥 말해."

오영미는 화가 나기도 하고 김민구가 불쌍하기도 했다. 몇 번 더 어깨를 흔들다가 포기했다.

"알았어. 그럼 눈만 떠."

김민구가 실눈을 떴다. 오영미가 김민구의 눈앞에 얼굴을 들이 밀고 물었다.

"우리 일우한테 피아노 가르쳐볼까?"

"내 월급으로 일우 피아노학원비까지 빠지겠냐?"

"내가 아껴 쓸게."

"갑자기 왜 그래? 지금 일우가 피아노를 잘 칠 수 있을 것 같 아? 이제 일우 예전 같지 않아."

"알아. 그렇다고 언제까지 저렇게 둘 순 없잖아."

"괜찮아지겠지. 병원에서 아무 이상 없다고 그랬잖아."

"뭔가 자극을 주면 적어도 예전 정도로는 돌아갈 수 있지 않을까? 아무리 생각해도 피아노가 제일 좋겠어. 그러자, 응? 내가 정말 아낄게."

김민구가 오영미를 빤히 봤다.

"좀 살 만한가보다. 그런 생각을 다 하고."

김민구가 눈을 감으며 말을 이었다.

"알아서 해. 근데 난 아까도 얘기했지만 소용없는 짓일 것 같다. 잘 생각해봐. 예전에도 지금이랑 별로 다르지 않았어. 그때도 우리 일우…… 아니다."

"일우가 뭐?"

"아니야."

"뭔데?"

"벌써 잊은 거 같은데, 우리 일우 원래 모자랐어."

오영미도 옆에 누워버렸다. 땀이 흥건한 팔뚝이 비닐장판에 쩍 들러붙었다.

"망할 놈들."

"누구? 그 새끼들? 잊어버려. 딴 건 잘 잊어버리는 애가 그건 왜 못 잊고 그러냐. 길바닥에 나앉지 않고 이만큼이라도 살고 있는 게 어디야."

"그 새끼들 벌 받을 거야."

"자라. 내일 일우 데리고 병원 한 번 갔다 오고. 내 생각에는 피아노학원보다 병원 다니는 게 나을 것 같다."

그렇게 말은 했지만 김민구도 오억을 잊지 못했다. 소매치기를 당한 기분이었다. 우여곡절 끝에 이렇게 몸 누일 집이라도 구하게 되었을 때는 그것만으로도 감사했다. 하지만 김일우는 나아지지 않았고 일은 힘에 부쳤고 생활은 지지부진했다. '만약에' 라는 생각이 머리를 떠나지 않았다.

18

마지막 생방송이 사고로 막을 내린 그 밤, 응급실에 잠들어 있는 김일우를 두고 오영미와 김민구는 매점에 가서 속 편하게 컵라면을 먹었다.

"정말 괜찮겠지?"

"괜찮다고 하잖아. 의사들이 괜찮다고 했으니까 괜찮겠지."

"근데 일우 아빠, 우리 돈은 어떻게 되는 거야?"

"넌 자식새끼가 죽다 살아났는데 지금 돈이 문제냐?"

"죽다가 살아났잖아. 살아났으니까 앞으로 살 걱정 해야지."

"알거지 됐지 뭐. 당장 애 퇴원은 무슨 돈으로 시키냐? 여관비도 없다."

김민구가 젓가락을 내려놓았다. 컵라면의 새빨간 국물에 파문이 일 정도로 크게 한숨을 쉬었다. 오영미가 분위기 파악을 못 하고 명랑하게 물었다.

"우리 일우가 답을 틀린 건 아니잖아?"

"뭐?"

"생각해봐. 우리 일우가 답을 틀린 건 아니라고."

"맞힌 것도 아니잖아."

"그렇지! 맞힌 건 아니지만 틀린 것도 아니야. 그냥 사정이 생겨서 대회가 중단된 것뿐이야."

"그래서?"

"야구경기 하는데 비 많이 오면 그칠 때까지 쉬었다가 다시 하잖아. 아니면 재경기 하거나."

"그래서?"

"재경기 요청해야지."

김민구는 잠시 생각하다가 오영미의 가방에서 꼬깃꼬깃해진 참가신청서와 동의서를 꺼냈다. 오영미도 머리를 들이밀며 신청서를 다시 살펴봤다. '천재지변, 주최 측의 불가항력적 이유로 인한 대회 취소시에는 참가비 전액을 돌려드립니다. 개인의 사정으로 본선에 참가하지 못할 경우 참가비는 반환하지 않습니다' 라는 문장에 밑줄이 그어져 있었다.

"지금 이 상황이 말이야, 천재지변이나 주최 측의 불가항력적인 이유로 인한 대회 취소 같냐?"

"음…… 그건 아니지."

"그럼 개인의 사정으로 본심에 참가하지 못한 경운가?"

"참가는 했지."

"일단 일우 일어나면 애 상태를 한 번 보자. 구슬이 있는 컵이 든 없는 컵이든 찾는지 먼저 보고."

"만약에 상태가 안 좋으면?"

"글쎄다."

"안 좋으면 참가비라도 돌려달라고 해보자."

"돌려주겠어?"

"못 돌려줄 것도 없지. 일우가 본선에 참가 안 한 건 아니잖아. 그리고 생각해봐. 걔네들이 마음대로 규칙을 바꿨다고. 쓰리컵은 분명 구슬이 있는 컵을 찾는 게임이지 구슬이 없는 컵을 찾는 게 아니야. 구슬이 여섯 개나 달그락거리니까 애가 정신이 나가버린 거야."

김민구는 앞으로 어떻게 살아야 할지 걱정되지 않았다. 아무리 잘못된다고 해도 지금보다 나쁘지는 않을 것이다. 이 어마어마한 일의 뒷수습은 오영미에게 맡기고 자신은 다시 일을 해야겠다고 생각했다. 차라리 나가서 돈을 버는 것이 돈을 받아내는 것보다 쉬울 것 같았다. 짜장면 배달을 그만둔 지도 한 달이 넘었다. 마음씨 좋은 주인은 분명 다시 받아줄 것이다.

오영미는 꼬박 열두 시간을 자고 아주 개운한 표정으로 깨어난 김일우를 앞세워 엔조이채널을 찾아갔다. 엔조이채널에서는 친절하게 네오프로덕션의 주소와 박상운의 휴대전화 번호를 알려주었다. 외주제작이니 프로덕션이니 협찬이니 하는 엔조이채널의 말을 다 이해할 수는 없었지만 방송 때 봤던 작가와 피디 들의 모습이 보이지 않는 것은 사실이었다. 아무튼 문제를 해결할 사람이 박상운이라고 해서 일단 네오프로덕션으로 쫓아갔다.

같은 블록을 몇 바퀴 돌다가 어렵게 네오프로덕션이 있다는 빌딩을 찾았다. 네오프로덕션은 엔조이채널 같은 방송국이 아니었다. 여의도에 있는 한 오피스빌딩 302호라고 했다. 그 빌딩을 다 쓰는 것도 아니고, 한 층을 다 쓰는 것도 아니고 302호 딸랑 한 칸을 빌려 쓰고 있다는 것이다. 오영미는 왠지 사기를 당한 것 같은 기분이 들었다. 오영미가 건물로 들어서려는 김민구의 소매를 붙잡았다.

"우리 작전 좀 짜고 들어가자."

"작전? 무슨 작전?"

"무슨 근거로 참가비를 돌려달라고 할 건지, 혹시 재경기를 추진하겠다고 하면 뭐라고 할 건지."

충격을 받은 탓인지 김일우는 구슬을 찾지 못했다. 컵을 세 개만 놓고 슬슬 섞었는데도 김일우는 계속 헛다리를 짚었다. 안 들린다고 했다. 김민구는 오영미의 입방정이 제일 걱정이었다.

"너는 말만 많이 안 하면 돼. 말꼬리 잡힐 얘기 괜히 꺼내지 말라고. 좋은 말 할 때 참가비 돌려달라고 조근조근 얘기해보고 말이 잘 안 먹히면 그때는 갑자기 룰 바꾼 걸 문제삼자. 축구에서 공 열 개 놓고 차는 거 봤냐? 야구에서 공 열 개씩 던지는 거 봤냐? 그건 아니지. 재경기는 애 컨디션이 돌아오지 않아 못 한다고 하고. 어쨌든 재경기는 막아야 돼."

"알았어. 그나저나 그 피디가 눈빛이 보통 아니던데. 사람 기를 누르는 게 있더라고."

"맞아. 거기에 눌리면 안 돼. 우리가 먼저 기선제압 하고 들어가야 되는데."

입술을 물어뜯던 오영미가 좋은 생각이 났는지 손바닥을 짝 쳤다.

"일우 아빠가 사무실 문을 확 열어젖힌 다음에 눈앞에 보이는 의자 하나를 일단 걸어차!"

"뭐?"

"걸어차면서 그러는 거지, 박상운 나오라 그래! 싸움은 선빵을 날리는 게 중요해."

"선빵? 넌 그런 말을 어디서 배웠냐?"

"지금 그게 중요해? 할 거야, 안 할 거야?"

"할게, 할게."

대답은 그렇게 했지만 김민구는 자신이 없었다.

현실은 시나리오대로 흘러가지 않았다. 먼저 사무실 문을 거칠게 열어젖힐 수가 없었다. 단단히 잠긴 유리문 앞에서 인터폰을 누르자 스피커를 통해 여직원의 목소리가 흘러나왔다.

"누구세요?"

김일우 가족이라며 박상운 피디를 만나러 왔다고 하자 여직원이 문을 열어주었다. 큰 소리로 박상운을 찾을 필요도 없어졌다. 여직원의 뒤를 따라 쫄쫄 걸어가고 있는데 오영미가 김민구의 옆구리를 쿡쿡 찔렀다. 의자를 걸어차라는 뜻이었다. 하지만 사무실 입구에는 의자 대신 소파가 놓여 있었다. 걸어차도 꿈쩍 않을 듯했다. 김민구는 걷어찰 만한 다른 것이 없을지 빠르게 눈을 굴렸다. 화분? 흙이 다 쏟아질 텐데. 책장? 책 떨어지면 사람 다치겠는데. 저 의자는 너무 책상 깊숙이 들어가 있는데? 걷어차봐야 책상 안이잖아. 의자를 조금 빼서 걷어찰까? 그럼 모양새가 우스운데. 이런 고민을 하는 사이 박상운이 나와 세 식구를 회의실로 안내했다.

"안 그래도 전화드리려던 참인데 이렇게 직접 찾아오시고. 제가 연락이 늦어 죄송하네요. 실은 오전에 엔조이채널에 갔다 왔거든요. 징계를 크게 받았습니다. 일우군, 좀 괜찮아요? 병원비 걱정 말고 좀더 쉬지 왜 벌써 나왔어요?"

박상운은 예상외의 방법으로 기선제압을 했다. 박상운의 깍듯한 태도와 하루 사이 반쪽이 된 얼굴을 보며 오영미는 잔뜩 별렀던 마음이 스르르 풀렸다. 하지만 여기서 밀리면 안 된다고 마음을 다잡았다.

"저희도 엔조이채널에 다녀왔는데. 길이 엇갈린 모양이네요. 방송하는 동안에는 우리 일우 한 번 만나자고 수십 번씩 전화하던 사람들이 연락도 없고. 한가한 저희들이 찾아와야지 별수 있나요?"

"섭섭하셨다면 정말 죄송합니다. 말씀드렸지만 저희도 경황이 없었어요."

"뭐, 지나간 얘기는 됐고요. 어떻게 하실 건가요?"

"일우군이 평소에도 건강이 썩 좋지 않았고, 방송 준비하면서 긴장해서 생긴 일이지만 어쨌든 저희 방송 도중에 일어난 일 아닙니까. 그래서 병원비는 저희가 해결했습니다. 검사비가 꽤 많이 나왔더라고요. 검사 결과 아무 이상이 없다고 하니 정말 다행이지 뭡니까."

오영미는 멈칫했다.

"병원비는 감사해요. 하지만 말씀하신 대로 방송중에 생긴 일이니까 그쪽에서 내는 게 맞는 것 같네요. 그럼 저희 돈은 어떻게 되는 건가요?"

"돈이라니요?"

"대회가 중단됐잖아요."

"방송은 끝났습니다. 대회도 끝났고요."

"그럼 재경기는 없다는 말씀이세요?"

"그렇습니다."

오영미와 김민구는 한숨을 돌렸다.

"대회가 갑자기 중단됐으니 유력한 우승 후보였던 우리 일우에게 일정 부분 보상을 해주셔야 한다고 생각하는데요?"

"왜죠? 주최 측의 준비에 문제가 있었던 게 아니고 일우군 사정으로 중단된 거잖아요. 말하자면 기권하신 겁니다."

"지금 누가 잘못했는지 따지자는 거예요? 그래요, 우리 일우가 기절했어요. 하지만 먼저 잘못한 건 그쪽이잖아요. 분명히 쓰리컵 게임은 컵 안의 구슬을 찾는 게임이에요. 구슬이 없는 컵을 찾는 게임이 아니라고요. 솔직히 말씀해보세요. 일우가 일등 못 하게 하려고 규칙 바꾸신 거죠? 저희가 오억이나 가져가게 생겼으니까 아까워서 그러신 거잖아요."

박상운은 뜨끔했다.

"바꾼 거 아닙니다. 원래 그렇게 하려고 했어요. 다른 퀴즈프로그램도 보세요. 레벨이 올라갈수록 난이도가 높아지잖아요."

"이건 난이도가 높아진 정도가 아니었다고요. 생각해보세요. 축구에서 결승전이라고 공 열 개씩 풀어놓고 차나요? 야구에서 결승전이라고 투수가 한 번에 공 열 개씩 던지나요? 아니죠. 모든 스포츠에는 기본 룰이라는 게 있잖아요. 그런데 컵 안의 구슬을 찾는다는 쓰리컵게임의 기본 룰을 깼어요. 이건 반칙이에요. 방송국이 반칙했다고요."

오영미가 김민구의 말을 인용해 쏘아붙였다. 말문을 막히게 할 생각이었는데 의외로 박상운이 또박또박 받아쳤다.

"모든 스포츠는 승부를 판가름하기 위해서 변형된 형태의 경기를 하기도 합니다. 축구에는 승부차기라는 게 있죠. 야구도 주자를 내놓고 치는 승부치기라는 게 있습니다. 최종라운드는 말하자면 쓰리컵게임을 더욱 스릴 있게 변형한 겁니다. 문제될 게 전혀 없습니다."

"사전에 예고도 없이 게임 룰을 갑자기 바꿔서 안 그래도 예민한 우리 일우를 기절하게 만드신 건 맞잖아요. 생각해보세요. 만약에 피디님이 전국노래자랑에 나갔는데 사회를 송해가 안 보고 허참이 보고 있다고 쳐요. 피디님 놀라요, 안 놀라요?"

"놀라긴 하겠지만 기절하진 않을 겁니다."

"기절하진 않겠지만 제 실력 발휘는 못 하겠죠. 그럼 억울하시겠죠?"

"억울하다고 상 달라고 하진 않을 겁니다."

"저희가 상 달라는 말이 아니잖아요."

"그럼 뭡니까?"

오영미와 박상운의 겉돌기만 하는 말싸움을 지켜보다 못해 김민구가 나섰다.

"저희는 가진 모든 걸 걸었습니다. 사실 일우가 컵을 잘못 골라서 떨어진 건 아니잖아요. 컵을 고를 기회조차 갖지 못했지 않습니까. 그러니 저희 입장에서는 억울할 수도 있는 것 아닙니까."

"저도 기회 다시 드리고 싶어요. 하지만 방송국 편성이 제 마음대로 프로그램을 넣고 뺄 수가 없는 겁니다. 이미 다른 방송 일정이 다 잡혔고 대회는 끝났습니다."

김민구가 박상운의 손을 덥썩 쥐었다.

"참가비만이라도 돌려주세요. 신청서에도 써 있었잖아요. 천재지변으로 대회 중단되면 참가비 돌려준다고. 이건 천재지변입니다. 저희 길바닥에 나앉게 생겼어요. 제발 부탁드립니다. 이유야 어찌됐든 결과적으로 대회가 무효가 됐으면 참가비도 돌려주셔야 맞는 것 아닙니까?"

사실 박상운은 오전에 세오시장에 다녀왔다. 김일우의 참가비 문제를 상의하기 위해서였다. 박상운은 오억이나 줄 뻔했는데 오천만원 주고 마무리하게 됐다고 좋아했다. 방송사고로 인한 책임은 면할 수 없겠지만 책임이 아무리 크다 한들 오억원어치는 되지 않았다. 오히려 잘된 일이라는 박상운의 말에 정기섭은 대답하지 않았다. 이제 공은, 아니 돈은 정기섭에게 있었다.

"안 그래도 저희끼리 그 얘기를 했거든요."

정기섭은 괜히 커피를 타고 테이블을 정리하고 창문을 열며 시간을 끌었다. 박상운은 재촉하고 싶은 마음을 꾹 참았다.

"생각해보세요, 피디님. 김일우한테 참가비 돌려준 게 알려지면 다른 참가자들도 다 돌려달라고 하지 않겠어요?"

"그래서요?"

"아시겠지만 저희가 돈 벌자고 이러는 건 아닙니다. 하지만 저희도 대회 준비하면서 신경쓴 일이 한두 가지가 아니었어요. 촬영하겠다고 예고 없이 들이닥쳐 이것저것 요구도 참 많이 하셨지요? 상인회 사람들 번번이 가게 문 닫고 촬영 준비에 매달렸습니다. 무엇보다 상금 때문에 마음고생도 많이 했구요. 고생은 고생대로 하고 돈은 다시 다 돌려주고. 그럼 우리는 어디서 보상받나요? 돈 관리는 모두 저한테 일임하신다고 하셨을 텐데요. 대회 수익금은 시장 발전을 위해 쓰기로 한 거구요. 확인서 있으시죠?"

박상운은 대답하지 못했다. 박상운은 김민구의 부탁에도 대답하지 못했다. 정기섭이 순순히 참가금을 돌려줄 것 같지 않았다. 김일우 가족도 순순히 물러날 기세는 아니었다. 박상운은 대회를 기획하고 진행한 것은 모두 쓰리컵협회이니 협회에 확인해보겠다고 둘러대고 세 사람을 일단 돌려보냈다. 꼭 전화하겠다는 박상운의 약속에 오영미는 내일까지 연락이 없으면 가만두지 않겠다고 으름장을 놓았다.

김일우 가족을 배웅하고 돌아선 박상운은 현기증을 느꼈다. 기둥을 붙잡고 부들부들 떨고 있는 박상운을 보고 최경모가 깜짝 놀라 달려왔다.

"괜찮으세요, 사장님?"

"응, 그냥…… 헌혈한 것 같아. 피 빨린 기분이네."

최경모의 부축을 받고 자리로 돌아왔는데 정용준에게 문자메시지가 와 있었다. '갔냐? 여기 왔었다. 콜.' 주어도 없이 앞뒤 뚝뚝 잘린 말이었지만 다 알아들을 수 있었다. 박상운은 한숨을 돌리고 정용준에게 전화했다. 정용준은 다짜고짜 어쩔 거냐고 따지고 들었다.

"VOD도 안 올렸는데 벌써 동영상 돌더라. 쪽팔려서 진짜. 직캠이래. 대체 언 놈이 찍은 거야? 나 징계 백 퍼센트야. 아마 너네 회사도 가만 안 둘걸. 게시판에는 대회 끝난 거 맞느냐고, 상금은 어떻게 된 거냐고 글 올라오기 시작하고. 참, 김일우 괜찮지? 아침에 분명 내가 봤는데 지금 중환자실에 있다고 사진 올리는 놈은 또 뭐야? 이 새끼 아이디 추적해서 내가 사이버수사대에 신고할 거야. 너 왜 대답 안 해?"

"그러니까…… 질문이 뭐였죠?"

"김일우 괜찮냐고."

"예, 방금 잘 걸어나갔어요."

"왔다 갔구나. 그래도 금방 갔네. 대회 끝난 거야? 상금은?"

"끝났죠. 돈 문제는 협회랑 얘기해서 보고할게요."

"언제? 시간 없어."

"금방 할게요. 오늘 할게요."

"참, 김일우 연락처 알려달라고 사방에서 난리래. 휴먼다큐 작

가들도 그렇고, 신문기자들도 엄청 달려든다더라. 연락처 알려줘
도 되냐? 아침에 보니까 분위기가 심상치 않아서 받아두고 알려
주지는 말라고 했는데."

"아, 안 돼요! 안 돼요! 그 사람들 쓸데없는 얘기 떠들고 다닐
지도 몰라요."

"그럴 것 같아서 얘기하지 말라고 했어. 암튼 너 빨리 수습해.
뭐, 걔가 기절한 게 누구 책임은 아니다만 마무리는 잘해야지. 오
늘 안으로 보고한다고 했지? 안 하면 가만 안 둘 거야."

박상운의 주변에는 온통 가만두지 않겠다는 사람들뿐이었다.

할 수 없이 다시 정기섭을 찾아갔다. 오영미와 김민구를 만났다
고, 김일우가 반병신이 되어 치료비가 얼마가 들어갈지 모른다고
거짓말을 했다. 정용준의 중환자실 발언에서 아이디어를 얻었다.
게시판에 사진 올라왔는데 못 보셨냐고 묻자 정기섭이 놀라는 눈
치였다.

"불쌍한 사람들 도와줍시다. 이러다 어린애가 잘못되기라도 하
면 어쩝니까. 그럼 저는 죽을 때까지 벗어나지 못할 것 같아요.
그 녀석의 그림자가 평생을 따라다닐 겁니다. 총무님, 우리 그런
짐 지지 맙시다. 주머니 털어서 도와주지는 못할망정 빼앗지는 말
아야죠."

정기섭이 기겁했다.

"뺏기는 누가 뺏었습니까? 멀쩡한 사람을 왜 도둑놈 취급하고
그러세요?"

정기섭은 돈에는 눈곱만큼도 미련이 없다고 펄쩍펄쩍 뛰어놓고 어쨌든 상인회 사람들과 상의해서 결정할 문제라고 발을 뺐다. 박상운은 계속 어린아이가 안됐다. 부모가 돈 때문에 아이를 포기할까 걱정이다, 김일우의 목숨은 총무님의 손에 달린 거다, 운운하며 정기섭의 양심과 인정에 호소했다. 정기섭의 눈빛이 흔들렸다. 박상운은 얘기가 잘만 풀린다면, 사진 올린 놈 아이디 추적해서 밥이라도 사야겠다고 생각했다. 박상운은 믿는다, 연락달라, 는 말을 남기고 돌아갔다.

정기섭은 당장 게시판에 들어가서 사진을 확인했다. 사진 속의 환자는 온갖 전선과 튜브를 주렁주렁 달고 있어 누군지 알아볼 수도 없었다. 진짜 김일우가 잘못되기라도 한다면…… 멍한 표정의 어린 영혼이 자신을 따라다니며 딸랑딸랑 구슬을 흔들어대는 장면이 정기섭의 머릿속을 떠나지 않았다. 순간순간 움찔하며 뒤를 돌아봤다. 자꾸 헛것이 보여서 박상운이 돌아간 지 한 시간 만에 김일우가 살아 있는지 확인 전화를 하기도 했다. 박상운은 한숨을 폭 내쉬고 아직은요, 했다.

방송 이후 처음으로 정기섭이 회의를 소집했다. 납량의 시간을 더이상 견딜 수 없었기 때문이다. 최대한 담담히 김일우의 사정을 전했다. 자신이 어떠한 환상과 공포에 시달리는지는 말하지 않았다. 의외로 정육점 박사장이 참가비를 돌려주자고 했다.

"어차피 우리 돈도 아니잖아. 그냥 돈 다 돌려주고 이 찜찜한 일에서 손 뗐으면 좋겠다. 그놈 게거품 물고 나자빠질 때 심상치 않더라."

하지만 다른 사람들은 심드렁했다.

"손 떼고 말고 할 게 어디 있어? 벌써 다 끝난 일인데."

"그래서? 돌려주지 말자고?"

"꼭 그런 건 아니고. 그냥 우리랑 상관없는 일이니까 마음 쓰지 말자고."

"그게 돌려주지 말자는 말이지 뭐야. 사람 그렇게 안 봤더니."

"뭐? 그렇게 안 봤더니 뭐?"

정기섭은 마음이 불편했다. 꼼짝도 못하고 누워만 있다는 어린 애가 진심으로 걱정되기도 했고, 상인회 사람들이 싸우고 있는 것도 보기 싫었고, 무엇보다 김일우 귀신이 머리에서 떠나지 않았다. 정기섭은 회장에게 물었다.

"회장님은 어떻게 생각하십니까?"

회장은 대답 대신 되물었다.

"정총무는 어떻게 생각하나?"

"저는 솔직히 그냥 돌려주었으면 싫습니다. 젊은 것도 아니고 어린 것이 혹시나 잘못되기라도 하면 그 원망을 어떻게 듣겠습니까?"

"그렇지? 나도 그렇게 생각하기는 하네만."

회장은 커다랗고 거친 손으로 뺨을 쓱쓱 문지르다가 조심스럽게 덧붙였다.

"세오시장 사람들 원망은 또 어떻게 듣겠나? 구멍 뚫린 눈비막이 지붕도 고치기로 했고, 사무실 건물도 개보수해서 휴게실하고 탁아방 만들겠다고 했는데…… 정확히 개 상태가 어떤 거야?"

정기섭도 정확한 상태는 몰랐다. 그냥 반병신이 되어서 누워 있다고만 들었다. 지금은 병원에 누웠는지 퇴원을 했는지도 몰랐다. 정기섭의 환상 속에서 내 구슬 내놔, 내 구슬 내놔, 하고 있을 뿐이다. 정기섭은 대충 부풀려 대답했다.

"머리 어디가 잘못됐는지 식물인간이 돼서 중환자실에 누워 있나봐요. 병원비가 얼마가 들어갈지 모른대요. 부모는 돈을 몽땅 대회에 꼴아박아서 치료비가 없고. 그렇다고 포기할 수는 없잖아요. 그래도 붙어 있는 목숨인데."

정기섭은 과장이 좀 심했다는 생각이 들었지만 뱉은 말을 주워 담을 수는 없었다. 결국 회의는 사무실에서 마무리되지 못하고 족발집까지 이어졌다. 모두 막걸리를 제법 많이 마셨다. 술이 어느 정도 오르자 과일가게 김사장이 주정인지 푸념인지 모를 말들을 쏟아냈다.

"사실 오천만원은 안 아까워. 까짓거 돌려주면 되지. 근데 이억은 아까워. 참가자들이 다 몰려들어서 돈 내놓으라고 하면 우리 어떻게 해? 주기 싫어. 내 돈도 아니면서. 사람 마음이 참 우습지. 더 우스운 게 뭔지 알아? 오천만원이 안 아깝다는 거야. 수중에 오만원도 없으면서. 내 돈이 아니니까 그렇겠지만. 내 돈도 아닌 걸 가지고 누구는 죽네 사네 하는 돈을 쥐고. 아깝니, 안 아깝니, 까짓거 주네, 마네. 까짓거라니. 까짓거라니. 그게 한두 푼이야? 사람 목숨이 걸린 돈인데. 우리 돌려주자. 이러지 말자."

누군가 푹, 하고 울었다. 정육점 박사장이 왜 울고들 지랄이야, 하며 빈 잔에 술을 따랐다. 술은 사람이 제정신일 때 잠들어 있는

뇌의 어딘가를, 어쩌면 심장 어딘가를 깨우는 듯했다. 술김에 오천만원을 돌려주는 것으로 만장일치 합의를 봤다. 김일우에게 돌려준 것을 다른 참가자들이 어떻게 알겠느냐는 박사장의 긍정적인 전망도 큰 역할을 했다. 마음 정한 김에 정기섭이 박상운에게 전화해서 알렸고 전화를 끊기가 무섭게 오영미로부터 고맙다는 전화가 왔고 곧 계좌번호가 찍힌 문자메시지가 들어왔다. 이번에야말로 진짜 되돌릴 수 없게 됐다. 잘된 일이라며 이제 이 일에서 손 털자고 마지막으로 건배했다. 그래도 남은 돈이 더 많으니 장마 시작되기 전에 눈비막이 지붕부터 고치기로 하고 웃으며 헤어졌다.

세오시장은 눈비막이 지붕을 고치지 못했다. 오영미의 통장으로 오천만원이 고스란히 입금된 후에야 김일우가 진즉 퇴원해서 멀쩡히 돌아다니고 있다는 것을 알았다. 정기섭은 박상운에게 따지고 싶었지만 겨를이 없었다. 당장 다음날부터 자신의 참가비도 돌려달라는 참가자들의 항의전화가 빗발쳤기 때문이다. 망할 김일우, 누가 휴대폰 번호 뿌리고 다니래? 정기섭은 전화기를 꺼버렸다. 그러자 몇 사람이 쓰리컵협회 홈페이지에 나온 주소대로 사무실을 찾아왔다. 급조된 쓰리컵협회 홈페이지에는 세오시장 주소가 쓰여 있었다. 쓰리컵협회가 곧 세오시장이었다는 사실을 알게 된 참가자들은 경악했다. 쓰리컵대회 참가자들의 항의방문과 난동으로 세오시장은 잠잠할 날이 없었다.

가장 큰 피해는 입은 곳은 시장 입구의 과일가게였다. 참가자들은 시장에 들어서자마자 눈에 띄는 과일바구니를 걷어차며 사기꾼들 다 나오라고 고함을 질렀다. 과일가게는 진열대를 치우고, 가림막을 치고, '쓰리컵협회 사무실은 좌측 건물 이층입니다' 라고 친절하게 팻말까지 달았다. 하지만 가림막과 팻말도 번번이 걷어차여 나뒹굴었다. 앞뒤 안 가리고 걷어찰 작정을 한 사람들이 차분히 팻말을 읽고, 아, 쓰리컵협회 사무실은 왼쪽에 있구나, 할리가 없었다. 과일가게가 세오시장의 얼굴이 되어 욕을 먹고 사투를 벌이는 동안, 정육점 박사장은 고군분투하는 과일가게를 구경하며 신기해했다.

"시위니 항의니 할 줄만 알았지, 우리가 받을 일이 있을 줄은 몰랐네."

19

곧 쓰리컵협회 홈페이지와 엔조이채널 홈페이지에는 세오시장
의 사기극에 대한 폭로글이 올라왔다. 정기섭은 모든 것이 박상운
이 시킨 일이라고 하나하나 댓글을 달았다. 댓글에 댓글이 달리고
또 달리고 그러다 잠잠해질 즈음이면 참가자라거나 방청객이었다
거나 알바생이었다거나 그도 아니면 방송에 대해 조금 안다 하는
사람들이 새로운 게시물을 올려 꺼져가는 논쟁의 불씨를 살렸다.

금요일 밤에 엔조이 방청 갔던 사람입니다. 그때 무대 뒤쪽으로 작업용
풀색 점퍼 입으신 중년 남자 두 분이 계속 왔다갔다하셨어요. 출연자도 아
니고, 스태프도 아닌 것 같더라구요. 방문증 달고 계셨어요. 계속 왔다갔다
하면서 자기들끼리 뭐라고 뭐라고 하시던데. 친구랑 둘이 저 아저씨들은 누
굴까 그랬었거든요. 혹시 시장 관계자분 아니신가요? 아까부터 자기는 이

름만 빌려준 거라고 너무 열심히 댓글 다시는 게 더 이상해서 여쭤봅니다. 그리고 이건 딴 얘긴데, 김일우 기절하니까 순식간에 한 명은 김일우 업고 나가고 진행자는 마무리하더라구요. 꼭 연습한 것 같았어요. 제 친구는 김일우가 업혀가면서 눈 뜨는 것도 봤다는데. 다 짜고 한 거 아닌가 의심스럽 네요. 그냥 궁금해서 올려봅니다.

"궁금하면 혼자 궁금해할 것이지 왜 글을 쓰고 지랄이야!"
정기섭은 이 새끼들은 잠도 없느냐고, 젊은 놈들이 밤새 인터넷 이나 하고 있으니 나라가 이 모양 이 꼴이라고 욕을 하면서 또 댓 글을 달았다.

세오시장 정기섭 총무입니다. 방송국에서 보신 분은 시장 관계자가 아닙 니다. 저도 텔레비전으로 봤어요. 방송국 구경도 못 해봤기 때문에 그 사람 들이 누구인지는 잘 모르겠네요. 처음 시작할 때 이름만 빌려가고 그다음부 터는 아예 끼워주지도 않았습니다.

정기섭이 양손 검지와 중지, 네 손가락으로 느릿느릿 댓글을 다 는 사이에 또다른 댓글이 달렸다.

내가 이 바닥에서 일해봐서 알지. 업혀나가는 게 그대로 방송 탄 것 자체 가 시나리오라는 뜻임. 사고났다 하면 일단 방송 끊고 얼룩말 내보내는 게 정석. 마스터라는 아저씨 얼굴 클로즈업까지 했음. 제작진+출연자+시장 다 한통속.

정기섭은 뒤통수를 부여잡으며 다시 네 손가락을 이용해 댓글에 댓글을 달았다.

시장도 한통속이라니요? 제작진과 출연자가 짜고 벌인 일이었다면 저희도 피해자입니다. 저희는 정말 몰랐습니다.

순식간에 정기섭의 댓글에 댓글이 달렸다.

몰랐을 리 없음. 몰랐다면 진짜 바보 ㅋㅋㅋ.

정기섭은 다시 네 손가락을 세워 '너 몇살인데'까지 적다 말았다. 새벽 세시에, 자식뻘일 게 뻔한 익명의 누군가와 온라인으로 말싸움을 하게 될 줄은 몰랐다. 언젠가 인터넷게임사이트에서 채팅을 하던 고등학생들이 실제로 만나 패싸움을 했다는 기사를 본적이 있다. 진짜 그럴 수도 있겠구나. 그러고도 한 시간 넘게 댓글을 달던 정기섭은 너무 머리가 아파서 컴퓨터 앞에 엎드렸다. 잠깐 엎드린다는 게 그대로 잠이 들었다.

다음날 아침, 부지런한 정용준이 새벽같이 출근해 게시판을 열어보고는 기함했다. 홈페이지 관리자는 아직 출근 전이었다. 정용준은 아무것도 못 하고 혼자 발만 동동 굴렀다. 홈페이지 관리자는 아홉시 정각에 출근했지만 왜 이렇게 늦게 왔느냐는 욕을 먹으며 게시판을 폐쇄했다. 하지만 이미 많은 기자들이 기사화했고,

더 많은 네티즌들이 게시물을 캡처해 또다른 게시판에 퍼진 후였다. 게시물들은 복음이 전파되고 전염병이 옮아가듯 사이트에서 사이트로 널리널리 퍼져나갔다. 사람들은 엔조이채널의 다른 프로그램 게시판에 글을 쓰기 시작했다. 왜 〈더 챔피언〉 게시판을 폐쇄하느냐, 찔리는 게 있으니까 그런 것 아니냐는 항의글이 계속 올라왔다. 이 역시 몇 시간 만에 기사화되었다.

'쓰리컵협회가 세오시장! 거짓말도 챔피언'

'의도된 방송사고! 더 챔피언 방송사고 조작?'

'더 챔피언, 의혹 불거지자 게시판 닫고 나 몰라라'

기사 내용은 네티즌과 참가자들이 의혹을 제기했다는 것이었다. 하지만 제목만 보면 사기도 조작도 책임회피와 은폐도 모두 사실처럼 느껴졌다. 〈더 챔피언〉은 역사적인 방송사고에 이어 세기의 조작방송으로 기록될 참이었다. 뒤늦게 기사를 본 네티즌들도 분노에 가득 차 엔조이채널 홈페이지로 몰려들었다. 방송이 나가던 밤처럼 엔조이채널 홈페이지는 또 접속불가였다. 정용준은 억울했다. 기자들이 괘씸했고 자기와 상관도 없는 일에 이렇게 흥분해 날뛰는 사람들이 원망스러웠다. 정용준은 엔조이채널 홍보팀 인력을 풀가동해 기사를 내리고 포털사이트 게시물을 삭제하고 해명 보도자료를 냈다.

정용준이 체계적이고 침착하게 일을 수습하는 사이, 박상운은 손 놓고 정신까지 놓았다. 〈더 챔피언〉 사기극의 핵심인물인 박상운과 네오프로덕션의 전적이 드러났기 때문이다. 올해 초 사례자

조작사건으로 폐지된 육아정보프로그램 〈아이맘〉의 문제 방송분을 네오프로덕션에서 제작했다는 사실이 밝혀졌다. 네오프로덕션의 대표이자 〈더 챔피언〉을 기획하고 총괄 연출을 맡은 박상운 피디는 당시에도 네오프로덕션의 대표였으며 〈더 챔피언〉 제작을 담당한 네오프로덕션 소속 연출과 조연출 대부분은 당시 〈아이맘〉제작에도 참여했던 것으로 알려졌다, 고 정확하고 깔끔하게 기사가 났다. 박상운이 한때 매우 용감하고 정의로운 피디였다는 사실도 덧붙여주어 대중을 더욱 안타깝게 했다.

참가자들은 박상운을 경찰에 사기로 고소했다. 엔조이채널도 책임을 묻겠다고 네오프로덕션에 공문을 보내왔다. 최경모는 경찰 조사와 소송에 대비해 자료와 방송본, 촬영 원본들을 정리하고 폐기했다. 조연출들은 주요 포털사이트 게시판과 엔조이채널 홈페이지를 모니터했다. 전망이 밝아 보이지 않았다. 가족들의 주민번호까지 동원해 아이디를 여러 개 만들어놓고 관련 기사마다 열심히 댓글을 달았다.

> 시장 사람들 웃긴다. 자기들도 같이 사기 쳤으면서 피해자인 척하네.
> 돈은 세오시장에서 다 먹었다던데. 왜 욕은 피디가 먹지?
> 피디가 사기를 쳤는지 안 쳤는지 확실치도 않은데 욕부터 하지 맙시다.
> 경찰에서 조사하고 있다니 지켜봅시다.

반응이 좋지 않았다. 이번에는 타깃을 바꿔 댓글을 달았다.

이게 힘없는 프로덕션의 잘못이냐? 방관한 엔조이채널이 더 나쁘다!

친구가 외주사 피디인데 본사에서 제작비도 제대로 안 주면서 압박은 장난 아니게 한다고 하더라. 얼마나 압력이 심했으면 조작까지 했을까. 안타깝다.

한 사람, 한 회사를 탓할 것이 아니라 방송 구조를 들여다봐야 할 문제라고 생각합니다.

이번에도 반응이 좋지 않았다.

웃기시네. 너 알바냐?

힘들다고 다 도둑질하고 다 사기치냐? 말이 되는 소리를 해라.

방송 구조가 아니라 니 뇌 구조나 들여다봐라.

그럼에도 열심히 자판을 두드리던 조연출이 댓글 하나를 읽고 멈칫했다.

박피디님 여기서 댓글 달고 계시면 안 됩니다.

댓글에 더 예리한 댓글이 달렸다.

피디가 미쳤다고 밤새 댓글 달고 있겠냐. 조연출 시켰겠지.

쓰리컵협회 홈페이지를 만들던 밤처럼 눈과 손이 피곤했다. 여론은 점점 나빠지기만 했다. 오지랖 넓은 누군가가 '조작 피디 박상운 퇴출' 온라인 서명운동까지 시작했다. 조연출 하나는 억울하기도 하고 화가 나기도 하고 피곤하기도 해서 화풀이하듯 닥치는 대로 욕을 썼다. 육두문자와 쌍욕은 기본이고 별거 다 참견한다, 할 일이 그렇게 없느냐, 이러고 다니는 거 너희 엄마도 아느냐, 돈 날린 참가자라도 되느냐, 맞춤법이나 제대로 써라, 되는대로 써갈겼다. 신고가 미친 듯이 들어왔고 사이트 관리자에게 경고 메일이 왔다. 그래도 욕을 멈출 수 없었다. 이미 손가락에 가속이 붙었다.

열심히 악성댓글을 달던 한 사람은 가장 열성적인 제작진 옹호 아이디의 주인이 삼 년 전 '구름꽃펜션' 커플룸을 예약한 것과 '중고나라'에 게임기를 팔았던 사실을 찾아냈다. 온갖 포털사이트에서 아이디를 검색해 알아낸 것이었다. 어린놈이 여자랑 놀러 다니고 밤새 게임이나 한다고 인신공격을 퍼부었다. 곧 미니홈피도 털렸다. 이름과 얼굴과 출신학교가 공개됐고, 결정적으로 네오프로덕션 조연출이라는 사실이 만천하에 드러났다. 이로써 조연출뿐 아니라 네오프로덕션, 엔조이채널까지 아닌 척 댓글이나 달고 있는 찌질한 집단으로 낙인찍혔다.

조연출은 공황상태에 빠졌다. 마주치는 모든 사람들이 자신을 알아보고 수군거리는 것 같다고 했다. 조연출이 정말 미쳐버릴 것 같아서 박상운은 아무 말도 못 했다. 일은 점점 커지고 점점 산으로 갔다.

정용준은 박상운에게 당장 사무실로 오라고 전화를 했지만 만나지 못했다. 박상운이 경찰 조사를 받으러 가야 했기 때문이다. 박상운은 경찰 조사를 받느라 진땀을 뺐고 정기섭은 참가자들을 피해 도망다니느라 가게 문도 닫았다. 두 사람이 만나 함께 해결책을 모색하는 것이 시급했지만 각기 다른 용무로 바빠 시간 맞추기가 어려웠다. 보는 눈도 많았다. 정기섭과 박상운은 밤늦게 극적으로 조우했다.

약속장소는 세오시장 근처의 오래된 커피숍이었다. 알록달록한 패브릭 소파가 마주 놓여 있고, 가운데 낮은 테이블에는 아무 무늬가 없는 흰 테이블보가 씌워져 있었다. 창가에 놓인 장식용 화분에는 야자수처럼 줄기가 길고 잎이 넓은 가짜 나무가 심어져 있었다. 정기섭은 시장 사람들과 한두 번 와본 적이 있었다. 촌스럽고 낡았지만 주인이 친절하고 교양 있어 보여서 좋았다. 정기섭이 가장 구석에 있는 자리에 앉자마자 출입문에 매달아놓은 종이 딸랑딸랑했다. 박상운이었다. 정기섭이 손을 높이 들자 박상운이 알아보고 재빨리 정기섭 맞은편 자리로 다가왔다. 박상운은 지친 몸의 긴장을 다 풀고 소파에 몸을 던지듯 앉았다. 푸욱 하고 소파가 깊이 꺼지는 소리가 났다. 먼지가 일어 코끝이 간질간질했지만 안락했다.

핑크색 앞치마를 두른 중년의 사장님이 메뉴판을 들고 왔다. 박상운은 목이 타 아이스커피를 주문했고, 정기섭은 매실차를 주문했다. 두 사람은 한동안 입을 열지 못했다. 누가 누구를 탓하기에는 일이 너무 커져버렸고, 상대방이 너무 야위어 보였다. 박상운이 먼저 안부를 물었다.

"고생 많으셨죠?"

"괜찮습니다. 장사 며칠 못 해서 경제적으로 타격이 큰 것 빼고는."

"그럼 안 괜찮으신 거네요."

"저는 낫죠. 박피디님은 경찰 조사까지 받으셨는데."

"이런 말씀 드리기 그렇지만, 총무님께도 곧 연락올 거예요."

"아, 예."

주문한 아이스커피와 매실차가 나왔다. 애써 시작한 대화가 다시 뚝 끊겼다. 정기섭은 매실차를 후후 불어 한 모금 마시더니 아으 셔, 하며 눈을 질끈 감았다. 박상운은 컵에 꽂혀 있는 하늘색 빨대를 빼서 테이블에 내려놓더니 컵에 입을 대고 커피를 벌컥벌컥 들이켰다. 커피를 다 마시고 나자 박상운이 다시 얘기를 꺼냈다.

"어떻게 하시고 싶으신지 먼저 말씀해보세요. 솔직하게."

"이 난리통만 잠잠해질 수 있다면 뭐든 하고 싶습니다. 참가비 다 돌려주면 조용해질까요?"

"참가비 돌려준다고 조용해지리라 장담할 순 없습니다만 참가비 안 돌려준다면 절대 조용해지지 않을 겁니다."

"그렇죠. 저도 그렇게 생각해요. 일단 참가비는 돌려줍시다. 한 푼도 안 건드렸어요. 저희 돈에 욕심 부리고 그러는 사람들 아닙니다."

"압니다. 근데 욕심 부리셨어도 그거 죄 아닙니다. 돈 욕심 없는 사람들 어딨어요? 까놓고 말하자면 그 사람들도 돈 욕심나서 참가한 거고, 돈 아까워서 신고한 거죠."

정기섭이 박상운을 빤히 보더니 고개를 숙이며 말했다.

"그래도 우리가 잘못한 겁니다. 그 사람들 피해자예요."

박상운도 고개를 푹 숙이고 대답했다.

"알아요. 다른 데 가서는 이런 말 못 하니까 총무님한테나 하는 거예요."

두 사람은 출연자들에게 고소 취하를 부탁하며 참가비를 돌려주기로 했다. 더이상 문제삼지 않고, 물론 인터넷에도 올리지 않는다는 조건이다. 그전에 엔조이채널 홈페이지를 통해 사과문을 올리기로 했다. 대회 준비과정에서 불미스러운 일이 있었던 점을 사과한다, 대회를 무효화하며 모든 참가자들에게 참가비를 돌려드리겠다, 정도로 간결하게 정리하기로 했다.

"제가 후배들한테 시켜서 올릴게요."

"예, 알아서 하세요."

정기섭은 다시 한번 인상을 찌푸리며 매실차를 마셨다. 잔을 내려놓으며 물었다.

"잘될까요?"

"잘돼야죠."

정기섭과 박상운이 헤어진 시간은 밤 열한시였다. 박상운은 망설이다 정용준에게 전화를 걸었다. 박상운이 자고 있었느냐고 묻자 정용준이 피식 웃었다.

"박상운이 이렇게 대범한 줄 몰랐네? 넌 요즘 잠이 오냐?"

박상운은 경찰 조사를 받느라 엔조이채널에 못 간 것부터 사과했다. 참가자들에게는 참가비를 돌려줄 것이고 일이 더 커지지 않게 최선을 다하겠으니 엔조이채널 홈페이지에 간단한 사과문을 올려달라고 했다. 그리고 잠시 숨을 고른 후 덧붙였다.

"저한테 진짜 듣고 싶은 얘기는 따로 있다는 거 알아요. 그건 차마 전화로 못 하겠어요. 일 수습 끝나면 직접 찾아가서 말씀드릴게요. 하나도 숨김없이 자세히 얘기할 테니까 조금만 기다려주세요. 그때 욕을 하든 때리든 걷어차든 하고 싶은 대로 하세요."

정용준은 쿨하게 오케이, 했다. 하지만 엔조이채널 홈페이지에 사과문을 올리는 것은 받아들여주지 않았다.

"우리 홈페이지에 사과문 올리면 우리가 잘못한 것 같잖아. 사과문 올릴 거면 쓰리컵협회인지 세오시장인지 그 유령단체 홈페이지에 올리라고. 너네 프로덕션 홈페이지에 올리든지."

"쓰리컵협회 홈페이지 폐쇄했어요. 그리고 저희같이 작은 프로덕션이 홈페이지가 어딨습니까?"

"아, 몰라 몰라. 그럼 니 미니홈피나 트위터에 올려. 안 그래도 회사에서 너 고소한다고 난린데 내가 중간에서 막느라고 얼마나 고생하고 있는지 알아? 불똥 나한테 다 튀었어. 그러니까 더이상 나한테 뭐 어떻게 해달란 말 하지 마."

그러고 보니 염치가 없어 박상운은 알겠노라고 전화를 끊었다. 미니홈피니 트위터니 그런 거 있지도 않은데. 있다 한들 거기 올리면 누가 아나? 고해성사하는 것도 아니고. 소용없을 거라고 생각하면서도 박상운은 집에 오자마자 컴퓨터를 켜고 트위터에 가입했다. 안녕하세요, 엔조이채널의 〈더 챔피언〉 기획, 제작을 담당한 박상운 피디입니다, 로 시작되는 사과글을 썼다. 아무래도 정용준이 질색을 할 것 같아 엔조이채널을 지우고 〈더 챔피언〉 기획, 제작을 담당한 네오프로덕션의 박상운 피디입니다, 로 고쳤다. 고치면서도 누가 보지도 않을 텐데 싶었다. 다음날 오후, 박상운이 트위터에 올린 사과문이 기사화됐다. 기사는 또다른 언론사의 기사가 되고 또다른 언론사의 기사가 됐다. 박상운은 두 눈으로 똑똑히 보면서도 얼떨떨했다.

박상운과 정기섭은 커피전문점 의자에 나란히 앉아 고소인 대표를 기다렸다. 맞은편 자리를 비워두고 나란히, 그것도 남자끼리 나란히 앉은 것은 처음이었다. 눈이 마주칠 때마다 어색하게 웃었다. 챔피언 출연자들은 인터넷에 피해자 모임 카페를 만들었다. 제작진을 성토하고 정보를 나누고 고소 건을 어떻게 진행할 것인지 의견을 교환하는 카페였다. 박상운도 무슨 얘기들이 오가는지 보고 싶었지만 어찌나 철저하게 신상을 확인하는지 카페에 가입도 못했다. 제목들을 훑어보며 내용을 미루어 짐작할 뿐이었다.

약속시간이 오 분 정도 지난 후에 출연자 세 명이 나타났다. 거칠게 유리문을 밀고 들어와 내부를 한 번 죽 둘러보더니 단번에 박상운을 알아보고 다가와 앉았다. 한 명은 고소인 대표이기도 한 대학생이고 두 명은 천만원을 걸었던 참가자들이었다. 한 명은 로또 일등 당첨 경험이 있다는 삼십대 회사원이고, 또 한 사람은 투자전문가라고 했는데 그냥 백수 같았다. 박상운이 먼저 명함을 주고 악수를 청했다.

"네오프로덕션 대표 박상운입니다."

"세오시장 상인회 정기섭 총뭅니다."

정기섭도 명함을 전하고 악수했다. 의외로 대학생도 지갑에서 명함을 꺼냈다. 명함에는 이름과 전화번호, 홈페이지 주소가 쓰여 있었다. 박상운이 명함을 이리저리 돌려보며 물었다.

"그냥 학생이신 줄 알았는데……?"

"학생입니다."

그럼 이 홈페이지는 뭐냐고 묻고 싶었지만 참았다. 모임 대표인 대학생은 등받이에 기대어 앉아 팔짱을 끼고 박상운과 정기섭을 번갈아 쳐다봤다. 어디 할 말 있으면 해봐라, 하는 표정이었다. 그는 자신도 피디 지망생이라면서 조연출들을 귀찮게 따라다니고 부조정실까지 와서 구경을 했었다. 꼭 피디가 되고 싶다며 선배님, 선배님, 깍듯하게 대하더니. 박상운은 씁쓸했다. 박상운은 차라리 얼굴 안 보는 게 낫겠다 싶어 고개를 푹 숙이고 말했다. 대충 사과하는 모양새도 나오고 괜찮았다.

"물의를 일으켜 죄송합니다. 대회 진행과정에 문제가 있었던 점 사과드립니다."

눈치를 보던 정기섭도 뒤늦게 고개를 숙였다. 세 사람은 다리를 꼬고 앉아 아무 말 없이 계속 두 사람을 지켜보기만 했다. 어린놈들이 참 싸가지가 없다고 생각했지만 박상운은 굽실굽실 웃으며 구차한 변명을 늘어놓았다. 쓰리컵협회의 구성과 운영과정이 부풀려진 점은 있지만 대회는 공정하게 치러졌다. 지금 인터넷에 떠도는 의혹들은 모두 사실무근이다. 김일우의 졸도는 자신들도 예상하지 못한 결말이었고…… 사이비 투자전문가가 테이블을 탁 탁 치며 말을 끊었다.

"그래서 어쩌시겠다는 겁니까?"

"아, 예, 안 그래도 그 말씀을 드리려고요. 모든 참가자들에게 참가비를 돌려드리고 이렇게 사과도 드리고 다시는 이런 일이 재발되지 않도록 주의하겠다는 약속을 드리려고 합니다."

그는 고개를 갸웃했다.

"참가비요?"

"예."

"참가비가 끝인가요?"

"예?"

"저희가 받은 정신적 고통과 시간 낭비에 대한 손해배상을 해주셔야 할 것 같은데요."

요놈들 봐라? 늬들이 정신적 고통을 받은 게 뭐가 있냐? 1라운드에서 떨어진 주제들이. 김일우 기절 안 했으면 너희는 그냥 돈 날렸어. 시간도 많아 보이는데 시간 낭비는 무슨. 박상운은 자신의 생각이 표정에 드러날까 의식적으로 입꼬리를 잡아올리며 대답했다.

"솔직히 말씀드리겠습니다. 안 그래도 저희 자문변호사와 상의를 해봤는데 이런 경우 보상받으실 수 있는 금액이 그리 크지 않다고 하더라구요. 참가비 정도라네요. 저희는 출연자 대표님들과 잘 합의해서 복잡한 절차와 괜한 비용 낭비는 없었으면 합니다만."

"출연자 대표가 아니고 피해자 대푭니다."

"예, 피해자요."

박상운이 정정하며 각서를 꺼냈다. 참가비를 돌려받고 고소를 취하한다는 내용이었다. 세 사람은 박상운이 내민 각서를 받아 돌려 읽었다. 이미 약속된 것이 있는 듯 눈빛을 주고받으며 고개를 끄덕거리더니 대학생이 대표로 대답했다.

"그러죠. 피차 바쁜 사람들끼리."

바쁘기는 개뿔. 박상운은 여전히 얼굴에 미소를 잃지 않았다. 피해자 대표는 각서에 사인을 하고 고소 취하를 약속했다. 세 사람이 돌아가자 정기섭이 박상운에게 물었다.

"변호사 만날 때 저랑 같이 만나지 그러셨어요. 저도 물어볼 거 있는데."

"저희한테 변호사가 어딨어요?"

"전에도 자문변호사한테 공증받았다고 하셨잖아요."

"아, 그거요……"

박상운은 대답을 못 했다. 정기섭도 더이상 묻지 않았다.

〈더 챔피언〉은 선정적이고 비윤리적이라는 이유로 방송심의위원회의 징계를 받았다. 엔조이채널은 시청자에 대한 사과방송을 했다. 엔조이채널이 야심차게 준비중이던 밑도 끝도 없는 인간극기 서바이벌 프로그램은 백지화됐다. 여론이 너무 안 좋았다. 엔조이채널 내부에서는 자성의 목소리가 나오기도 했고, 박상운에게 콩밥을 먹여야 한다는 분노의 목소리가 나오기도 했다. 소송은 정용준이 진짜 발 벗고 나서서 막아주었다.

급한 불을 끈 박상운은 정용준의 사무실에 찾아갔다. 박상운은 장장 두 시간에 걸쳐 네오프로덕션 개업부터 프로덕션의 흥망성쇠, 〈아이맘〉 사건과 세오시장 정기섭 총무와의 만남, 어떻게 쓰리컵협회가 탄생했고, 홈페이지가 만들어졌고, 〈더 챔피언〉이라는 프로그램이 나왔는지 찬찬히 설명했다. 처음에는 정기섭을 만났을 때의 이야기부터 할 생각이었다. 아무래도 네오프로덕션이 존폐 위기에 있었다는 설명을 해야 할 것 같았다. 그러다보니 〈아이맘〉 사건까지 들먹이게 됐다. 〈아이맘〉 사건을 말하려니 네오프로덕션을 시작하던 때로 얘기는 거슬러올라갔다. 박상운의 얘기는 길고 지루했고 때로는 앞뒤가 맞지 않았다. 정용준은 인내심을 가지고 끝까지 들었다. 중간에 말을 끊거나 되묻지도 않았다. 박상운이 어쨌든 죄송합니다, 할 말 없습니다, 면목 없습니다, 하며 설명을 마치자 정용준이 자세를 고쳐 앉았다.

"할 말 다 했어?"

"예."

"이제 내가 말한다."

"예."

정용준은 자리에서 일어나 창가로 걸어갔다. 창을 살짝 열고 주머니에서 담배를 꺼내물었다. 길고길게 연기를 내뿜었다. 밖에서 바람이 불어와 담배연기가 본부장실 안에 퍼졌다.

"어떻게든 너한테 소송 거는 건 막아보려고 내가 애 많이 썼어. 법정공방이라는 게 몇 년을 갈지도 알 수 없고. 판결이 어떻게 나든 결국 힘 있고 돈 있고 시간 많은 사람이 이기는 거잖아. 몇 년

씩 진흙탕 싸움 하고 나면 이기더라도 너는 폐인 될 테니까. 너한
테 뭐 대단한 애정이 있어서 내가 이 자리 걸고 막은 건 아니야.
제대로 확인 안 한 나한테도 책임이 있으니까 그런 거지."

정용준은 창틀에 놓여 있는 종이컵에 담배를 비벼껐다. 새로 담
배 한 대를 꺼내 불을 붙이고 깊이 빨아들인 후 얘기를 이어갔다.

"나 징계 먹었다. 정직 삼 개월."

"죄송합니다."

정용준은 됐다는 뜻으로 손을 내저었다.

"근데 인마, 니가 장황하게 늘어놓은 그 해명 말이야. 난 변명
같이 들린다."

박상운은 명치가 뜨끔했다. 정용준이 말없이 앉아 있는 박상운
을 흘끗 쳐다보더니 자리로 돌아와 앉으며 말했다.

"다시 보는 일 없었으면 좋겠다. 가봐라."

박상운은 잠시 그대로 서 있었다. 아직 화가 안 풀렸다는 액션
인가. 죄송하다고 용서하시라고 울며 매달려야 할까. 이런 대답
이 나오리라고는 생각지 못했다. 박상운이 어찌할 바를 모르고
머뭇거리고 있자 정용준이 마음을 읽기라도 한 듯 설명을 덧붙
였다.

"나도 너 만나기 전에 별별 생각 다 했어. 멱살을 잡을까. 한 대
패버릴까. 아님 회사 대신 내가 고소를 해버릴까. 열 받기도 하고,
짜증나기도 하고, 걱정되기도 하고. 암튼 내가 요새 잠을 못 잤다.
근데 니 얘기 듣고, 뭐랄까, 좀 맥이 빠진달까. 차라리 씨발, 늬들
은 잘났냐? 늬들은 그렇게 도덕적이야? 내가 돈을 받기를 했어,

빼돌리기를 했어? 지들은 더 많이 해처먹으면서! 그러면서 막 덤 볐으면 더 보기 좋았을 것 같아. 암튼 지금 마음 같아서는 이제 너 보고 싶지 않다. 돌아가라. 오해가 있다면, 살다보면 풀 기회도 있겠지."

박상운은 천천히 고개를 숙여 인사하고 본부장실에서 나왔다. 잠시 벽에 기대어 앉았다.

박상운은 네오프로덕션 폐업신고를 했다. 사무실이 있던 오피스텔 건물 앞 포장마차에서 혼자 소주를 마셨다. 아무리 마셔도 취하지 않아 이상하다고 생각하며 계속 마셨다. 박상운이 휘청휘청 집으로 들어간 시간은 새벽 세시였다. 옷도 벗지 않고 침대에 털썩 누웠다. 몇 달째 빨지 않은 베개 커버에서 시큼한 냄새가 났다. 박상운은 주머니를 더듬거려 휴대전화를 꺼내 아내에게 전화를 걸었다. 감이 멀었다. 곧 끊어질 것처럼 작고 불안정하게 벨소리가 이어졌다. 지금 지구 반대편으로 전화를 걸고 있구나, 새삼 깨닫게 해주는 소리였다. 한참 만에 아내가 전화를 받았다. 지금 한국은 새벽이라는 걸 잘 알고 있을 텐데 놀라지도 않았다. 태연히 밥은 먹었느냐고 묻는 아내에게 술을 먹었다고 했더니 잘했다고 했다.

"오늘 폐업신고 했어. 사무실도 다 정리됐고."

"수고했어."

"나 장사나 해볼까봐. 커피숍 차릴까."

"괜찮네. 자기 커피 좋아하잖아."

"그래서 말인데…… 이제 생활비 못 보내줄 것 같아. 등록금도 그렇고."

"괜찮아. 내가 나이가 몇인데 내 앞가림도 못 할까봐? 내 걱정하지 마. 근데 자기 커피숍 차릴 돈은 있어?"

"일단 내일 밥 먹을 돈은 있어."

내내 명랑하던 아내는 말이 없었다. 전화가 끊겼나 싶어 박상운이 여보세요, 했다.

"자기가 그동안 내 통장에 넣어준 돈 말이야. 그거 그대로 있어. 통장지갑 안에 도장 있으니까 뽑아 써."

"뭐? 그럼 그동안 무슨 돈으로 살았어?"

"내가 벌어서 살았지."

"내가 입금한 돈은 한 푼도 안 썼다는 거야?"

"급한 일 있어서 몇 번 뽑았어. 백만원 좀 넘게 썼을 거야. 암튼 남은 게 훨씬 많으니까 그거 장사 밑천에 보태. 그래도 부족하면 집 팔아."

박상운은 어리둥절하기도 하고 괜히 뭉클하기도 했다. 갑자기 목이 꽉 잠겨 목소리가 나오지 않았다. 크게 심호흡을 한 후 대답했다.

"웬만하면 집은 안 팔도록 할게. 우리 같이 살 곳은 있어야지."

"그러고 보니 그러네. 집은 팔지 마."

박상운은 망설이다 말했다.

"고맙다."

"알면 됐어. 천천히 갚아. 그럼 수고해."

아내는 먼저 전화를 끊었다. 박상운은 전화기를 든 채 중얼거렸다. 독사 같은 마누라. 그리고 그대로 잠이 들었다.

20

한바탕 소란이 마무리된 후, 정기섭은 아버지의 고향인 완도로 내려갔다. 혼자 차분하게 생각할 시간을 갖고 자신의 인생과 세오시장의 미래를 새롭게 설계할 작정이었다. 하지만 생각할수록 절망적이었다. 매일매일 술을 마셨다.

짭짤한 바다 냄새를 안주 삼아 소주를 마시고 있었는데 눈을 뜨니 여관방이었다. 멀쩡한 침대를 두고 신발을 신은 채 바닥에서 자고 있었다. 담배를 찾느라 주머니에 손을 넣었더니 말라 찐득찐득해진 낙지가 나왔다. 물론 죽어 있었다. 참기름 냄새가 은은하게 풍겨 살짝 혀를 대봤더니 짰다. 전날 밤의 기억이 형광등 켜지듯 깜빡깜빡 들어왔다. 횟집에서 술을 마시고 바닷가 모래사장에 앉아서 마시고 방에 들어와서도 좀더 마셨던 것 같다. 주머니에 낙지가 들어 있는 걸 보니 횟집에서부터 취했던 모양이다. 그런데 머리도 아프지 않고 몸도 가뿐했다. 역시 숙취해소에는 잠이 최고라고 생각하면서 신발을 벗어 던져두고 침대로 올라가 누웠다.

이제 정기섭의 아내는 전화도 하지 않았다. 도대체 언제 올 거냐고, 그놈의 생각은 꼭 그 먼 데까지 가서 해야겠느냐고 하루에도 몇 번씩 전화를 했었다. 아내가 전화를 하지 않으니 오늘이 며칠이고, 무슨 요일인지 가늠이 되지 않았다. 집을 떠나온 지가 얼마나 되었는지도 알 수 없었다. 냄새나는 여관방 침대에 누워 천장을 보고 있으니 장소에 대한 감각도 희미해졌다. 여기가 내 집인가, 병원인가, 여관인가, 관인가. 정기섭은 자리를 털고 일어나 창문을 열었다.

대충 얼굴에 물만 묻혀 눈곱을 떼고 방문도 잠그지 않고 밖으로 나왔다. 계단을 내려가는데 갑자기 구토가 일었다. 울렁거리지도 않더니 순식간에 훅 하고 올라왔다. 정기섭은 다시 방으로 뛰어갔다. 변기까지 갈 새도 없이 화장실 바닥에 구역질을 했다. 노란 위액만 잔뜩 넘어왔다. 간밤에 회를 제법 먹은 것 같은데 살점 한 조각 나오지 않았다. 정기섭은 자신의 소화력에 감탄하며 샤워기로 화장실 바닥에 물을 뿌리고 입을 헹궜다. 쓴맛이 남아 입을 쩝쩝거리며 계단을 내려가는데 주인이 정기섭을 불렀다.

"퇴실시간 열한시예요."

"네?"

"내일 열한시까지 방 비우시라구요."

"내일 나가라구요?"

"일주일 다 됐어요. 그러니까 나가셔야죠."

정기섭은 주머니를 뒤적거려 지갑을 꺼냈다.

"일주일 연장할게요. 숙박비 지금 드릴까요?"

주인은 손사래를 치면서 질색했다.

"아유, 나가세요! 원래 혼자 오는 손님 안 받는데 방도 많이 비고 그래서 받았더니 일주일 내내 불안해서…… 날마다 술이 떡이 돼서 새벽까지 울고불고. 나 송장 치우기 싫어요. 나가세요. 괜히 허튼 생각 마시고."

정기섭은 자신이 밤마다 울었다는 사실을 전혀 몰랐다. 술을 많이 먹어서 눈이 부었다고만 생각했다. 부끄럽고 쑥스러워 알았다고 하고 급히 여관을 나왔다. 여관 옆에 있는 구멍가게에서 담배를 한 갑 사서 나오는데 전화가 울렸다. 마누란가보다! 여관에서도 쫓겨났는데 못 이기는 척 집에 들어가야겠다고 생각했다. 휴대전화 액정에 뜬 이름은 '박상운'이었다. 받을까 말까 망설이다가 전화를 받았다.

"예, 박피디님. 또 무슨 일 났습니까?"

"하하. 아뇨, 아무 일 없습니다. 총무님은 어디세요?"

"예에, 어디 좀 왔어요."

"완도요?"

"어떻게 아세요? 시장 찾아가셨어요?"

"예, 저도 지금 완도예요."

"네? 완도요? 완도에는 왜요?"

"저도 바람 쐬러 왔죠. 여기 명사십린데 어디 계세요? 술이나 한잔합시다. 제가 살게요."

박상운의 마지막 한마디에 정기섭은 곧바로 택시를 잡아탔다.

정기섭이 횟집에 들어서자 멀리서 박상운이 손을 흔들었다. 정기섭은 박상운의 앞자리에 앉으며 세오시장 다방에서 마주 앉았던 때를 생각했다. 박상운은 처음 사무실에서 정기섭을 만났던 날을 떠올리고 있었다.

"주인 아주머니가 추천해주시는 걸로 그냥 시켰는데. 삼치회 드셔보셨어요?"

"그럼요. 잘하셨네. 서울서는 못 먹는 거예요, 삼치회가. 삼치가 성질이 급해서 낚이자마자 죽거든요."

"전 서울 촌놈이라 삼치회라는 게 있는 줄도 몰랐네요. 완도도 처음이고."

"실은 저도 어제 처음 먹어봤습니다."

종업원이 내려놓은 회접시를 보고 박상운은 잠시 후회했다. 두툼하게 썰어놓은 분홍색 삼치회가 생삼겹살을 연상시켰다. 아, 이걸 굽지도 않고 어떻게 먹나. 박상운이 머뭇거리고 있자 정기섭은 전날 횟집 주인에게 배운 삼치회 먹는 법을 알려주었다. 김에 다시마를 올리고 그 위에 양념장을 찍은 삼치회를 올려 건네자 박상운은 쑥스러운 듯 빼다가 받아먹었다. 정기섭은 된장을 찍어 한점 입에 넣었다.

"아니면 이렇게 된장에 찍어드세요. 회 제일 못 먹는 사람이 고추장 듬뿍 찍어먹는 사람이에요. 먹을 줄 아는 사람들은 된장에 먹어요."

정작 정기섭은 회에는 별로 젓가락을 대지도 않았다. 밑반찬으로 나온 낙지호롱구이를 풀어 먹으며 쉼없이 소주만 들이켰다. 박상운이 물었다.

"왜 여기 이러고 계세요?"

"그냥 머리 좀 식히려구요. 나는 왜 이렇게 되는 게 없나 반성도 좀 하고."

"그래도 먹고살 걱정은 없으시잖아요. 저 같은 사람도 있는데."

"박피디님이 어때서요?"

"저 회사 폐업했어요. 피디협회에서는 제명당했고."

"그럼 이제 피디 못 하시는 거예요?"

"협회라는 게 우리도 만들어봤지만 그냥 마음 맞는 사람들 모임이잖아요. 제명당했다고 일 못 하는 건 아닌데. 아무래도 앞으로 쉽지는 않을 것 같네요."

정기섭이 말없이 박상운의 잔에 술을 따랐다. 계속 마시고 계속 서로의 잔에 술을 채웠다. 박상운이 이것저것 묻고 정기섭이 대답했다. 완도에는 자주 왔느냐. 아니다. 고향 아니냐. 아버지 고향이다. 완도에 친척들은 없느냐. 안 친하다. 그래도 동네 사정에 밝은 것 같다. 아버지에게 많이 들었다. 회 좋아하느냐. 사실은 안 좋아한다…… 이번에는 정기섭이 묻고 박상운이 대답했다. 요즘 뭐하고 지내느냐. 논다. 부양할 가족은 없느냐. 마누라는 유학 갔고 애는 없다. 좋겠다. 좋다. 회사 폐업했으면 앞으로는 뭐할 거냐. 생각중이다. 근데, 이런 말하면 양심도 없다고 할지 모르는데, 내가 진짜 많이 생각해봤는데, 우리가 뭘 그렇게 잘못했나?

"그죠? 저도 자꾸 그 생각이 들데요. 하아. 내가 회사 말아먹고 제명당하고 이렇게 사회에서 생매장당할 만큼 진짜 인간 말종인가."

혀가 꼬일 대로 꼬인 박상운이 잔을 턱 내려놓더니 본격적으로 푸념을 늘어놓았다.

"김일우 상금 줄 돈 없어서, 상금 안 주려고, 일등 못 하게 하려고, 궁리 많이 했어요. 사실 그래서 걔가 그렇게 된 것도 있는 것 같고. 진짜 걔한테는 미안해요, 내가. 근데 우리 고소하고 그런 사람들, 나 내쫓아낸 협회니 엔조이채널이니 하는 사람들한테 내가 뭘 그렇게 잘못했나? 협회가 가짜라서? 그래서 뭐? 뭐? 그게 뭐 어쨌는데? 게임 잘 짜고, 공정하게 진행했잖아. 돈 한 푼 안 꼬불치고 투명하게 잘 관리했잖아. 방송 잘 내보냈잖아. 협회가 뭐가 대단해? 우리가 그 협회 창립자라는데 어쩔 거야? 내가 그 협회 회원이고, 씨발, 김씨 노인네가 회장이고, 우리 총무님이 총무라는데. 그게 잘못됐어? 뭐가 잘못됐어? 그 빠듯한 일정에, 씨발, 돈도 안 주면서, 씨발, 굴리기는 좆나 처굴리고!"

박상운과 정기섭은 어깨동무를 하고 떠나가게 노래를 부르며 여관에 들어왔다. 박상운의 발이 꼬여서 계단에 넘어지자 정기섭도 중심을 잃으며 박상운 위에 널브러졌다. 둘은 그대로 계단에 드러누워 한참을 웃었다. 주인이 작은 창을 열고 욕을 퍼부었다.

"201호 아저씨 뭐예요! 가지가지 해, 진짜. 내일 열한시 퇴실이에요. 열한시에 안 나가면 경찰 부를 거예요."

정기섭이 먼저 일어나 계단을 뛰어올라갔고 박상운은 기다시피 정기섭을 따라갔다. 결국 두 사람은 다음날 저녁, 하루치 숙박비를 더 지불하고 여관을 나왔다.

완도 이후 부쩍 가까워진 두 사람은 가끔 만나 술잔을 주고받았다. 주로 정기섭이 박상운을 불렀다. 정기섭은 시장 근처에 쭈꾸미 삼겹살집이 새로 생겼다며 박상운을 또 불러냈다. 정기섭은 늦지 말고 다섯시까지 꼭 오라고 신신당부했다. 박상운은 아무리 할 일이 없다지만 대낮부터 무슨 술인가 싶었는데 도착하고 보니 네시 사십분이었다. 오히려 정기섭이 오 분 늦었다. 정기섭은 왜 이렇게 일찍 불렀느냐고 투덜대는 박상운의 등을 떠밀며 가게로 들어섰다.

"여기가 지난주에 오픈을 했거든요. 오픈 기념으로 이번주는 다섯시 전에 주문하면 소주가 원플러스원이에요. 한 병 시키면 한 병 더."

박상운이 가게를 둘러보는 동안 정기섭은 종업원과 소주 서비스를 두고 실랑이를 벌였다. 정기섭이 소주 두 병을 시키면서 두 병을 더 달라고 한 것이다. 종업원은 한꺼번에 두 병을 시키는 것도 안 될 일이지만 이미 다섯시가 넘었으니 원플러스원 행사는 종료라고 했다. 정기섭은 막무가내였다. 들어온 시간은 다섯시였는데 자리잡느라 몇 분 늦은 거다. 이러려고 주문받으러 늦게 온 것 아니냐, 왜 두 병 주문이 안 되느냐, 그럼 고기도 일 인분씩 시키겠다 운운하며 계속 사장을 찾았다. 사장은 주방과 룸을 바쁘게 오가느라 신경도 쓰지 않았다. 룸에서는 아줌마들의 하이톤 웃음소리가 끊이지 않았다. 박상운이 정기섭을 말렸다.

"됐어요. 우리 네 병이나 마시지도 못하잖아요."

"지금 소주 한 병이 문제가 아니잖아요. 여기 사장 어딨어, 사장? 엉? 동네 장사 이렇게 해도 되나? 나 세오시장 상인회 정총무인데, 개업식 때 우리 인사한 것 같은데?"

상인회 총무라는 말에 사장이 주방에서 나왔다. 아유, 총무님 오셨어요, 오랜만이네, 왜 이제 오셨어요, 라고 호들갑을 떨며 반갑게 박상운에게 악수를 청했다. 박상운이 손으로 정기섭을 가리켰다.

"이쪽이 정총무님이신데."

사장은 다시 호탕하게 웃으며 양손으로 정기섭과 박상운의 손을 다 잡고 흔들었다.

"두 분이 닮으셨네, 닮으셨어! 두 분 다 반갑습니다! 주문은 어떻게 넣어드릴까요?"

정작 사장이 이렇게 나오니 정기섭도 한풀 꺾여 말끝을 흐렸다.

"쭈삼 이 인분이랑 소주 한 병 주세요. 원플러스원으로 한 병더……"

사장은 주방을 향해 소리쳤다.

"여기 쭈삼 이 인분 푸짐하게 내주고, 소주 두 병은 서비스!"

박상운은 상인회 총무의 권력이 대단하구나 생각했다. 사장은 같이 소주라도 한잔하고 싶지만 오늘은 촬영 때문에 바쁘다며 싱글벙글 자리를 떴다. 촬영? 상인회 총무라서 서비스가 좋은 게 아니라 촬영 때문에 기분좋아서 막 퍼주는 건가?

곧 6mm 카메라를 든 남자 둘이 가게로 들어왔다. 남자들은 먼저 주방으로 들어갔다. 음식이 나오는 창문으로 주방이 얼핏 보였다. 남자들은 주방 아줌마들을 이리저리 세우면서 위치를 잡고 있었다. 박상운이 말없이 촬영팀을 보고 있자 정기섭이 물었다.

"맛집으로 나오려나보다, 그죠? 박피디님도 이런 거 많이 찍어 봤죠?"

"저는 뭐, 식당은 별로……"

"요새는 텔레비전에 안 나오는 식당이 더 맛있대요."

과연 정기섭의 말대로 맵기만 하고 맛은 별로 없었다. 조미료를 얼마나 들이부었는지 매운데도 느끼했다. 박상운과 정기섭이 맵고 느끼한 쭈꾸미 삼겹살을 먹는 동안 촬영팀은 주방 촬영을 다 마치고 손님이 대기중인 룸으로 들어갔다. 아줌마 손님들의 우렁찬 목소리가 홀까지 다 들렸다. 박상운은 남의 촬영 모습을 보니 기분이 이상했다. 안쓰럽기도 하고 부럽기도 했다.

아줌마들이 주는 술을 받아마셨는지 얼굴이 벌겋게 된 촬영팀이 사장과 뭔가를 얘기하며 룸에서 나왔다. 사장은 고개를 갸웃갸웃하며 홀을 둘러보았다. 그러다 박상운과 눈이 마주쳤다. 사장은 냉장고에서 소주 한 병을 꺼내들고 박상운과 정기섭이 앉은 테이블로 왔다.

"우리가 방송 타거든요. 근데 손님 인터뷰가 좀더 필요하다고 해서. 카메라 보고 맛있다고 한마디만 해주세요."

사장이 소주 뚜껑을 따서 정기섭의 잔에 따르는 동안 뒤따라온 피디가 카메라를 들쳐멨다. 이미 소주를 받아버린 정기섭은 박상운의 눈치를 보며 더듬더듬 맛있어요, 했다. 젊은 피디가 카메라를 내려놓았다.

"좀 실감나게! 그냥 맛있다, 말고 죽여준다, 기똥차다, 기가 막히다, 뭐 그런 말 있잖아요. 여기 단골이라고 한마디해주세요. 아셨죠?"

"여기 처음 왔는데요?"

"이제 단골 하시면 되죠, 뭐. 우리 아버님 카메라 되게 잘 받으세요. 목소리 톤도 좋으시고. 그러니까 좀더 큰 소리로! 다시 한번 갈게요!"

피디가 카메라를 다시 들이댔다. 정기섭은 세오시장 총무로서 인터뷰하던 경험을 떠올리며 능숙하게 대답했다.

"제가 맞은편 시장 총무거든요. 여기 맨날 옵니다, 맨날. 맛이 아주 기가 막혀요. 죽여줍니다!"

피디가 큰 소리로 오케이를 외치며 만족스러워했다. 이번에는 박상운에게 카메라를 들이댔다.

"맛이 어떠세요?"

박상운은 고개를 돌리며 대답했다.

"맵네요."

피디가 한숨을 쉬었다.

"저 보고 웃으면서 말씀하셔야죠. 그리고 그냥 맵네요, 하지 마시구요, 얼큰하고 맛있다, 이렇게 한마디해주세요."

"저는 촬영 안 합니다."

"그냥 한마디만 해주시면 돼요. 이거 별거 아니에요."

"어쨌든 저는 안 한다구요. 그리고 맛없는데 어떻게 맛있다고
합니까."

젊은 피디가 짜증을 냈다.

"별것도 아닌데 그냥 맛있다고 좀 해주세요. 소주도 서비스 받
으셨으면서."

박상운이 자리에서 벌떡 일어서더니 주머니에서 지갑을 꺼냈
다. 피디 뒤에 엉거주춤 서 있는 사장의 주머니에 만원짜리를 구
겨넣었다.

"사장님, 저 소줏값 냈습니다. 이 소주 서비스받은 거 아니고
제 돈 내고 사먹은 겁니다!"

분위기가 험해지자 정기섭이 일어나 박상운을 말렸다.

"왜 이러세요, 박피디님!"

피디라는 말에 촬영중이던 젊은 피디가 놀라는 눈치였다. 박상
운이 숨을 몰아쉬며 젊은 피디에게 말했다.

"내가 너 직원 같고 후배 같아서 하는 소린데, 맛없는 거 맛있
다고 하는 게 어떻게 별것도 아니냐? 처음 가게 온 손님한테 단골
이라고 하는 게 어떻게 별것도 아니야? 엉? 너 그거 사기고 조작
이야."

정기섭이 박상운과 피디 사이로 끼어 들어갔다. 박상운을 앉히
고 피디를 돌려보냈다. 피디가 돌아간 후에도 박상운은 씩씩거리
며 화를 삭이지 못했다. 정기섭이 박상운의 잔에 소주를 따랐다.

"잊어버리세요, 이제. 그리고 박피디님도 새출발 하셔야죠."

박상운은 정기섭에게 마음을 들킨 것 같아 부끄러웠다. 젓가락

을 들어 테이블을 쿡쿡 찍었다. 정기섭이 빙긋 웃었다.

"그래서 말인데요. 제가 사실 사업 아이템이 하나 있거든요. 같이 안 해보실래요?"

"이제 장사 안 하세요? 다른 사업 하시게요?"

"장사는 사실 그동안도 마누라가 다 했고요. 이게 진짜 대박 아이템인데 저 혼자서는 감당이 안 되거든요. 박피디님 도움이 꼭 필요해요."

박상운은 사업 생각도 없고 정기섭이 미덥지도 않았지만 예의상 물었다.

"뭐가 그렇게 대박 아이템인데요?"

정기섭은 아주 음흉하게 웃었다.

"쓰리컵이요."

쓰리컵? 설마 내가 아는 그 쓰리컵? 흐으, 하고 웃음이 새어나왔다. 어이없어 말을 잊은 박상운에게 정기섭이 얼굴을 들이댔다.

"챔피언이 왜 그렇게 인기가 많았겠어요? 이게 되는 아이템이라는 뜻이잖아요."

"방송이야 대박났었죠. 막판에 말아먹었지만. 근데 쓰리컵으로 무슨 사업을 해요?"

"진짜 쓰리컵협회 만들어요, 우리. 그래서 쓰리컵대회도 개최하고, 관련 상품도 만들어 팔고, 쓰리컵아카데미 만들어서 마스터도 양성하고. 방송국이랑 손잡고 대회 중계해서 참가금도 받고. 어때요? 돈 되겠죠? 장소는 제가 제공할게요. 상인회 사무실 써도 되고 옆에 사무실도 하나 비었거든요."

박상운은 술이 확 깼다.

"지금 진심이세요? 저 여기까지 불러다놓고 장난치시는 거예요?"

"왜 장난이라고 생각하세요? 박피디님이 그러셨잖아요. 협회가 뭐 대단한 거냐고. 상인회랑 똑같다면서요. 뜻 맞는 사람끼리 모여 좋아하는 일 하는 게 협회라면서요. 그 협회 제대로 만들어서 제대로 한 번 해보자구요."

박상운은 안 한다, 싫다, 정신차려라, 같은 소리조차 하지 않고 나가자며 자리에서 일어났다. 옷을 걸치고 서로 자기가 내겠다고 실랑이를 하다가 결국 박상운의 카드로 결제했다. 택시를 잡기 위해 큰길로 나오는 동안 정기섭은 쉬지 않고 박상운을 설득했다. 나 농담 아닌데. 진지하게 생각 좀 해봐요. 이거 진짜 대박 터진 다니까. 협회는 등록 안 해도 되지만 쇼핑몰은 사업자등록을 해야겠죠? 아카데미도 따로 등록해야 하나? 수익은 칠 대 삼? 박상운이 피식 웃었다.

"설마 제가 삼은 아니죠?"

"박피디님이 삼이고 내가 칠이지. 아님 박피디님 사 내가 육."

"됐습니다. 혼자 하시고 혼자 십 다 가지세요."

"에이, 좋다! 오 대 오. 대신 방송이랑 홍보 쪽은 책임지고 맡으셔야 합니다."

정기섭은 닫히는 택시 문을 붙잡으며 끝까지 생각해보라고 했다.

일찍부터 술을 마신 탓에 집에 들어오고 보니 고작 아홉시였다. 박상운은 혼자 맥주 한 캔을 더 마셨다. 맥주를 홀짝이며 컴퓨터를 켜고 〈더 챔피언〉 방송영상을 찾아봤다. 방송사고 동영상의 인기는 식을 줄 몰랐다. 그사이 많은 일이 있었다. 유명 탤런트 부부가 이혼을 했고, 연예기획사 대표가 연예인 지망생들을 성추행했고, 중년 영화배우가 술집 여종업원을 폭행했다. 〈더 챔피언〉보다 더 충격적인 사건들이 줄줄이 일어났지만 관심은 잠깐뿐이었다. 몇 줄짜리 인터넷기사도, 자료화면과 빈집 초인종 누르는 화면으로 채워진 연예정보프로그램도 재미가 없었다. 그에 반해 〈더 챔피언〉은 생생한 현장 화면이 있었다. 출연자가 게거품을 부글부글 뿜으며 쓰러지고, 당황한 카메라가 흔들리고, 사람들이 소리를 지르고, 업고 달리고. 〈더 챔피언〉 방송사고 동영상은 국내 사이트들은 물론 해외 유명 동영상사이트에도 올라 기록적인 조회수를 올렸다. '내 귀에 도청장치'를 뛰어넘는 방송사고의 레전드로 자리매김했다.

"이래서 현장이 중요하구나. 문자니 메일이니 다 소용없어. 현장을 덮쳐야 되는 거야, 현장을."

박상운은 뭐가 좋은지 동영상을 되풀이해 보며 중얼거렸다. 생각난 김에 '더 챔피언' '쓰리컵' '박상운'을 검색해봤다. 사람들은 사태의 원인을 네 가지 정도로 분석하고 있었다. 시청률 지상주의의 폐해, 서바이벌프로그램의 한계, 외주제작시스템의 허점, 제작진의 도덕성. 이유야 어찌되었든 다시는 일어나서는 안 되는 대재앙 정도로 결론지어졌다. 그래도 프로그램은 재밌었다며 아쉬워하는 사람들도 있었다. 박상운은 출연자들이 개인 블로그나 카페에 올린 후기 글, 자신을 안다는 사람들이 쓴 박상운 원래 개념 없었다는 글, 조연출들이 쓴 것으로 보이는 막무가내 옹호 글들을 찾아 읽었다. 그러다 한 대중문화평론가가 쓴 '더 챔피언은 도대체 무엇을 조작했나?'라는 기사를 발견했다.

서바이벌프로그램 〈더 챔피언〉의 후폭풍이 심상치 않다. 〈더 챔피언〉만큼 말 많은 프로그램이 또 있을까. 케이블 채널에서 단 4회 방송되었을 뿐인데 수많은 사건, 사고와 뒷이야기가 끊이지 않고 있다.

〈더 챔피언〉은 시작부터 파격적인 룰과 프로그램 진행방식으로 도박 논란을 불러일으켰다. 곧 거액의 참가비를 건 발달장애 소년을 주인공 삼아 눈길을 끌더니, 주인공이 생방송 도중 기절을 하는 장면을 고스란히 내보내는 방송사고로 막을 내렸다. 그런데 이야기는 여기서 끝나지 않았다. 대회를 주관한 쓰리컵협회가 유령단체라는 주장이 제기된 것이다. 근거는 쓰리컵협회의 주소지가 또다른 대회 주관사인 세오시장과 같다는 것. 출연자들은 제작진을 사기죄로 고소하기도 했다.

이미 해당 프로그램과 관계자는 징계를 받았고, 시청자에게 공식적으로 사과를 했다. 제작진과 출연자 사이의 고소 건은 합의로 마무리가 되었다. 그러니 이 문제들에 대해서는 더이상 언급하지 않겠다. 필자가 주목하는 것은 쓰리컵협회가 정말 조작된 단체인가 하는 점이다.

익명을 요구한 협회 관계자는 쓰리컵협회가 최근 조직된 것은 맞지만 유령단체는 아니라고 억울한 심경을 토로했다. 협회는 '야바위' '쓰리컵' '구슬찾기' 등 제각각인 게임 명칭을 쓰리컵으로 통일하고, 쓰리컵게임을 널리

보급하겠다는 취지에 따라 올해 초 설립되었으며, 운 좋게 첫번째 공식대회를 방송에 중계할 기회를 얻었다고 한다. 확인 결과 회장과 부회장은 방송 제작진도 세오시장 상인도 아니었다. 실제 쓰리컵게임을 오래전부터 취미 삼아 해왔던 일반인이다. 회원들은 쓰리컵게임에 관심이 많은 사람들로 채워졌고, 이 과정에서 제작진과 세오시장 상인들이 많은 비중을 차지하게 되었다고 한다.

방송프로그램으로서 〈더 챔피언〉이 여러 문제점들을 안고 있었던 것은 사실이다. 그러나 노래, 춤, 연기 등 어떠한 재능도 없이 도전할 수 있는 진짜 대중적인 서바이벌프로그램이었다는 점, 평범한 출연자들을 통해 우리 시대 서민들의 삶과 고민을 들여다볼 수 있었다는 점에서 분명 의미 있는 프로그램이었다. 마녀사냥식 여론몰이에 떠밀려 프로그램이 주는 진짜 메시지를 놓쳐버린 것은 아닌지 생각해볼 일이다.

박상운은 눈앞이 번쩍, 하더니 시야가 삼백육십 도로 넓어지는 신비로운 경험을 했다. 이거다! 이게 바로 눈을 뜬다는 거구나! 완도에서 술에 취해 자신이 뱉었던 푸념, 협회를 진짜 만들어보자던 정기섭의 설득, 평론가의 글이 박상운의 머릿속에서 씨줄과 날줄이 되어 단단하게 엮였다. 그리고 하나의 그림이 그려졌다. 그래, 쓰리컵협회를 살려보자!

세오시장 상인회 옆 사무실에 '쓰리컵협회' 팻말이 붙었다. 정기섭이 간판집에 부탁해 만든 임시 간판이었다. 박상운은 매일 협회 사무실에 나가 정기섭과 사업계획을 짰다. 말이 협회지 협회를 빙자한 방송 프로덕션 겸 인터넷쇼핑몰이었다. 일단 쓰리컵협회를 되살리고, 다음으로 〈더 챔피언〉을 되살리고, 〈더 챔피언〉을 시즌제 방송으로 정착시켜 고정 수입을 창출하고, 관련 상품 및 교재를 만들어 판다는 것이 대략적인 사업계획이다.

정기섭은 사업자등록을 하기 위해 세무서에 들렀다. 상호는 '쓰리컵협회'로 하기로 박상운과 얘기가 끝났는데 정작 신청서에 적으려고 보니 마음에 들지 않았다. 협회, 협회라. 아무래도 회사 느낌이 나지 않았다. 정기섭은 펜 뚜껑을 꽂았다 뺐다 하면서 고민하다가 '쓰리컵컨설팅'이라고 적었다. 컨설팅? 뭘 컨설팅? 쓰리컵협회를 컨설팅한다고 할 수 있나? 정기섭은 컨설팅의 개념을 포괄적으로 생각하기로 했다. 나는 세오시장을 컨설팅하고, 우리 마누라는 나를 컨설팅하고, 쓰리컵컨설팅은 쓰리컵협회와 쓰리컵 대회를 컨설팅하지. 정기섭은 대표자 이름에 '정기섭'이라고 적어넣으면서 석을 생각했다. 석을 다시 만난다면 자신 있게 컨설팅 회사 사장이라고 말할 수 있는데.

상호를 쓰리컵컨설팅으로 등록했다고 하자 박상운은 컨설팅이요? 라고 되물었다. 그리고 대답도 듣지 않고는 잘하셨어요, 했다.

"고생하셨어요. 홈페이지 도메인은 전에 제가 등록해놨으니까 그거 쓰면 돼요. 홈페이지 다시 살려서 내용만 수정하면 될 거예요. 쇼핑몰 페이지도 만들고. 그건 그때 홈페이지 만들었던 조연출한테 아르바이트 삼아 하라고 하면 할 거예요. 지금 놀거든요."

"얼른 통신판매업 신고도 해야겠네요."

"그리고 전에 〈아이맘〉하면서 알게 된 유아교재 만드는 회사가 있거든요. 거기 사장님도 쓰리컵에 관심이 있으시대요. 자기네 연구팀이랑 같이 게임도구를 개발해보자고 하시더라구요. 그분은 다음주에 같이 만납시다."

"그래요? 잘만 되면 완구사업 쪽으로 확장할 수도 있겠는데요?"

"제 생각도 그래요. 아무리 〈더 챔피언〉을 시즌제로 만들어서 시즌2, 시즌3, 계속한다고 해도 시즌100, 시즌1000은 나오지 않거든요. 방송 몇 번 하면 약발 다 떨어질 거예요. 대회하고 방송해서 그 수입만 챙길 생각 말고 대회 통해서 쓰리컵게임에 대한 인식을 높여놓는 걸 목표로 해야 돼요. 장기적인 사업 아이템을 같이 추진해야죠. 유아교구나 교재 쪽으로도 연구를 계속하고, 보드게임방처럼 차도 팔고 게임도 할 수 있는 문화공간을 만드는 것도 좋을 것 같아요."

"전 인터넷 쓰리컵게임을 개발하는 게 승산이 있지 않을까 싶어요."

"아! 좋네요. 우리 그쪽도 알아봅시다."

정기섭은 쓰리컵협회 회장과 부회장을 만나겠다고 했다. 아무래도 부회장이 마음에 걸렸다. 어리바리한 회장은 그런가보다 하고 이름만 빌려주고 있겠지만 부회장은 아니었다. 사업을 이렇게 크게 벌인다는 것을 알면 어떻게든 숟가락을 얹고 싶어할 것이 뻔했다. 정기섭은 포지션을 정확히 명기한 임명장을 주겠다고 했다.

"참, 회장, 부회장은 그대로 가는 거 맞죠?"

"그게 좋을 것 같아요. 사업 부분만 우리 명의로 하구요. 협회가 순수하게 쓰리컵게임을 즐기는 사람들로 구성되었다는 걸 강조해야죠. 기사도 회장, 부회장이 일반인이었다면서 제작진과 상관없다고 났던데."

프린트해서 벽에 붙여놓은 기사를 가만히 들여다보던 박상운은 그제야 '익명을 요구한 협회 관계자'가 누구인지 궁금해졌다.

"총무님이 기자랑 인터뷰하셨어요?"

"아뇨, 그때 제가 인터뷰할 정신이 있었겠어요?"

"그럼 기자가 시장에 왔었나?"

"글쎄요. 시장 사람들 중에 그렇게 차분하게 설명할 만한 사람이 없는데."

정기섭은 대수롭지 않게 생각하는 듯했다. 시장 사람이 아니라면 프로덕션 사람밖에 없다. 박상운은 최경모에게 전화했다.

"익명을 요구한 협회 관계자가 너냐?"

"무슨 말씀이세요?"

"혹시 기자나 대중문화평론가라는 사람하고 인터뷰한 적 있어?"

"아, 그거. 예, 제가 얘기했어요. 기사 지금 보셨어요? 한참 됐어요. 폐업한 직후에 만났는데."

"그랬구나. 근데 그 평론가가 어떻게 알고 너한테 연락을 했지?"

"걔 제 친구예요. 평론가는 무슨. 그냥 블로거예요, 블로거. 지혼자 평론가라고 그러고 다녀요. 그래도 기사 잘 써줬죠? 좀 유명한 애였으면 포털에도 뜨고 그랬을 텐데."

박상운은 잠시 허탈했다. 하지만 그 오해가 없었다면 일이 여기까지 진행되지 못했을 것이다. 인류의 역사란 어차피 오해와 착각의 연속 아닌가.

쓰리컵컨설팅은 한 유아교재회사와 업무협력을 맺었다. 태어나는 순간부터 헝겊책에 파묻히는 요즘 아이들과 그들의 불안한 부모를 타깃으로 다양한 책과 교육용 완구를 팔아먹는 회사로 언제나 업계 2위였다. 수학, 과학, 미술 등 분야별로 전집을 엮어 내놓았을 때도 지능개발완구를 만들었을 때도 출시 직전 비슷한 상품이 경쟁사에서 먼저 나왔다. 배달 학습지와 기관용 학습지도 개발했지만 부모들은 인지도가 높은 경쟁사의 교재를 선호했다. 이번에 쓰리컵의 인기를 등에 업고 업계 1위로 발돋움하겠다는 야무진 각오를 하고 있었다.

쓰리컵협회는 회사 연구소와 함께 교재를 개발하고 〈더 챔피언〉 방송을 통해 상품을 노출하는 방법으로 홍보해 수익을 나누기로 했다. 박상운과 친분이 있는 유아교육 전문가들을 자문단으로 모셨고 회사는 자문단의 조언을 토대로 새 교육완구 개발에 착수했다. 약속한 기한을 한 달이나 넘긴 후에 두 가지 종류의 교재 샘플이 나왔다. 정기섭은 교구가 시원찮으면 다 엎어버릴 생각으로 씩씩대며 연구실에 찾아갔다.

하나는 만 0세를 대상으로 하는 원목 쓰리컵. 접착제를 사용해 붙이지 않고 원목을 통째로 깎아 만든 후 페인트 대신 식물성 기름을 발라 코팅한 것이었다. 아이들이 만지고 빨아도 안전한 고급 교구라는 콘셉트로 만들어졌다. 컵의 크기는 아이들의 손에 착 들어갈 정도로 아담하지만 구슬은 아이들이 삼킬 위험이 있어 안전 기준보다 더 크게 만들었다. 어차피 어린아이들이라 컵을 섞기보다는 숨겨놓고 찾는 정도의 게임을 할 테니 크게 문제가 없어 보였다. 정기섭은 컵에 구슬을 담고 흔들어보다가 막내딸이 가지고 놀던 딸랑이가 생각났다.

"컵에 뚜껑을 만들어서 안에 구슬을 담고 딸랑이로도 쓸 수 있게 하면 어떨까요? 고급 나무라 그런지 소리가 좋은데요?"

연구원 하나가 컵 주둥이에 홈을 만들어 마주 끼울 수 있게 만들자는 의견을 내놓았다. 안에 구슬을 넣고 컵을 마주 닫으면 딸랑이가 되고 다시 분리하면 쓰리컵 도구가 되는 것이다. 회의 내용을 반영한 이차 샘플은 일주일 이내로 나온다고 했다.

또하나는 좀더 큰 아이들을 대상으로 하는 플라스틱 교구였다. 열두 개의 컵과 두 개의 구슬, 동물 캐릭터 여섯 쌍이 한 세트였다. 컵과 구슬을 가지고 쓰리컵게임도 할 수 있고 컵 안에 동물 캐릭터를 숨겨놓고 같은 캐릭터를 찾는 기억력 향상 게임도 할 수 있게 만들었다. 트집을 잡고 싶었지만 전문지식이 없는 정기섭의 눈에는 홈 잡을 데 없어 보였다. 사장이 의기양양했다.

"빨리 개발 마무리해서 유아교육박람회에 내놓을 생각입니다. 엄마들이 워낙 많이 와서 보기 때문에 거기서 입소문 타면 매출이 쭉쭉 오르거든요. 박람회가 이제 석 달도 안 남아서 말인데, 〈더 챔피언〉 방송 일정은 잡혔습니까?"

정기섭은 예전에 박상운이 그랬던 것처럼 거의 확정적인데 방송사와 조율할 것들이 있다고 얼버무렸다.

실은 교육완구 일차 샘플보다 방송기획안이 먼저 나왔어야 했다. 박상운은 〈더 챔피언〉 기획안과 실제 방송 내용을 바탕으로 수정작업을 계속했지만 마음에 차지 않았다. 그렇게 큰 사회적 물의를 일으킨 프로그램을 다시 틀겠다는 용기를 갖게 하려면 더 강력한 무기가 있어야 했다. 아무리 궁리를 해도 떠오르지 않았다. 교재회사 사장이 방송 일정을 물어봤다고 하자 박상운은 낮부터 맥주캔을 깠다. 자판 하나 두드리지 못하고 맥주만 홀짝이고 있는 박상운에게 정기섭이 물었다.

"지금 김일우 뭐하고 있을까요?"

"모르죠, 뭐. 몰라도 에미 애비 등쌀에 편하지는 않을 겁니다."

"걔가 출연하면 사람들이 볼 것 같은데."

실마리는 김일우였다! 아쉽게 오억의 상금을 놓친 김일우가 다시 쓰리컵에 도전한다. 그날, 김일우에게 무슨 일이 있었나. 김일우가 직접 털어놓는 〈더 챔피언〉 비화. 김일우가 전수하는 쓰리컵 비법. 박상운이 낮술을 먹다 말고 팔짝팔짝 뛰면서 좋아했다.

"이거 된다, 된다! 김일우만 끌어오면 된다구요!"

　오영미는 밥을 먹고 있는 김일우를 물끄러미 바라봤다. 살이 많이 빠져서 안돼 보이기는 했지만 이목구비는 더 뚜렷해졌다. 오영미는 김일우의 머리를 쓸어넘겨주었다. 확실히 괜찮은 외모라고 생각했다.

　"일우야, 너 요즘도 안 들려?"

　김일우는 대답이 없었다. 안 듣는 건지, 못 듣는 척하는 건지, 듣기가 싫은 건지. 호응해주지 않을 것을 알면서 오영미는 컵을 뒤집어 안에 구슬을 넣고 빙글빙글 섞었다.

　"일우야, 한 번 찾아봐. 듣고 찾든 보고 찾든 한 번 해봐."

　이번에도 김일우는 대답하지 않았다. 김일우는 물에 만 밥을 다 먹고 오영미가 챙겨주는 영양제 두 알을 먹고 자리에서 일어섰다. 오영미는 쉽게 마음을 정할 수가 없었다. 애를 다시 방송에 내보내는 게 잘하는 일인가. 그것도 애가 이렇게 더 바보가 된 마당에. 하지만 참가비도 빌려주고 출연료도 따로 챙겨준다는데. 방송에 나가면 혹시 자극이 돼서 좀 나아지지 않을까. 오영미가 설거지통 앞에 서서 씻었던 그릇을 씻고 또 씻으며 골똘히 생각에 잠겨 있는데 김민구가 퇴근했다.

"밥 벌써 먹었어?"

오영미는 대답하지 않았다.

"나 왔어."

이번에도 오영미는 대답하지 않았다. 김민구가 뭐해, 하며 오영미의 어깨를 툭 쳤다. 오영미는 소스라치게 놀라며 손에 묻어 있던 거품을 사방으로 뿌려댔다.

"왔으면 왔다고 말을 하지 왜 슬금슬금 들어와서 사람 놀래키고 그래, 음흉하게?"

"내가 몇 번이나 불렀는데. 무슨 생각을 그렇게 해? 돈 생각? 일우 피아노 가르칠 생각?"

오영미는 수도밸브를 열어 슬쩍 거품만 닦고 김민구를 붙들어 앉혔다.

"오늘 누구한테 전화왔는지 알아?"

"내가 그걸 어떻게 아냐?"

"박상운."

"그 사기꾼 새끼?"

"응, 그 사기꾼 새끼."

오영미는 박상운과 세오시장 총무라는 사람이 정식으로 쓰리컵협회를 다시 만들고 대회를 준비중이라는 사실을 김민구에게 전했다. 김민구는 웃기고 있다며 남의 눈에 피눈물 뽑은 놈들이 하는 일이 잘될 리가 없다고 악담을 퍼부었다. 박상운이 김일우의 출연을 간절히 원하고 있고, 참가비를 빌려줄 의향도 있으며, 상금 이외에 출연료도 두둑이 챙겨주기로 했다고 하자 김민구의 분노가 조금 수그러들었다. 하지만 김민구도 오영미와 같은 이유로 망설였다. 김일우는 예전의 김일우가 아니었다.

"일우 요즘 어떤지 얘기했어?"

"자세하게는 안 하고 그냥 전 같지 않다고만 했지. 이제 대회 나가도 남들이랑 똑같은 실력이라고. 일등 못 할 거라고."

"뭐래?"

"상관없대. 일우는 잘생겼으니까."

"농담하지 말고. 그 새끼가 뭐라고 그랬어?"

"진짜야. 일우는 잘생겼고 이미 유명하니까 상관없대. 나오기만 하면 무조건 뜰 거래. 대신 전처럼 그렇게 비싸게 굴지 말고 촬영 협조 잘해야 된대."

해가 지고 광고판에 불이 켜지자 김일우가 집에 돌아왔다. 김민구는 화장실에 들렀다 자기 방에 들어가는 김일우를 유심히 살폈다. 김일우는 방문이 안 열리는지 한참 동안 두 손으로 문고리를 붙들고 끙끙댔다. 겨우 문을 열고 들어가더니 이번에는 문이 안 닫히는지 또 문고리를 이리저리 돌려댔다. 김민구는 고개를 설레설레 저었다. 빨래를 개키고 있는 오영미에게 물었다.

"솔직하게 부는 거 어떻게 생각해?"

오영미는 계속 빨래를 개면서 무슨 소리냐고 되물었다. 김민구가 오영미에게 바짝 다가왔다.

"솔직히 말하자고. 애 상태가 저 모양이라고. 그래서 예전 같은 실력은 보여줄 수 없다고. 그래도 방송 뒷얘기나 비법 같은 건 알려줄 수 있으니 그런 거라면 하겠다고. 다시 방송 나가서 돈 벌면 좋긴 하지."

오영미가 들고 있던 김민구의 사각팬티를 내려놓으며 한숨을 쉬었다.

"그렇긴 한데…… 쟤 상태가 너무 안 좋잖아. 바보 자식 키우는 거 자랑하는 것도 아니고. 출연료를 아무리 줘봐야 얼마 되겠어? 그 돈 받겠다고 자식새끼 팔아먹는 것도 그렇고. 오억쯤 준다면 모를까."

"그래도 이번에는 우리가 투자하는 금액이 없잖아. 손해보는 장사는 아닐 것 같다."

그런가, 하며 무심히 빨래를 개던 오영미가 별안간 발랄하게 물었다.

"방송 나오면 도와주겠다는 사람들 나타나지 않을까? 적어도 치료해주겠다는 의사 한 명 정도는 나타나겠지? 진짜 한 번 해볼까?"

〈더 챔피언〉의 막장 드림팀이 다시 뭉쳤다. 놀고 있던 최경모는 당연히 합류했고, 다른 직종으로 입사 준비를 하던 신입 조연출 두 사람은 고민 끝에 한번 더 방송일에 도전해보기로 했다. 막내

작가는 월급 십만원 더 준다는 말에 하던 프로그램을 때려치우고
왔다. 네오프로덕션 전 임직원 일동은 〈더 챔피언 시즌2〉의 기획
안을 완성했다. 우승자에게 건 돈의 열 배를 상금으로 주는 해괴
서바이벌에 김일우 갱생 프로젝트가 합쳐졌다. 쓰리컵게임을 진
행하는 동시에 김일우 가족의 진솔한 일상과 김일우의 재활과정
도 프로그램에 담는다는 것이다. 오영미와 이미 계약서까지 썼다.
〈더 챔피언〉은 서바이벌 휴먼다큐 리얼리티쇼로 거듭났다. 전편
과 달리 제작비 내역서는 금액을 최대한 부풀려 짰고 참가비와
협찬 등으로 발생한 모든 수입은 협회에서 관리한다는 단서조항
도 붙었다. 명백하게 '을'에게 유리한 역사적인 기획안이었다. 기
획안이 완성되자 박상운은 작전에 돌입했다.

월요일 아침, 각종 일간지 및 스포츠신문, 인터넷뉴스사이트 기
자들은 문제의 쓰리컵협회가 공식 출범했다는 보도자료 메일을
받았다. 〈더 챔피언〉을 기획한 박상운 피디가 협회 고문에 임명되
었고 세오시장 정기섭 총무가 사업팀을 맡아 관련사업을 활발하
게 진행시키고 있다. 이들은 방송사고로 인해 쓰리컵게임이 사장
될 위기에 놓인 것에 책임감을 느끼고 협회 살리기에 나섰다고
밝혔다, 고 보도자료와 토씨 하나 안 틀리고 기사가 나왔다. 악성
댓글들이 순식간에 몇 페이지씩 달렸다.

화요일 아침, 이번에는 몇몇 기자들이 김일우에 대한 제보를 받
았다. 사고 이후 상태가 악화된 김일우가 동네 버스정류장에 매일
바보처럼 앉아 있다는 것이다. 메일에는 휴대폰 카메라로 거칠게
찍은 김일우의 사진도 첨부되어 있었다. 곧 눈을 가린 김일우의

사진이 포털사이트 메인화면을 장식했다. 볼살이 쏙 빠져 실제 나이보다 몇 살은 더 들어 보이는 모습이었다. 그러자 김일우가 지금 이 모양인데 제작진은 협회 나부랭이에나 매달려 있다고 또 비난이 쏟아졌다. 김일우 목격담이 줄을 이었고, 몇 시간 사이에 쓰리컵협회 사이트 가입자가 수천 명이 늘었고, 상관도 없는 엔조이채널 홈페이지까지 네티즌의 공격을 받았다.

"걸려들었어!"

박상운은 준비된 기획안을 각 방송사 편성담당자에게 보냈다. 물론 정용준도 포함되어 있었다. 돈을 주니 와서 일하고는 있지만 사실 최경모는 확신이 서지 않았다. 자신만만한 박상운에게 물었다.

"그렇게 난리가 났었는데, 방송하겠다는 데가 있을까요?"

"두고 봐. 꼭 연락온다."

최경모가 확신을 갖지 못하는 것이 또하나 있었다.

"근데 우리 이거 잘하는 짓이에요?"

"죽기 아니면 까무러치기지. 내가 죽거나, 세상이 까무러치거나."

〈더 챔피언 시즌2〉의 방송이 결정됐다. 개국 예정인 케이블의 종합엔터테인먼트채널에서 편성을 결정한 것이다. 전국에 백 곳이 넘는 매장을 가지고 있는 프랜차이즈 외식업체와 고금리대출을 주업무로 하는 사금융회사에서 상금과 제작비를 협찬하기로 했다. 이들은 오로지 광고가 된다는 이유로 〈더 챔피언 시즌 2〉를 덥석 물었다. 박상운은 방송사와의 계약에서도, 협찬사와의 계약에서도 어느 것 하나 양보하지 않았다. 케이블채널의 편성부장은 자신감이 보기 좋다며 좋은 방송 기대하겠다고 박상운의 모든 요구사항을 흔쾌히 수락했다. 하지만 박상운이 나가자마자 저렇게 나대다 큰코다친다, 이렇게까지 해서 이 쓰레기 같은 프로그램을 틀어야 한다는 게 수치스럽다며 기획안을 내던졌다.

22

〈더 챔피언 시즌2〉제작발표회 겸 기자회견이 열렸다. 김일우는 오영미의 손을 잡고 제작발표회가 열리는 영화관으로 들어섰다. 붉은색 벽, 붉은색 바닥, 붉은색 의자, 붉은색 무대. 출입문마저 붉은색 커튼이 드리워져 있었다. 커다란 심장 안으로 빨려들어가는 기분이었다. 김일우는 숨이 턱 막혀 가슴을 퉁퉁 두드리며 크게 심호흡했다. 김일우가 모습을 드러내자 기자들이 웅성거렸다. 진행자가 김일우의 손을 잡아끌며 뭐라고 말했다. 김일우에게는 이 모든 소리가 들리지 않았다. 대신 사방을 둘러싼 붉은색이 말했다. 이곳은 건강하지 않다, 불안하다, 위험하다. 박상운에게서는 가느다란 새의 발목이 부러지는 소리가 났고 편성부장에게서는 신문지처럼 얇은 종이가 불에 타는 소리가 났다. 기자회견장에 모인 사람들에게서는 모래벽이 무너지거나 낙엽이 떨어지거나 철이 녹스는 것 같은 소멸의 소리들이 났다.

무대 위에는 붉은 벨벳을 씌운 긴 테이블이 놓여 있었다. 그 옆에 크기가 다양한 은색 컵과 구슬 들이 크리스마스트리 모양으로 쌓여 있었고, 스크린을 가린 붉은 커튼 위로 커다란 〈더 챔피언 시즌2〉 포스터가 붙어 있었다. 김일우의 사진이었다. 해질 무렵, 어둡고 사람이 없는 버스정류장 광고판 불빛 앞에 김일우가 앉아 있다. 고개를 돌려 카메라를 보고 있는 눈동자가 무척 새까맸다. 기자들은 잘 연출된 이미지컷이라고 생각했지만 아니었다. 김일우가 매일매일 제 발로 찾아가 앉아 있는 정류장에서 찍은 것이었다.

편성부장과 박상운, 김일우와 오영미가 테이블에 나란히 앉았다. 바닥, 무대, 테이블, 뒷면의 커튼까지 온통 붉은색이라 노란 옷을 입고 가운데에 앉아 있는 김일우가 더욱 눈에 띄었다. 김일우가 고개를 들 때마다 카메라 플래시가 터졌다. 기자들은 김일우의 작은 동작 하나하나도 놓치지 않았다. 김일우가 머리를 넘기거나 얼굴을 만지거나 고개를 돌리면 또 일제히 플래시가 터졌다. 오영미는 김일우의 손을 꼭 잡았다. 반항 없이 기자회견장에 따라오고 자리에 얌전히 앉아서 말은 안 하지만 이상한 짓도 안 하고 있어주는 것이 고마우면서도 불안했다.

박상운이 기획의도와 프로그램 전체 콘셉트, 진행방법 등에 대해 구구절절 설명했다.

"무엇보다 중요한 것은 이번 프로그램이 단순히 우승자를 가리는 서바이벌게임이 아니라는 것입니다. 쓰리컵게임 대회인 동시에 김일우군의 도전기입니다. 지난 시즌을 보신 분들은 잘 아시겠지만 김일우군이 의사소통과 학업 면에서 약간의 어려움을 겪고 있습니다. 저희는 정신과 상담 및 피아노, 수영, 미술 등 각종 예술치료프로그램, 또 두뇌 발달을 위한 쓰리컵게임 등을 다양하게 시도할 예정입니다. 이를 통해서 김일우군이 발전해가는 모습을 확인하시기 바랍니다. 저희의 목표는 김일우군이 다시 챔피언에 도전해서 멋지게 성공하는 것입니다. 김일우군은 저희 프로그램의 주인공이자 도전자입니다."

누구도 관심있게 듣지 않았다. 이미 보도자료에 적혀 있는 내용이었다. 박상운이 긴 설명을 마치고 헛기침을 한 번 한 후 테이블에 놓여 있던 물을 마시고 질문 받겠습니다, 말했다. 기다렸다는 듯이 기자들이 질문을 쏟아냈다. 정확히 김일우군은 지금 상태가 어떻습니까? 방송 이후 김일우군은 어떻게 지냈습니까? 지난 방송이 조작과 사기 논란으로 시끄러웠는데 김일우군은 어떻게 생각하십니까? 김일우군, 지난 시즌에서 놀라운 실력을 보여줬는데 비법이 있습니까? 공개할 의향이 있습니까? 다시 방송에 출연하는 이유가 뭡니까……

—위이이잉

기자석의 마이크가 갑자기 잡음을 냈다. 마이크를 들고 있던 여기자가 둥그런 머리 부분을 툭툭 쳤다. 탁탁 소리가 나자 기자가 다시 마이크를 턱에 갖다대고 말했다. 하지만 말소리는 나오지 않았다. 기자는 마이크 손잡이를 잡고 휘휘 흔들었다.

—찌이이이이이이

굉음이 기자회견장을 울렸다. 기자들은 물론 무대 위에 앉은 편성부장과 박상운, 오영미도 인상을 쓰며 반사적으로 귀를 틀어막았다. 마이크를 들고 있던 기자는 감전이라도 된 것처럼 마이크를 집어던졌다. 전기 튀는 소리가 퍽 나더니 마이크가 아예 먹통이 됐다. 그동안 김일우는 아무런 표정의 변화 없이 앞에 보이는 영사실의 작은 창을 보고 있었다. 김일우에게는 아무 소리도 들리지 않았다. 여기자는 핏대를 세우며 큰 소리로 물었다. 소리를 지르느라 미간을 잔뜩 찌푸려 숱이 많은 눈썹이 송충이처럼 꿈틀거렸다. 여자는 주먹을 꼭 쥐고 한 마디 한 마디 힘을 주어 말했다. 김일우는 여자가 안쓰러운 생각이 들어 고개를 쭉 빼고 여자와 눈을 맞췄다. 여자는 잠시 머뭇하더니 질문을 이어갔다. 목소리는 들리지 않았다. 대신 여자의 기다란 목과 짙은 눈썹, 작은 주먹이 말했다. 몸의 움직임을 따라 앞뒤로 흔들리는 어깨와 같은 방향으로 흔들리는 건조한 머리칼, 별안간 내뱉은 깊은 한숨이 말했다. 슬퍼. 불쌍해. 한심해. 이제 너는 어떻게 될까. 뭐가 될까.

　김일우는 소리를 더 잘 듣기 위해 몸을 앞으로 기울였다. 그리고 서서히 몸을 일으켰다. 김일우의 손을 잡고 있는 오영미의 손도 따라 올라갔다. 당황한 오영미가 김일우의 손을 급히 잡아끌었지만 김일우는 엉거주춤 일어선 상태로 멈춰버렸다. 피디님! 피디님! 울 듯한 표정으로 오영미가 박상운을 불렀고 박상운은 벌떡 일어나 무대 아래에서 대기하고 있던 조연출들을 불렀다. 기자들은 정신없이 플래시를 터뜨렸다. 조연출이 무대로 뛰어올라가다 컵을 쌓아 만들어놓은 장식물을 툭 건드렸다. 돌탑처럼 얼기설

기 쌓여 있던 컵들이 요란한 소리를 내며 우르르 무너졌다. 따강
따강따강따강따강! 이 순간을 놓치지 않고 기자들이 또 셔터를
눌렀다. 펑, 펑, 펑, 펑, 사방에서 플래시 터지는 소리가 났다.

순간 김일우는 여기가 어디고 자신이 왜 이 자리에 왔는지 잊
었다. 빛이 들어오지 않는 어둡고 붉은 방. 나가는 문이 보이지
않았다. 슬퍼. 불쌍해. 한심해. 이제 나는 어떻게 될까. 뭐가 될까.
그때 멀리 어딘가에서 쾅 하고 커다란 빛이 터졌다. 순간 김일우
의 심장도 펑 하고 터졌다. 심장이 터지며 가슴속에서 소리가 들
렸다.

도망쳐!

김일우는 의자를 딛고 테이블 위로 올라섰다. 그리고 번쩍이는
커다란 빛을 향해 몸을 날렸다. ■

_남진우(시인, 문학평론가)

일 년이란 별로 오랜 기간이 아닌데도 귀국한 지 얼마 안 되어
신인 응모자들의 장편소설을 읽고 평가하는 자리에 참가하게 되
니 그 절차나 과정이 무척 아득하게 느껴졌다. 무엇보다 마음에
드는 작품이 눈에 잘 들어오지 않았다. 내 기대수준이 너무 높았
던 것일까. 혹시 내가 아직도 시차적응을 못하고 있는 것은 아닐
까. 예심을 위해 내 책상 위로 올려진 작품들은 대부분 완독할 정
도의 시간을 소요하지 못한 채 내 시선 바깥으로 미끄러져나갔으
며 조만간 바닥으로 내려앉곤 했다.

조남주씨의 『귀를 기울이면』은 우리 현실의 단면을 절개해서
재미있게 보여주는 한편의 우화이다. 등장인물들이 지나치게 평

면적이고 구성 역시 단선적이라는 한계는 있지만 이 정도 짜임새 있는 이야기와 흡인력 있는 서술의 어울림도 응모작 가운데 흔치 않다고 할 수 있다. 망설임의 시간은 길었지만 이 작품을 당선작 으로 선정하는 결단의 순간은 짧았다.

_류보선(문학평론가)

조남주씨의 『귀를 기울이면』은 혁신적이라기보다는 개성적인 소설이었다. 아감벤이 주목한 '조수들(Gli aiutanti)'의 개성이 단 연 탁월했다. 이 소설에 집중적으로 등장하는 소위 '조수들'은 '어리석은 행동과 어린아이 같은 짓'을 반복하며 매번 의욕적으로 시작하지만 아무것도 제대로 끝마치진 못하는 인물들이고, 세속 적인 가치에 묶여 있지만 그러면서도 신성한 가치를 추구하는 반 신반인적인 인물들이라 할 수 있었다. 그러나 우리가 알고 있듯 당연히 우리가 사는 세상은 이들 '조수들'에 관대하지 못할 뿐만 아니라 '쓸모없는 실존'으로 격하시키곤 한다. 그러니 이 시대의 '조수들'은 '조수들'로서의 자기정체성을 유지하기보다는 상징질 서가 요구하는 챔피언이 되기 위해 반복적으로 자기를 버릴 수밖 에 없을 터인데, 『귀를 기울이면』은 이 과정에서 일어나는 사건들 을 때로는 유머러스하게 또 때로는 아이러니적으로 그려낸 소설 이다. 말하자면 결코 어떤 일도 끝내지 못하는 존재들이 세상의 챔피언이 되기 위해 고투하는 과정, 그러나 정작 노력하면 노력할

수록 챔피언에서 멀어져가는 아이러니를 묘사한 소설이 바로『귀를 기울이면』인 것이다.『귀를 기울이면』은 이러한 발상을 통해 자발적 가난이라는 또다른 출발선에 서지 않으면 결코 사회가 강요하는 결핍감으로부터 자유로울 수 없는, 그러니까 끊임없이 자본주의적 욕망의 회로 속에서 자기를 소진시켜야 하는 현대인의 우울한 초상을 그야말로 양가적으로, 그리고 미학적으로 성공적으로 그려내고 있다. 현대성에 대한 단연 개성적인 접근법이라 할 만하다. 그런가 하면 우리 소설이 오랫동안 잊고 있던 인물형의 성공적인 귀환이라 할 만하기도 하다. 하지만 아쉬움도 있었다. 그중에서 무엇보다 기시감이 많이 걸렸다. 경연대회 혹은 퀴즈쇼의 형식은 최근 우리에게 너무 익숙한 형식이 되어버렸다. 이 익숙한 형식을 소설의 기본서사로 설정했으면 사실 이 형식 자체를 비판하고 내파하는 혁신성이 같이 작동했으면 했건만, 그런 파괴적인 힘이 미약했다. 그러나, 그럼에도 불구하고, '조수들'이라는 매우 매력적인 인물형상을 전진배치시켜 우리가 살고 있는 현대사회를 전혀 새롭게 은유화하고 현대사회 안의 빈틈을 찾아냈다는 점은 충분히 값진 성과라 아니할 수 없다.

당선자와 응모자들의 더 큰 정진을 기대해본다.

_성석제(소설가)

심사를 하는 동안 내내 현실의 응축이라 할 수 있는 소설이 뿌리 잘린 꽃처럼 느껴지고 개연성이나 내적 필연성에 따라 움직이기보다는 작가가 마음먹기에 따라 얼마든지 결과가 뒤바뀔 수 있을 것처럼 여겨졌다. 소설이 편의점에 진열되기 시작한 건 이미 오래된 일이지만 이제 소설이 편의점에서 나오는 게 이상하지 않게 되었다는 느낌이다. 편의점에 있는 상품들은 사람의 마음과 생각은 물론이고 생활까지 편리하게 해주지는 못한다. 편의점에서 상품을 사는 사람들이 어떤 존재인지를 알려주기는 할지언정.

조남주씨의 『귀를 기울이면』이 남았다. 퀴즈쇼, 서바이벌 프로그램, 익숙한 출발이다. 전개와 결말 역시 많이 본 것들이다. 지리멸렬하고 모자라는 사람들이 만화경을 연출하고 슬랩스틱 코미디를 보여준다. 밑바닥에 사는 사람들이라 다른 사람들에게는 당연히 있는 게 없는 사람들이고, 다른 사람에게는 흔히 없는 '악''발악'을 할 수밖에 없는 사람들이라 엉성하고 우연적이고 허점 많은 도전이 허용된다. 없는 사람들끼리 최후에 남았을 때 누가 승리를 차지할 것인가에 초점이 모아진다. 가장 불운하고 가난하고 모자라는 사람이 승자가 되는 게 도덕적이다. 그런 기대에 대한 배신이 흥미롭다. 통속적인 타협이 아니라 어쩔 수 없는 선택처럼 보이는 것, 그 자연스러움이 이 작품을 당선작으로 밀게 했다. 『귀를 기울이면』은 뿌리 잘린 아름다운 꽃이 아니다. 편의점이 있는 골목 안쪽에 자라고 있는 풀, 어린 나무다.

_신수정(문학평론가)

여러 가지 이유에서 조남주씨의 『귀를 기울이면』이 제일 마지막까지 고려의 대상이 되었다는 것을 밝히고 싶다. 우선, 이 소설은 인물이 살아 있다. 갑자기 회사에서 잘린 비정규직 아버지와 자폐아 아들, 대형마트의 위세 속에 살아남기 위해 몸부림치는 재래시장 상인회 회원들, 방송국에 프로그램을 제공해야 먹고살 수 있는 프로덕션 사장 등 이 소설 속 인물들은 하나같이 자신의 행위의 필연성이 명백하다. 이 소설을 움직이는 가장 중요한 동력은 바로 이 인물들의 생존 욕망이다. 따라서 이 소설은 다른 응모작들에 비해 관념성이나 추상도가 현저하게 낮게 나타나 있었다. 구체적이고 현실적인 서사적 개연성이 확보되어 있었다고 할까. 세 가지 축으로 나뉘어 있는 인물들을 자유자재로 넘나들며 이야기를 전개하는 전지적 서술자의 대담하고 성숙한 서술도 인상적이었다. 이 내레이터는, 인간을 움직이는 것은 돈 이외의 다른 어떤 것도 아님을 충분히 담지하고 있는 인물만이 보여줄 수 있는 삶에 대한 풍자적 거리감을 잘 보여주고 있었다. '세오시장 갱생 프로그램'의 일환으로 정기섭 총무가 시청 앞 일인 시위를 하다가 뜻하지 않은 상황, 즉 점심으로 먹은 김치찌개 때문에 갑작스러운 복통을 느끼지만 시위를 하는 입장에서 다른 사람의 눈을 의식해 그것을 해결하지 못하고 참다가 결국 사람들의 동정을 사고 그로 인해 그들의 의도가 극적으로 관철되는 어이없는 해프닝을 묘사하는 대목에서 이런 정신을 확인할 수 있다. 이념과 명분은 복통과 사리사욕 앞에서 그 힘을 잃는다. 이 사실을 간파하고 있다는 것만으로도 이 소설의 두드러진 현실감각을 인정하지 않을 수 없을 것이다.

그런 의미에서 당선작을 낸다면 『귀를 기울이면』 이외에는 어려울 것 같았다. 그러나 일말의 망설임이 없지 않았는데, 그것은 세 층위로 나뉜 이 소설 인물들의 욕망을 하나로 엮어주는 '쓰리컵대회'를 서술하는 소설 후반부에 대한 불만 때문이었다. 거창하게 말해서 '쓰리컵대회'지, 그것은 사실 '야바위대회'의 다른 이름이다. 사정이 그렇다면 『귀를 기울이면』은 이 '야바위대회'를 좀 더 해학적이고 풍자적으로 그려도 좋았을 듯하다. 그를 통해 인간들의 생존투쟁이란 결국 거대한 한판의 야바위게임과 같다는 이야기를 할 수도 있었을 것이다. 그러나 『귀를 기울이면』은 이 대회를 '사실적'으로 그리는 데 많은 공을 들였다. 그 결과 소설 전반부와 후반부의 톤이 달라지면서 다소 계몽적이고 도덕적인 결말이 자리잡게 되었다. 소설을 가지고 놀기를 바랐던 입장에서 보자면 이 구성은 다소 맥 빠지는 면이 없지 않은 것이 사실이다. 물론, 그로 인해 유희정신 대신 현실의 재구성이라는 소설 본연의 임무가 우리 앞에 던져지게 된 것은 부인할 수 없다. 『귀를 기울이면』을 제17회 문학동네소설상 당선작으로 밀게 된 것은 바로 이 진정성에 대한 신뢰 때문이기도 하다. 이 미덕이 있는 한 소설은 여전히 우리의 어두운 욕망을 비추는 탐조등의 기능을 멈추지 않을 것이다. 그것이 있는 한 소설은 영원하고 소설가도 그럴 것이다. 그 사실을 다시 한번 믿고 싶었다. 당선을 축하한다. 새로운 출발이 풍성한 결실을 가져오기 바란다.

_정미경(소설가)

조남주씨의 『귀를 기울이면』은 따뜻한 비극이다. 현대인이라면 오장육부처럼 달고 다니는 소외와 고독, 존재의 불안을 침울하지 않게, 발랄하게 보여준다. 이야기를 만들고 그 이야기를 끝까지 끌고 가는 기본기와 힘이 있다.

날로 쪼그라드는 재래시장 상인회와 숨막히는 방송 제작 현실에 쫓기는 피디, 정상적인 산술로는 먹고살 계산이 나오지 않는 김일우네 가족이 각자의 절박한 목적을 계기로 만나게 된다. 그 접점이 야바위게임이다. 쓰리컵대회라는 그럴싸한 이름을 붙인다 해서 그 본질이 달라지는 건 아니다. 약간 모자라지만 비상한 청력을 가진 김일우와 재래시장 상인회, 전성기가 한참 지난 외주제작사 대표를 연결해줄 어떤 다른 것이 있겠는가. 온 세상이 서바이벌 프로그램으로 넘쳐나지만 뛰어난 노래솜씨도, 퀴즈대회에 나갈 박학다식함도, 멋진 외모도 없는 이들에게 오래전에 사멸한 줄 알았던 야바위게임 외엔 어떤 교집합도 있을 수가 없겠다.

소설은 방송국의 제작현실과 재래시장의 현실, 이 사회의 바닥에 이른 한 가족의 좌충우돌을 릴레이경기의 중계방송처럼 보여준다. 각자의 순서가 돌아오면 바통을 받아들고 폼나게 달려가는 대신 쪼잔함과 비루함을 흩날리며 비지땀을 쏟을 뿐이다. 일확천금을 노리고 전세금 전부를 참가비로 낸 김일우네 가족이나, 그의 우승을 막기 위해 쥐가 나도록 잔머리를 굴리는 주최 측이나, 모처럼 건진 아이템으로 기사회생해보려는 프로덕션이나 경기가 끝나기도 전에 이미 패배가 예정되어 있다.

읽고 나자 대책 없고 소란스러운 비극성에도 불구하고 마음이 따듯해졌다. 에밀 쿠스트리차의 〈검은 고양이 흰 고양이〉를 보고 난 후처럼. 어디 가까운 곳에 일우와 오영미와 김민구가 컵라면이라도 먹어가며 씩씩하게 살고 있을 것이라는 생각도 들고.

삶이란, 늘 내가 찍은 컵 속은 비어 있는 야바위게임이라는 걸 책장을 덮고서야 알게 되었다.

새로이 탄생한 작가에게 진심으로 축하를 드린다.

_차미령(문학평론가)

조남주씨의 『귀를 기울이면』은 심사과정에서 비교적 쉽게, 마지막 단 한 작품으로 남겨졌다. 그러나 이 작품을 수상작으로 결정해도 되겠는지에 대해서는 이견이 분분했다. 나로 말하자면 『귀를 기울이면』은, 본심에 올라온 작품을 개별적으로 검토하는 동안에 플롯의 당위성과 타당성이 마음에 걸려 우선 뒤로 돌려둔 작품이었다. 소설 속 세계는 자족적인 것인 양 생각되기 쉽지만, 그것을 읽는 독자들은 자기가 살아가는 세계의 논리에 견주어 그 세계를 저울질해보기 마련이다. 요컨대 나로서는, 야바위를 변용한 쓰리컵게임이 일대 파장을 일으킨다는 소설의 기본적인 아이디어를 비롯하여, 이 소설의 몇몇 발상들을 간단히 수용하기 어려웠다. 물론 난센스가 날카로운 풍자를 장착하고, 페이소스가 실린 유머를 동반할 수도 있다. 다른 심사위원이 토론에서 지적한 것처럼 가령 그것이 의도적인 과장이나 허풍 속에서 이야기된다면 말이다. 하지만 이 소설은 그것이 다루고 있는 내용에 견주어볼 때, 지나치게 정직한 화법을 취하고 있어 아쉬웠다. 일인칭 화자가 이야기를 끌고 간다면, 그 화자의 캐릭터가 소설의 문체를 어느 정도 결정할 수 있다. 의식적인 고민 없이도 화법의 개성을 확보할 수 있다는 뜻이다. 하지만 장편소설의 작가가 삼인칭 화자를 채택했을 때에는 사정이 달라진다. 인물과 사건이 보이는 각도와 전달되는 방식에 대한 특별한 전략이 있지 않으면, 전달되는 내용의 설득력과 깊이, 그리고 강도에서 크게 손해를 볼 수밖에 없다.

심사의 끝 무렵에 나는 다음과 같은 생각을 했었던 듯하다. 17회를 이어오면서 문학동네소설상은, 물론 빼어난 문제작들을 배출했지만, 잘 알려지지 않은 신인이 장편으로 검증을 받아 이름을 알리는 흔치 않은 등용문이기도 했다. 조남주씨가 가능성 있는 신인이라는 사실을 부인하기는 참으로 어려웠다. 앞서 거론한 아쉬움들마저도 창의적으로 발전할 여지가 있는 어떤 개성의 전주곡일 수 있다는 생각을 지우기 힘들었던 것이다. 삶의 면면에 대한 상세한 앎과 세태에 대한 비판정신을 깔고 있는 엉뚱한 상상이라니, 그것은 우리가 언제나 기다리던 것이기도 하지 않은가. 난장판의 틈바구니 속으로 내면의 소리를 듣는 소년을 데려다놓은 작가의 작의(作意) 역시 다시 생각지 않을 수 없었다. 곳곳을 누비

기를 마다하지 않는 발과, 상식을 넘어서는 상상과, 사태의 이면
을 포착하고자 하는 진정성. 이 작가의 범상치 않은 미덕들이 부
디 활짝 피어나기를 기대한다. 수상을 축하드린다.

프린터 토너가 다 닳기도 전에

황현진(소설가)

1

그냥 프린터 한 대 사자. 그 돈이나 이 돈이나.

PC방에서 프린트 값으로 지출하는 돈이 아까웠던 남편이 말했다. 쉽게 하는 말일 리가 없었다. '그 돈이나 이 돈이나'라니. 남편의 말마따나 아주 틀린 말도 아니었다. 그래도 남주는 미안했다. 남주가 소설을 쓰지 않았다면 프린터란 하등 쓸데없는 물건이었다. 그래서였다. 마지못한 척 남편을 따라나선 마트에서 흑백레이저프린터를 산 날, 엄청 비싼 보물이라도 되는 듯 가슴팍에 프린터를 안고 있는 남편에게 남주는 시키지도 않은 약속을 덜컥해버렸다.

이 프린터 토너가 다 닳을 때까지, 딱 그때까지만 도전하겠어.

남편은 굳이 말리지 않았다. 남주가 방송작가를 그만둔다 했을 때도, 그는 흔쾌히 동의했었다. 돌이켜보면 그는 남주의 말에 쉽사리 수긍하는 편이었다. 그 때문에 남들에게 자주 순진하다는 소리를 듣는 모양이었다.

프린터 토너가 다 닳을 때까지. 퍼뜩 떠오른 결심을 입밖으로 내뱉는 순간, 남주는 살짝 무서웠다. 반면 남편은 호기롭게 외치는 남주의 말이 어떤 불운을 불러오진 않을까, 당최 걱정하는 기색도 내비치질 않았다. 내심 남주는 굳이 그럴 필요까진 없다고, 토너 따윈 얼마든지 갈아 쓸 수 있다고 말해주길 원했다.

마트에서 집으로 돌아오는 길, 남주는 프린터 토너의 사용량이 얼마나 될까 가늠해보았다. A4용지 천 장쯤 되려나? 만 장까진 안 되겠지. 어쩌면 인쇄 버튼을 누르는 일이 프린터를 구매하기 전보다 더 어려운 일이 될 수도 있겠다 싶었다. 괜스레 남편의 손을 꽉 쥐었다. 그의 입장에서 보자면 남주의 말은 전혀 무모하거나 황당한 약속이 아니었다. 처음 봤던 스무 살 때부터 남주는 소설을 읽고, 쓰고 있었다. 사회학과 학생이 소설이라니. 그가 의아해하자 남주는 이렇게 말했다.

노래 부르기를 좋아하는 사람이 노래방에 가는 것과 같은 거지. 나처럼 이야기를 좋아하는 사람이 재미 삼아 이야기를 쓰는 건 당연한 거야.

타고난 노래 실력으로 '슈퍼스타K'에 도전하는 사람이 있다. 그보다 훨씬 더 많은 사람들은 제 사는 동네의 노래방에서 애창곡 수를 늘려가는 재미로 산다. 〈슈퍼스타K〉를 보면서 가끔 심사위원 놀이도 하고, 도전자가 열창하는 노래를 따라 부르기도 하면서 나도 저 정도는 한다고, 짐짓 어깨를 추켜올리기도 한다. 가끔 눈치 없는 노래방 기계가 '더 연습하셔야겠어요'라는 말로 상처를 주고, '가수하셔도 되겠어요'라며 희망을 불어넣어주지만 그러거나 말거나, 노래방에 가면 마이크를 손에서 놓지 못하는 사람들은 꼭 있기 마련이다. 남주는 자신을 가리켜 그런 이들 중 한 명이라 칭했다.

나날이 토너의 잉크는 줄어만 들었다. 아낀다고 아껴 썼는데도 그랬다. 프린터를 볼 때마다 남주보다 남편이 더 긴장하는 눈치였다. 쓸 시간은 모자란데 프린터가 뽑아내는 종이는 올해 들어 더욱 흐릿해졌다. 더이상의 습작은 무리인 게 아닐까, 남주는 생각했다. 무엇보다 세 살 된 딸에게 미안했다. 매일 아침 출근할 곳이 정해져 있는 직장맘도 아닌데 아이를 지난봄부터 어린이집에 보냈다. 소설 쓸 시간을 벌기 위해서였다.

아이는 울었다. 남주 역시 마찬가지였다. 갓 세 살 된 어린 딸애를 어린이집에 보낼 때마다 눈물이 솟구쳤다. 그러면서도 빨리 아이가 어린이집으로 가기를 바랐다. 남주는 혼자 컴퓨터 앞에 앉아 컵라면을 먹고, 천원짜리 김밥을 꾸역꾸역 삼켰다. 아이가 어린이집에서 돌아오기까지, 그 반나절 동안 벌건 국물이 튄 키보드를 쉼없이 두들겼다. 그 이상의 시간을 갖기란 거의 불가능했다. 남주는 매일매일, 아주 조금 조금씩 이야기를 써내려갔다. 프린터를 산 지 이 년째, 토너는 의외로 악착같이 버텨내고 있었다.

작년 겨울이었다. 남편은 남주의 소설이 최종심에 올랐다는 소식을 들었다. 그것만으로 충분했다. 남주의 소설을 단 한 번도 완독하지 못했으면서도 그는 확신했다. 남주는 정말 소설가가 되겠구나.

2

어린 시절, 남주의 집은 산 아랫동네였다. 사람들은 달동네라고 불렀다. 어느 날, 동네에 아파트가 생겼다. 덩달아 놀이터도 생겼다. 남주는 동네에서 단 하나밖에 없는 놀이터를 매일 찾아갔다. 미끄럼틀을 타고, 시소를 타고 그네도 탔다. 어린 남주는 이보다 신난 놀이를 즐겨본 적이 없었다. 그렇게 남주와 같은 동네의 어린아이들이 무리를 지어 아파트의 놀이터를 찾았다. 아파트에 사는 사람들이 인상을 썼다. 싫어하는 기색이 역력했다. 어린 아이들도 누가 저를 싫어하고 좋아하는지는 단박에 알아낸다. 그래도 남주는 꿋꿋이 놀이터에 갔다. 동네에 다른 놀이터는 없으니 발길은 저절로 그리로 향하기 마련이었다. 그러자 사람들이 벽을 만들었다. 남주의 동네와 아파트를 잇는 길을 아예 막아버렸다.

"외부인출입금지"

남주는 그 외부인이 바로 자신과 자신이 사는 동네 사람들을 가리킨다는 것을 깨달았다. 이 의리 없는 것들. 의리 있는 사람들 이었다면 이웃에 사는 아이들에게 그렇게까지 함부로 굴진 않았 을 거였다. 모든 나쁜 일들은 '의리 없음'에서 비롯했다.

놀이터를 등지고 돌아서면서, 남주는 난생처음 어떤 꿈을 가졌 다. 아파트에서 살겠다는 꿈. 아파트를 꼭 갖겠다는 꿈. 아파트에 살면서도 의리 있게 사는 모습을 몸소 보여주고 싶었다. 분명 그 날 이후부터였다. 세상을 움직이게 만드는 두 가지 힘이 있다면 그것은 바로 의리와 복수라는 믿음을 가지게 된 것은. 복수는 최 소한의 의리도 지키지 않은 자들에 대한 처벌이다. 물론 복수 그 자체에도 의리와 배려는 적당히 필요하다. 너무 심해선 안 된다. 예컨대 남주에게 가장 통쾌한 복수는 이런 식이다.

녹화가 있던 날이었다. 진행을 맡은 남자 출연자는 좀처럼 대본 연습을 하지 않았다. 아무리 남주가 부탁해도 도통 먹혀들지 않았 다. 늘 발음을 버벅거리면서도 항상 그랬다. 당연히 실수를 연발 했다. 툭하면 녹화 시간이 길어졌다. 스태프들은 짜증을 냈다. 그 때마다 피디는 큰 소리로 담당작가인 남주를 불렀다. 남자 출연자 는 부리나케 달려가는 남주의 뒷모습을 나 몰라라 했다. 연습 안 시켰어? 피디가 소리지르고 남주가 우물쭈물하는 사이 남자 출연 자는 연습하란 소리 들은 적 없는데요, 얼른 자리를 피해갔다. 한

마디로 남주에게 의리 없이 굴었던 게다. 남주는 아주 철두철미한 복수 계획을 세웠다. 녹화방송이 아닌 생방송 할 날만을 손꼽아 기다렸다.

마침내 그날이 왔다. 진행자는 여느 때와 마찬가지로 대본 연습을 전혀 하지 않고 나타나 무대 위에 마이크를 잡았다. 한 줄, 한 줄 잘 읽어내려가던 진행자의 숨이 갑자기 턱 막혔다. '결핵 퇴티 티 티팀팀당.' 그건 남주가 몇 날 며칠 고심한 끝에 찾아낸 단어였다. 너무 뜬금없이 등장하는 단어도 아니면서 발음하긴 어려운 단어. 의리 없는 진행자의 혀를 배배 꼬아줄 바로 그 단어. '결핵 퇴치 팀장'.

진행자의 낯이 벌게지고, 남주는 배를 잡고 웃었다. 아, 속 시원하다, 남주의 입에서 저절로 그런 말이 터져나왔다.

그렇다면 의리란 무엇인가, 남주는 남편에게 제일 먼저 가르쳐주고 싶었다. 의리가 무엇인지, 의리를 지키지 않으면 어떻게 되는지.

한참 연애가 무르익던 무렵이었다. 어린 그에게 입대통지서가 날아왔다. 드디어 의리를 보여줄 때가 온 것이다. 짧지 않은 군복무기간 동안 그녀는 진정한 고무신녀가 되겠다, 약속했다. 군대 간 남자친구를 기다리는 건 아무나 할 수 있는 게 아니라는 말도 잊지 않고 해주었다. 남주의 말에 그는 까슬까슬한 머리통을 크게 끄덕였다. 다행히 그는 비교적 휴가가 잦은 의경으로 군복무를 마쳤다. 그 소식을 접한 어떤 이는 의경 고무신도 고무신이냐고 따지고 들었다. 특히나 그렇게 말하는 사람이 대한민국 육군 현역의 고무신일 때는 남주의 얼굴이 살짝 붉어지기도 했다. 다만 속으로 속삭였다. 의경은 의경 나름대로의 고충이 있어요, 라고.

의리로 맺어진 인연은 결혼으로 이어졌다. 사람들은 둘을 두고 바보 같다 놀렸다. 순진하고 바보 같아서 결정한 결혼이 아니었다. 결혼은 당연한 수순이었다. 한 사람을 만나 사랑하는 일, 끝끝내 사랑하는 일. 남주가 남편에게 '의리'란 이름으로 보여준 것은 바로 그것이었다. 남편이 남주에게 보여주고 싶었던 것 역시 바로 그것이었다. 의리는 곧 사랑이었다.

결혼과 동시에 남주는 어릴 때 꾸던 꿈 중 하나를 이루었다. 작은 아파트를 산 것이다. 그 바람에 아무리 갚아도 줄지 않는 빚을 얻었다. '부채탕감'을 위해 남주는 일확천금을 꿈꾼다. 꿈에서 용이 나와 안녕, 나 용이야, 라고 말하면 당장 로또를 산다. 오천원 이상 당첨된 적은 한 번도 없다. 그래도 언젠가 그 용이 의리를 지켜줄 거라 믿는다. 로또 일등까진 아니라도 삼등 당첨쯤은 애써주지 않을까. 뱀도 지렁이도 아닌 용이라면.

3

사실 남주가 방송작가를 그만둔 데는 다 그만한 이유가 있었다. 여러 개의 프로그램을 전전한 끝에 남주는 시사교양프로그램의 구성작가로 자리를 잡았다. 대학에서 사회학을 전공한 그녀에게, 한때 '외부인'이라 내쫓겼던 그녀에게, 세상의 참된 정의는 의리와 복수라 믿는 그녀에게 사회의 어두운 일면을 적발하고 불합리한 처우들을 고발하는 일은 적성에 맞는 듯 보였다. 적어도 처음에는 그랬다.

그날의 촬영장소는 백반집이었다. 육천원짜리 백반정식집. 스태프들이 여러 대의 몰래카메라로 백반집의 허름한 주방에서 벌어지는 모든 일들을 낱낱이 찍었다. 된장찌개는 별문제가 없었다. 김치찌개도 별문제가 없었다. 솔직히 맛있었다. 주방의 청결상태도 아주 나쁘지 않았다. 육천원짜리 정식 치고 반찬도 많이 줬다. 행주도 아주 더럽지만은 않았다. 적어도 남주의 부엌과 다를 게 없었다.

문제는 누룽지였다. 백반집의 주인 아저씨는 손님들이 남긴 밥을 모아서 누룽지를 만들었다. 그걸 끓여 누룽지탕을 만들었다. 식사를 끝낸 손님들에게 누룽지탕을 서비스로 내주었다. 사람들은 구수하다고 좋아라 했다. 적어도 남주와 다른 스태프들이 들이닥치기 전까지는 말이다. 친절한 경찰들이 대동해주기까지 했다. 영문을 모르고 손님들과 한담을 나누던 주인 아저씨는 온몸을 떨었다. 경찰들이 냉장고를 열어 모든 재료들을 끄집어냈다. 아저씨는 허공에 두 손을 버둥거렸다. 누룽지를 가리키며 경찰들이 화를 냈다. 아저씨는 물기 많은 부엌 바닥에 철퍼덕 주저앉아 무어라 중얼거렸다. 손님들이 부엌 주위로 몰려들었다. 그들은 경찰보다 더 큰 소리로 아저씨에게 윽박질렀다. 조금 전까지 뜨거운 누룽지탕을 후후 입김을 불어가며 마시던 치들이었다.

남주는 슬금슬금 뒷걸음질쳤다. 정말 고발하고 싶었던 것은 육천원짜리 백반집 주인 아저씨가 만드는 누룽지탕이 아니었다. 남은 밥을 버리느니 누룽지라도 만드는 게 더 낫다 싶었다. 게다가 남주는 주인 아저씨의 누룽지탕을 얼마든지 맛있게 먹을 수 있었다. 사실 남주의 입에 딱 맞기도 했다. 심지어 다른 손님들이 남긴 밥으로 만든 누룽지탕이라는 걸 알고 먹는데도 맛이 기똥찼다. 그런데도 남주는 사뭇 심각하고 단호한 어조로 대본을 써내려갔다. 누룽지탕, 이대로 좋은가. 제목은 그쯤 지으면 될 것 같았다. 남주의 대본 속에서 아저씨는 양심이라곤 눈곱만치도 찾을 수 없고, 돈 벌기에 혈안이 된 파렴치한이었다.

문득 남주는 자신의 배려 없음을, 의리 없음을 뼈저리게 깨달았다. 그 뜨거운 누룽지탕을 남김없이 먹은 사람으로서 지켜야 할 의리에 대해서. 정작 고발해야 할 무엇들에 대해서는 접근조차 하지 못했다. 이건 배려도 아니고 의리도, 뭣도 아니었다.

소설을 써야 했다.

오로지 소설만이 진짜 이야기를, 진짜 현실을 보여줄 수 있었다.

몰래 찍은 영상이 할 수 있는 일은 절대로 아니었다.

남주가 생각하기에 '보이는 이야기'와 '하고 싶은 말'이 정확하게 일치하는 것은 소설만이 유일무이했다.

다시 모니터 앞으로, 책상 앞으로 돌아왔다. 곧이어 딸이 태어났다. 그사이에 대통령이 바뀌었고 남주는 어느새 서른 살을 훌쩍 넘겼다. 대학교를 졸업하고 결혼을 하고, 아이를 낳았다. 곰곰이 지난날들을 되돌아보았다. 중고등학생 때는 그저 반에서 제일 많이 자는 애로 통했다. 친구들은 그녀를 다르게 기억하지 못했다. 운 좋게 여대에 들어갔다. 캠퍼스가 예쁘고, 학교 이름이 예쁘다는 이유에서였다. 막상 입학을 해서 들어가보니 다들 공부를 잘했다. 남주는 그들을 따라가기 벅찼다. 연애를 했고, 소설을 읽고, 썼다. 소설가가 되어야겠다, 생각하진 않았다. 졸업을 하고 방송국에 프리랜서로 취직했다. 프리랜서를 순우리말로 바꾸어보니 비정규직 노동자였다. 계약서 없이, 비슷한 처지의 삶들이 책상 대신 둥근 회의용 테이블에 모여 앉아 종일 일했다. 무언가 계속 부당하다는 느낌이 들었다. 하지만 온종일 사회적 물의를 일으키는 사람들의 과오를 파헤치고 있노라면 정작 남주, 그 자신을 파헤칠 시간은 턱없이 부족했다.

매일 꾸벅꾸벅 조느라 기억에 남지 않던 수험생 시절, 선생님은 느닷없이 모두에게 이런 질문을 던졌다.

가난이 무엇이라고 생각하니?

갓난아이를 앞에 둔 어느 날, 남주는 그 물음을 다시 떠올렸다. 그때, 사춘기를 지나던 다른 친구들은 이렇게 대답했다. 마음이 박한 것. 그걸 가난이라고 말했다. 선생님은 아니라고 대꾸했다.

가난이란 배가 너무 고픈데 먹을 게 하나도 없을 때를 가리킨다고 가르쳤다. 왜 대학입학시험을 준비하는 학생들에게 가난을 가르치려 드는가, 남주는 선생님의 저의를 의심했다. 그리고 십여 년이 훌쩍 지났다. 남주는 십대 후반의 학생이 아니라 한 아이의 엄마가 되어 있었다. 한때 언론매체의 손과 입이 되어 돈을 벌기도 했다. 막연했던 무엇들이 갑자기 또렷해졌다. 남주는 몇 해 전의 백반집 주인아저씨를 기억해냈다. 가난하기 때문에, 먹고사는 일이 힘들어서 저지르는 실수들에 대해서 남주는 더이상 분노할 수 없었다. 대신 그녀는 동시대를 살아가는 청춘들에게 '너희들은 젊으니까 가난마저도 감내해라, 그것이 얼마나 아름다운지 아느냐' 허위광고 하는 사회에게 큰 소리로 말하고 싶었다.

제발 가난을 이상화하지 마라.

그것은 남주가 딸을 위해 가장 먼저 하고 싶은 일이었다. 딸애는 절대로 외부인출입금지라는 팻말 앞에서 돌아서게 만들고 싶지 않았다. 부모의 가난함을 엿보게 하고 싶지도 않았다. 다른 사회의 부조리에는 쉽게 분노하면서 제가 속한 사회의 불합리한 부분에 대해서는 무관심하게 내버려두게끔 하고 싶지도 않았다. 아이를 잘 키우는 일도 중요하지만 그 이전에 앞으로 아이가 살아갈 사회를 바꾸고 싶었다. 그러니까 아주 조금만. 살짝 티가 날 정도로만.

4

밀폐된 방 안에서 혼자 노래 부르듯 글 쓰는 취미를 버렸다. 사람들에게 하고 싶은 말을 직접 전해주고 싶었다. 모두가 읽는 글을 쓰고 싶었다. 그러자니 책이 필요했다. 남주의 이름으로 남주가 하고 싶은 말로만 채워진 한 권의 책. 그렇게 남주는 한 편의 아주 긴 이야기를 시작하기로 마음먹었다.

돈도 없고, 빽도 없고, 심지어 지능도 모자란 한 아이의 이야기.
모두가 듣지 못하는 소리를 듣는 세상의 단 하나뿐인 아이.
그 아이의 이름은 김일우이다.

원고지 천 매의 이야기를 완성하는 데 이 년 남짓한 시간이 걸렸다. 프린터의 토너가 닳을까 무서워 제때 인쇄해서 읽지도 못했다. 그동안 이야기 속 아이는 점점 말수를 잃어가고 있었다. 일우가 온종일 버스정류장에 나가 혼자 앉아 있기 시작한 날, 남주는 일우처럼 버스정류장에 홀로 앉아보았다. 많은 사람들이 모였다가 흩어졌다. 사람들은 저마다 바빴다. 일우처럼 아무것도 하지 않는 사람은 드물었다. 몇 분 지나지 않았는데 남주는 괴로웠다. 사람들은 조금씩 움직이는 와중에도 자꾸 남주를 흘깃거렸다. 남주는 모르는 사람들의 시선들을 애써 견뎠다. 마치 영화 속 한 장면 같았다. 자신만 정지영상 같고, 나머지 사람들은 빠르게 돌아가는 카메라 속 화면. 아무것도 정체되어 있지 않았다. 다들 각자의 속도로 빠르게 움직이고 있었다.

남주는 일우를 생각했다. 일우야, 넌 참 이상한 아이구나. 이렇게 힘든 하루를 어떻게 견뎌낼 수 있니. 남주는 일우에게 거듭 묻고 물었다. 하지만 남주는 일우처럼 '여기 없는 소리'들을 들을 수 있는 재주를 가지고 있질 못했다. 아무 대답도 얻지 못했지만 그럼에도 불구하고 남주는 일우의 세계가 솔직히 아주, 많이, 부러웠다.

당선 전화를 받던 날, 남주는 피곤했다. 딸애와 함께 뮤지컬을 보고 온 뒤였다. 모처럼 하는 외출이라 더 피곤했다. 남주는 아직 해가 떨어지지도 않았는데 아이를 빨리 재우고 싶었다. 그래야만 남주도 잘 수 있었다.

아이를 재우고 있는 참에 전화벨이 울렸다. 당선을 알리는 전화였다. 상금을 준다고 했다. 빚 갚을 생각을 하니 기분이 좋았다. 그래도 빚은 아직 남아 있었다. 바라던 책도 곧 나온다고 했다. 들으면 들을수록 더더욱 믿기지 않았다. 당선 소감을 밝히는 인터뷰 자리에서도 다르지 않았다.

등단한 지 얼마 되지 않은 풋내기 작가가 남주를 인터뷰하겠다며 맞은편에 앉았다. 사실 너무 얼떨떨해요, 라고 남주는 고백했다. 그러자 그 풋내기 작가도 같은 말로 화답했다. 예, 저도 아직 얼떨떨해요.

인터뷰어가 자꾸 재밌는 이야기를 해달라고 조르자 남주는 마감 하루 전날의 이야기를 해주었다. 날이 바뀌면 곧장 우체국으로 뛰어갈 예정이었다. 프린터는 흐릿하지만 천 매의 원고지를 모조리 인쇄해냈다. 일우의 이야기가 프린트된 종이 묶음을 옆에 두고 잠에 빠졌다. 꿈에 또 용이 나왔다. 매번 꿈속의 용에게 배신당했던 남주였다. 남주는 반신반의했다. 기대 따윈 하지 않았다. 아니, 하지 않는 척했다.

용은 보란 듯이 남주와의 의리를 지켰다. 앞으로도 용꿈을 계속 꿀 수 있다면 망설이지 않고 로또를 사겠다, 다짐하는 남주. 출산 즈음에 후원하기 시작한 아프리카 소년과 딸애 도윤이가 얼른 커서 서로 편지 주고받기를 꿈꾸는 남주. 모든 사람들이 선거에 빠짐없이 참여하길 바라는 남주. 대한민국의 의료제도와 교육현실이 빨리 바뀌었으면 한다는 남주. 그런 남주가 마침내 그토록 바라마지 않던 '소설가'라는 호칭을 얻었다.

5

인터뷰어는 문득, 살면서 저지른 가장 나쁜 짓이 뭐냐고 물었다. 뭐 훔친 적 없어요? 도박한 적 없어요? 길에 침 뱉은 적 없어요? 무단횡단한 적 없어요? 이어지는 질문에 남주의 대답은 아니요, 아니요, 아니요였다. 볼펜 따윈 훔쳤다고 이야기하는 게 아니란다. 화투는 도박이 아니란다. 침은 원래 안 뱉는단다. 무단횡단은 아이 때문에 근래에 전혀 못 하고 있단다. 참다못한 인터뷰어가 마지막 질문을 던졌다.

길에 지갑이 떨어져 있어요. 수표 말고 현금이 들어 있는 지갑이에요. 어떻게 하실 건가요?

좀 악랄한 질문이었다. 끝까지 정의로우실 겁니까, 라고 묻고 있는 듯했다. 남주는 조금도 망설이지 않고 이렇게 대답했다.

요즘 CCTV가 너무 많아서.

그랬다. 그녀는 지나치게 정의롭거나 윤리적이라기보단, 근래 보기 드물 정도로 아주 인간적인 사람이었다.

남주보다 딱 한 살 어린 풋내기 작가는 인터뷰를 마치고 집으로 돌아가면서 속으로 가만가만 남주를 언니라 부르는 연습을 했다. 그리고 이 겨울이 지난 뒤에도, 그녀의 첫 책이 나온 뒤에도, 그 한참 후에도 그녀의 프린터 토너가 아주 닳지 않기를, 더 오래 버텨주기를 아주 간절히 빌었다.

상반되는 두 가지 감정이 공존할 수 있다는 사실을 몇 년 전에
야 알았다. 그러니까 사랑하면서 미워하고, 그리워하면서 잊어버
리고, 원하면서 포기하는 그런 감정들. 그동안 나에게는 심장이
없었나. 낯선 감정들 때문에 혼란스러웠다. 하고 싶은 말이 많아
졌다. 소설을 써야겠다고 생각했다.

소설을 쓰는 동안 많은 일이 있었다. 십 년 가까이 하던 일을
그만두었고, 가장 친한, 엄밀히 말하면 거의 유일한 친구가 세상
을 떠났고, 아버지가 돌아가셨다. 견디기 힘든 시간들이었다. 그
중에서도 가장 견디기 힘들었던 것은 아무도 읽지 않는 소설을
쓰고 있다는 사실이었다. 배설 혹은 구토. 내가 좀, 변태같이 느껴
졌다. 악평을 퍼부어도 좋으니 단 한 사람이라도 내 소설을 읽어

주면 좋겠다고 생각했다.

정작 수상 소식을 전해 듣고는 몸살이 났다. 진짜 세 번을 토했고, 땀을 뻘뻘 흘리며 앓아누웠다. 겁이 났다.

누구에게나 소설을 평가하는 첫번째 기준은 '취향'이며 그래서 절대적으로 좋은 소설과 나쁜 소설을 가리는 것은 어렵다고 생각한다. 그럼에도 최소한의 기준에는 도달해야 한다고 말해왔다. 소설을 쓰고 싶다면 책을 펴내기까지 잠 못 자고 고생하는 많은 사람들, 종이로 쓰이기 위해 죄 없이 베어져나가는 아마존의 나무들, 그로 인해 병들어가는 지구에게 미안하지 않은 소설을 써야 한다고. 밥값 술값 아껴 책을 사고, 잘 시간 쉴 시간 쪼개 책을 읽은 독자들에게 미안하지 않은 소설을 써야 한다고. 적어도 그 정도는 되어야 한다고.

함부로 말한 것을 반성한다. 그때는 내가 소설을 쓰게 될 줄 몰랐다. 어쨌거나 이미 말은 뱉었고, 이미 소설도 써버렸다.

하필 소설을 쓰겠다고 마음먹었던 이유를 다시 생각했다. 할 말이 많아서였다. 하지만 그게 전부였다면 혼자 쓰는 시간이 그렇게 괴롭지는 않았을 것이다. 듣고 싶었다. 전하고, 공감하고, 나누고 싶었다. 나는 글재주를 타고난 사람도 아니고, 엄청난 독서광도 아니다. 소설에 대해 제대로 공부한 적도 없다. 그래도, 그래서,

내가 할 수 있는 이야기가 있다고 믿는다. 누군가 힘겹게 뱉은 작은 목소리에 귀 기울이고, 세상을 향해 조심스럽게 말을 건네는 작가가 되고 싶다. 욕을 한다면 감사히 먹겠다. 그리고 더 나은 소설을 쓰겠다.

기회를 주신 심사위원 선생님들께 감사드린다. 진심인데 정말 감사합니다. 열심히 쓰겠습니다. '너무 길다'는 이유로 내 소설을 단 한 줄도 읽어주지 않은 남편, 그래도 고마워. 살림도 안 하고, 돈도 안 벌고, 소설만 쓰고 있는 마누라랑 살아준 게 어디니. 나를 더 좋은 사람으로 만들어준 딸, 많은 시간 함께해주지 못해서 미안. 사랑한다, 사랑하는 방법이 모두 다른 것뿐이야.

문학동네 장편소설

귀를 기울이면

ⓒ 조남주 2011

1판 1쇄 | 2011년 12월 19일
1판 2쇄 | 2018년 12월 13일

지은이 조남주
펴낸이 염현숙
책임편집 이경록 | 편집 백다흠 조연주 | 독자 모니터 전혜진
디자인 윤종윤 유현아 | 마케팅 정민호 박보람 나해진 우상욱
홍보 김희숙 김상만 이천희
제작 강신은 김동욱 임현식 | 제작처 영신사

펴낸곳 (주)문학동네
출판등록 1993년 10월 22일 제406-2003-000045호
주소 10881 경기도 파주시 회동길 210
전자우편 editor@munhak.com | 대표전화 031)955-8888 | 팩스 031)955-8855
문의전화 031) 955-3576(마케팅) 031) 955-8864(편집)
문학동네카페 http://cafe.naver.com/mhdn

ISBN 978-89-546-1714-7 03810

www.munhak.com

문 학 동 네 작 가 상   수 상 작

제1회 나는 나를 파괴할 권리가 있다 김영하
비범하고 충격적인 신예의 탄생을 알린 문제작. 매혹적인 죽음의 미학을 탁월하게 형상화하여 한국
문학의 새로운 장을 열었다.

제1회 식빵 굽는 시간 조경란
식빵 굽는 냄새와 함께 펼쳐지는 서른을 앞둔 여성의 황량한 내면 엿보기. 미혹으로 가득찬 인간관
계의 부조리함을 탄탄하고 세련된 문체로 드러낸다.

제2회 마요네즈 전혜성
붕괴해가고 있는 우리 시대 가족의 현주소를 적나라하게 파헤친 문제작. 가족과 모성애, 사랑의 이
름으로 희생된 '여자' 어머니에 대한 새로운 발견과 통찰이 빛난다.

제4회 기대어 앉은 오후 이신조
삶의 다의적 진실을 꿰뚫어보는 섬세한 감성, 연민과 관용, 정밀한 심리 묘사 등과 같은 여성적 미학
으로 현대사회에서 훼손된 영혼들 사이의 교신을 형상화한다.

제5회 모던보이―망하거나 죽지 않고 살 수 있겠니 이지민
통념을 깨뜨리는 발상과 거침없고 재치 넘치는 표현으로 삶의 권태를 가로지르는 한바탕 백주의 활극.

제6회 동정 없는 세상 박현욱
야하면서도 건전하고 불순하면서도 순수한 젊은 호흡으로 성장 없는 독특한 성장소설, 동정童貞/同情
없는 우리 시대의 뛰어난 우화를 완성해냈다.

제8회 지구영웅전설 박민규
과연 우리의 상상력은 어디까지가 온전히 우리의 것인가. 되묻게 만드는 엉뚱하고 기발하고 유쾌한
만화적 상상력과 독특한 구성력이 돋보인다.

제9회 어느덧 일주일 전수찬
발랄하고 상쾌한, 연상녀+연하남 커플의 유쾌한 일주일. 생을 쿨하게 바라보는 시선, 물 흐르듯 자
연스러운 경쾌한 입담. 인물들에 대한 야릇한 호기심이 읽기의 충동을 유지시킨다.

제10회 악어떼가 나왔다 안보윤
날카로운 시선으로 인간 본성의 모순, 우리 사회의 병리적 현상을 풍자하고 조롱해나간다.

제11회 내 머릿속의 개들 이상운
희극적인 상황 설정과 풍자적인 어법에서 시대 상황을 관통해 지나가는 힘이 느껴진다. 적당히 과장
된 인물들이 벌이는 한바탕의 소란은 우리 시대의 흥미로운 우화가 되어준다.

제12회 달의 바다 정한아
인물들이 빚어내는 따뜻함이 생에 대한 냉정한 통찰과 어우러져 균형을 이룬다. 아픔을 부드럽게 감
싸는 긍정. 가볍게 뒤통수를 치는 듯한 반전의 경쾌함이 돋보인다.

제14회 아무도 편지하지 않다 장은진
여운을 남기는 압축적 구성과 작품 곳곳에 따뜻하게 배어 있는 명징한 유머가 묘한 아픔을 수반하고
있다.

제15회 사라다 햄버튼의 겨울 김유철

관계의 가능성이란 그 불가능성을 받아들이는 것에서부터 시작된다는, 이 역설적 진실은 소박하지만 잔잔한 울림을 남긴다.

제16회 죽을 만큼 아프진 않아 황현진

삶의 진창을 넘어서고자 애쓰는 한 소년의 고독한 성장기를 과장된 상처 없이, 자기연민 없이, 신선한 리듬이 살아 있는 위트 있는 문장으로 이야기한다.

제18회 시간 있으면 나 좀 좋아해줘 홍희정

거침없이 살기에는 너무 거친 이 시대를 자기만의 속도로 살아가는 나이든 소년/소녀들의 자화상. 타인의 고통에 민감하게 반응하고 그것을 따스하게 감싸안는 공감력은 이 소설만의 힘이라 하기에 충분하다.

제20회 그믐, 또는 당신이 세계를 기억하는 방식 장강명

고작 패턴으로 존재하는 인간은 어떻게 그 밖으로 나갈 수 있을까? 이 소설은 시간을 한 방향으로, 단 한 번밖에 체험하지 못하는 인간 존재의 한계를 근본적으로 성찰하고 있다.

문 학 동 네 　 대 학 소 설 상 　 수 상 작

제1회 코끼리는 안녕, 이종산

말하지 않은 채로 무엇인가를 강조할 줄 아는 소설. 저 매력적인 대화들은 우리가 아직 잘 모르는 새로운 스타일의 이야기가 시작되고 있는 것이라는 강력한 예감을 갖게 한다.

제1회 아프리카의 뿔 하상훈

탁월한 이야기꾼의 자질이 고스란히 드러난 작품. 치밀하게 자료조사를 하여 소설로 빚기까지의 노고와 작가의 공력이 고스란히 느껴진다.

제2회 브라더 케빈 김수연

읽는 내내 능청스러운 문장에 속수무책이고, 각 장이 매듭지어질 때마다 작은 감탄이 새어나온다. 매력적인 캐릭터 구축 능력, 자기 세대의 문제를 포착하는 시선 모두 남다르다.

제3회 초록 가죽소파 표류기 정지향

이 시대 대학생이 할 법한 고민 대부분을 정교한 플롯과 다양한 에피소드를 통해 매우 설득력 있게 전개한다. 작가가 서사를 장악하고 있기에 가능한 작품이다.

제4회 최선의 삶 임솔아

강렬하고 파괴적인 사건과, 그것을 바라보는 무감한 시선이 섬뜩한 충격을 안겨주는 소설. 불합리와 모순, 그리고 분노를 느끼며 경험하는 잔인한 성장의 일면을 지독히 사실적으로 그려낸다.

제5회 환상통 이희주

'빠순이'의 시선에서 들려주는 아이돌 팬덤에 대한 생생한 증언과, 그 사랑의 특수성에 대한 섬세한 기록을 만날 수 있게 해준다.